SWB

Heiger Ostertag

Operntod

Ein Ostalbkrimi

SWB

Verlag

Umwelthinweis:
Dieses Buch wurde auf chlor- und
säurefreiem Papier gedruckt

1. Auflage 2011

Lektorat und Korrektorat: Catrin Stankov, Bernau

Titelfoto unter Lizenz von istockphoto.com und freundlicher
Genehmigung der Stadt Heidenheim

Titelgestaltung: Heinz Kasper, Siebnen

Satz: Heinz Kasper, www.printundweb.com

Druck und Verarbeitung: E. Kurz + Co., Druck und
Medientechnik GmbH, Stuttgart www.e-kurz.de
Printed in Germany
ISBN: 978-3-942661-07-2

www.swb-verlag.de

Inhalt

Vorwort

Auf der Ostalb mag im Winter mitunter ein raues Klima herrschen, doch die Fülle an Toten, die der vorliegende Kriminalroman präsentiert, stimmt mit der Wirklichkeit der Region nicht überein. Man könnte sogar sagen, die Handlung und die Personen sind frei erfunden und Ähnlichkeiten völlig unbeabsichtigt und somit reiner Zufall, soweit sie nicht der erlaubten Realität entsprungen sind. Tatsache allerdings ist, dass es alljährlich ein Opernfestival in Heidenheim gibt und alle zwei Jahre in Bartholomä der Rossmarkt stattfindet. Des Weiteren liegt Aalen noch immer am Kocher und auch der Ort Stuttgart (nicht zum Ostalbkreis gehörig) ist existent. Auf jeden Fall lässt sich sagen, dass auf der Ostalb mörderisch viel los ist. Mit oder ohne Grauen sei den Lesern eine Mordsspannung und gute Unterhaltung gewünscht und der dazu passende nachtschwarze Kaffeegenuss …

Danksagung

Ich bedanke mich bei Herrn Manfred Kubiak von der Kulturredaktion der Heidenheimer Zeitung für seine hilfreichen Informationen und freundliche Unterstützung sowie bei Herrn Klaus-Peter Preußger für seine Knöpfleswäschergeschichten und Kaffeehaustipps und beim Bürgermeister von Bartholomä, Herrn Thomas Kuhn, für die überaus positive Aufnahme des kriminellen Projekts.

1. Alle Konturen schienen in Grau zerflossen

In der Mitte des kleinen Zimmers standen zwei Sessel und ein Tisch. Auf diesem befand sich ein Tablett mit zwei Sektkelchen und einer Flasche Pommery. Am Fenster stand die junge Frau, ganz in Schwarz. Sie schien auf ihn gewartet zu haben. Sie wies auf die Sessel. „Setzen wir uns! Ein Glas Champagner?" Sie schenkte ein, hob ihr Glas. „Santé!"

Ein düsterer Novemberabend. Alle Konturen in Grau zerflossen. Die Straßen kalt, leer und verlassen. Ihr Tag war anstrengend genug gewesen, eigentlich hatte sie bei Veronika zum Essen bleiben wollen. Schließlich war sie doch aufgebrochen. Der Anruf hatte dringlich geklungen. Er hatte um ein Treffen gebeten, direkt an der Pauluskirche. Obwohl sie sich am Mittag gesehen hatten. Um halb zehn, sie war pünktlich vor Ort und wartete. Fünf Minuten verstrichen, zehn, dann kam der zweite Anruf. Es täte ihm leid, aber … Sie solle bitte zur Südbastion kommen, oben, über der Stadt im Schloss … Nein, noch heute Abend. Er müsse sie heute Abend nochmals sehen. Es ließe sich nicht verschieben. Im *Schloss Hellenstein,* warum hatte er sie nicht gleich dort oben treffen wollen? Merkwürdig, dass er immer so kompliziert war. Ihr Hotel lag unmittelbar in der Nähe, den Weg in die Stadt hinunter hätte sie sich sparen können. Sie lief die Hauptstraße entlang und bog am *Café Balzac* rechts um die Ecke in Richtung des Schlosses. Gelbliche Laternen warfen ihren Schein auf das Pflaster. Der Weg zur Burg führte zwischen engen Häusern einen gewundenen Pfad entlang, dann weiter unter Bäumen und über zahlreiche Treppen steil nach oben. Kurz erhaschte sie einen Blick in die erleuchteten Fenster nächtlicher Häuser. Ein blaues Fernsehbild, ein Paar, das sich stritt, ein alte Frau mit einer Katze. Sie wandte sich ab und tauchte ins Dunkle der Bäume ein, ging schneller, stieg weiter nach oben und erreichte schließlich das Bergplateau. Links lag hell das Hotel, vor ihr das weite Schlossareal. Sie zögerte kurz, nein, sie hatte versprochen zu kommen und ein Versprechen hielt sie. Die Frau durchquerte das Torgewölbe und lief dann nach rechts hinüber zur Bastion. Jetzt stand sie oben auf dem Schlossberg. An der Seite die schwärzlich drohenden Kanonen, direkt unter ihr die vielfarbigen Lichter der Stadt. Die Frau ließ ihren Blick über die weite Silhouette gleiten. Ein Meer von Häusern und Türmen, rechts das riesige Gelände der *Voith,* in der Ferne geahnte Berglandschaften. Heidenheim, eine Stadt, in die sie immer wieder zurückfand. Diesmal beruflich. Am Vormittag hatte eine Pressekonferenz stattgefunden, in der das Sommerprogramm der Opernfestspiele vorgestellt worden war. Ludwig van Beethovens *Fidelio*, die Premiere würde am 8. Juli sein.

„Wir haben eine komfortable Ausgangslage nach einer guten Saison", sagte der Oberbürgermeister. „Es ist wichtig, den Opernfestspielen, einer schönen Tradition, breiten Raum zu geben."

Sie selbst war gebeten worden, den Part der Leonore zu übernehmen. Eine wunderbare Rolle für eine Sopranistin, vor allem das Quartett *Mir ist so wunderbar* mit Marzelline, Rocco und Jaquino im ersten Akt und das Duett *O namenlose Freude!* mit Florestan im zweiten Akt gehörten zu ihren großen Glanznummern. Doch bis zum Sommer würde noch viel Zeit vergehen. Jetzt kam der Winter mit Schnee und Kälte. Die Frau zog ihren warmen Pelz enger am Kragen zusammen. Es wurde immer kühler, eine nass-feuchte Kälte kroch vom Boden herauf. Aus der Stadt erklang das Schlagen einer Kirchturmuhr.

Sie zählte zehn Schläge. Die eben verabredete Zeit, wieder war er nicht pünktlich. Die Minuten verstrichen. Nun begann es auch noch zu nieseln. Sie fröstelte. Ein kurzer Blick auf die Uhr, sieben nach. Das reichte, länger wartete sie nicht auf ihn, zum zweiten Mal hatte er sie versetzt. Ganz gleich, was Wolfhard noch von ihr wollte, es reichte. Die Frau im Pelz drehte sich um und lief rasch den Weg zum Eingang der Burg zurück. Das Nieseln wurde stärker. Dicht lagerten sich die Schatten unter dem Tor. Waren da nicht Schritte? Folgte ihr jemand? Sie blieb stehen, drehte sich um. Nein, ein Irrtum. Da war niemand. Wer sollte um diese Zeit auch hier oben sein? Sie lief weiter. Um sie die fahle Düsternis einer spätherbstlichen Nacht. Jetzt trat sie in das Dunkel des Torgewölbebogens. Unter ihren Füßen der unebene Pflasterboden. Sie blieb stehen, jetzt war sie auch noch zur falschen Seite gelaufen, zum Hotel ging es durch den anderen Bogen, durch den sie gekommen war. Sie wollte umdrehen, da löste sich aus dem Schatten eine Gestalt.

„Guten Abend, Diana“, sagte eine bekannte Stimme.

„Du?“, fragte die Frau überrascht. „Wie kommst du hierher? Was willst du von mir? Ich sage dir gleich. Du wirst mich zu nichts mehr bewegen! Also, was willst du?“

Sie erhielt keine Antwort. Die Hand der Gestalt schoss stattdessen plötzlich nach vorn und stieß ein Messer tief in Dianas Leib. Ein quälender Schmerz durchfuhr sie. Sie schrie auf, hob die Hände wie zur Abwehr, schon folgten ein zweiter und dritter Stich. Die Frau griff zur schmerzenden Brust. Sie fühlte den Schmerz, wollte den Mund öffnen zum weiteren Schrei, doch ihre Stimme versagte und der Schmerz wurde zur brennenden Flamme. Da kippte sie stöhnend nach vorne und fiel hart auf den gepflasterten Boden. Dort lag sie, das Blut strömte aus ihrem Herzen, floss über die Steine und zerrann in Schmutz und

Dreck. Es wurde finster, die Zeit stand still und die eisige Kälte des Todes packte sie.

„Dass du heute zur Pressekonferenz kommst, Jörg, ist eine Überraschung. Ich hätte nicht gedacht, dich in Heidenheim zu treffen."

Jörg Melcher, freier Pressefotograf aus Stuttgart, und Carolin Setlinger, Redakteurin bei der *Schwäbischen Post*, saßen im *Balzac*, einem literarischen Café in der Hauptstraße, Ecke Im Flügel unterhalb des Burgberges.

„Das ist ein reiner Zufall", antwortete Melcher. „Ich hatte mit einer Fotoserie in Ulm zu tun und bekam von Stuttgart einen Anruf, ob ich nicht kurz hierher zur Pressekonferenz fahren könne. Schön, dich wiederzusehen. Wie geht es, Carolin? Was machen die *Schwäbische Post* und deine Redaktionsarbeit?"

„Denen geht es gut und mir auch", entgegnete Carolin knapp.

„Das glaubt man sofort. Du siehst blendend aus", gab Melcher zurück.

„Danke – und was gibt es bei dir Neues?"

„Ich bin viel unterwegs und immer mal wieder an packenden Storys dran", sagte Melcher vage. Er nahm einen Schluck von seinem Bier und betrachtete Carolin aus den Augenwinkeln. Ihre hellen Augen, das fein geschnittene Gesicht, die hohe glatte Stirn und das Grübchen. Die dunkelblonden Haare trug sie länger als im Frühjahr. Überhaupt wirkte Carolin heute irgendwie anders.

„Was ist aus der Sache geworden, an der du im Sommer dran warst?", fragte er sie.

„Das ist eine lange Geschichte und eigentlich ist sie nicht abgeschlossen. Bevor ich mit meinen Recherchen nicht zu Ende bin, möchte ich über die Angelegenheit nicht reden", antwortete Carolin ausweichend.

„Ich frage ja nur", meinte Melcher.

„Überhaupt wärest du derjenige, der berichten sollte", entgegnete sie. „Seit meiner Geburtstagsfeier am Limes habe ich dich nicht mehr gesehen und nichts von dir gehört. Heute ist der 22. November!"

„Nun ja", begann Jörg Melcher zögerlich. „Ich wollte mich immer mal melden. Aber immer ist etwas dazwischengekommen. Du kennst das ja. Erst die Sache an der Bergstraße und dann hatten wir eine Story in Baden-Baden laufen."

„So, ‚wir'!", meinte Carolin trocken. „Wer ist ‚wir'?"

Sie lachte, als sie Melchers verlegenes Gesicht sah.

„Komm, sag die Wahrheit. Du bist wieder mit deinem blonden Gift zusammen, oder?"

Melcher nickte widerstrebend.

„Ich ziehe eine andere Bezeichnung vor ..."

„Mach dir keinen Kopf", unterbrach ihn Carolin. „Ich habe auch nicht Trübsal geblasen. Rolf – aber da kommt er und ihr könnt euch gleich kennen lernen."

Durch die Tür des Lokals trat ein groß gewachsener Mann im Alter Carolins. Er blieb stehen und schaute sich im Raum suchend um. Carolin winkte ihm zu und er kam rasch an ihren Tisch. Carolin stand auf, umarmte und küsste ihn. Dann wandte sie sich Melcher zu.

„Das, Rolf, ist Jörg Melcher, ein alter Kollege aus Stuttgarter Zeiten. Und dies ist Rolf Toibert, ebenfalls ein Kollege und" – sie gab dem Wort eine besondere Betonung – „mein Verlobter."

Die beiden Männer schüttelten sich die Hand. Der Händedruck des Neuankömmlings war kräftig. Rolf Toibert setzte sich und Jörg musterte Carolins „Verlobten" unauffällig. Der

Mann hatte dunkelblondes Haar, tiefblaue Augen und ein energisches Kinn. Er war schlank gewachsen und seinen Schultern sah man an, dass Rolf Fitnesstraining betrieb. Das markante Gesicht schien im Solarium gebräunt. Ein Schönling, entschied Melcher. Wie war sie an diesen Typen geraten? Gut gekleidet war er auch, trug ein modisch-saloppes blaues Jackett und die dazu passenden Hosen. Dazu dunkle Maßlederschuhe, der Kerl schien auch noch Geld zu haben. Unauffällig zog Melcher seine abgetragene Jacke glatt und strich über sein unrasiertes Kinn.

Sie bestellten eine neue Runde. Jörg berichtete vom Pressetermin und einem Interview mit der Leonoredarstellerin Diana Henners. Eine attraktive, selbstbewusste Dame sei sie, sagte Melcher. Das finde er nicht, meinte Toibert. Er war ebenfalls auf der Pressekonferenz der Stadt gewesen und gab, Melcher unterbrechend, seine eigenen Eindrücke wieder. Carolin schenkte ihm ihre ungeteilte Aufmerksamkeit und hing geradezu an Toiberts Lippen. Ein unsympathischer Schönling, ergänzte Melcher in Gedanken sein Urteil. Er wurde zunehmend schweigsamer, Carolin und ihr Rolf schienen sich dagegen blendend zu unterhalten. Um viertel nach zehn hatte Melcher genug von allem. Er verabschiedete sich von Carolin und nickte Herrn Toibert kurz zu. Der Kellnerin steckte er einen Zwanziger zu und verließ das Lokal. Draußen schlug ihm nieselnde Kälte entgegen. Ein ungemütlicher Abend, am liebsten wäre Melcher zurück nach Stuttgart gefahren. Doch morgen früh hatte er noch einen Termin im Rathaus und mittags wollte Jörg einen Vetter besuchen, der in Bartholomä, einem kleinen Ort in Richtung Aalen, wohnte. Also zurück ins Hotel. Doch Melcher fühlte sich trotz der drei oder vier Halben, die er getrunken hatte, nicht richtig müde. In Stuttgart begann um diese Zeit erst sein Abendprogramm.

Auf einem Schild las er *Schlossweg.* Vielleicht sollte er dem Schloss einen Besuch abstatten. Er schlug den Kragen seines Mantels hoch, bog in den Weg ein, es ging in Serpentinen kräftig den Berg hinauf. Carolin war also verlobt. Eine wirkliche Überraschung für Melcher, aber eigentlich ihre Privatangelegenheit. Bis auf die Begegnung im letzten Sommer und die paar Treffen im Frühjahr hatten sie nichts miteinander gehabt. Überhaupt wartete in Stuttgart Mimi auf ihn. Er sollte Carolin ihr Glück gönnen. Gut, tat er, gönnte er ihr das Glück, trotz des kleinen Stichs, den es ihm versetzte. Jörg Melcher blieb stehen. Der Regen fiel und fiel, sein Mantel und der Hut wurden langsam feucht. Er war jetzt auf der Burghöhe, links lag das Schlosshotel, rechts führte der Weg direkt zum Burgtor. Eine Gestalt kam aus dem Tor und lief eilig zum Hotel. Melcher ging durch das Gewölbe in den Schlosshof hinein. Alles war dunkel und verlassen. Er wandte sich nach rechts und gelangte zu einem freien Platz, offenbar die Bastion. Melcher trat bis zur Brüstung, unten lag die Stadt. Ein Meer von Häusern und Türmen, rechts das riesige Gelände der *Voith,* in der Ferne geahnte Berglandschaften. Lichter über Lichter. Eine Weile ließ er das Bild auf sich wirken. Schließlich wurde der Regen stärker und er fröstelte. Melcher verließ die Bastion, durchquerte den Hof und bog nach rechts ein. Der Weg führte nach unten; dort lag im Schatten ein zweites Tor. Vorsichtig betrat Jörg das nasse, rutschige Pflaster und lief langsam zum Ausgang hinunter. Jetzt befand er sich direkt unter dem gewölbten Steinbogen. Auch hier war der Boden feucht und glitschig, als ob erst vor Kurzem eine Flüssigkeit ausgeleert worden wäre. Melcher durchquerte das Gewölbe und trat nun auf die Brücke. Unten lag im matten Lichterglanz die Stadt. Eine Kirchturmuhr schlug: dreiviertel elf. Ein Stück links stand ein Wagen, dessen

Motor gerade angelassen wurde. Eine dunkle, wahrscheinlich blaue Limousine, soweit er erkennen konnte. Das Fahrzeug fuhr an und schoss mit quietschenden Reifen und ohne Licht in die Nacht davon. Ein eigenartiger Fahrstil, wahrscheinlich war der Mann am Lenkrad betrunken. Melcher schüttelte den Kopf und ging weiter den Bergweg hinab. Eine viertel Stunde später erreichte er sein Hotel. Jörg Melcher nahm noch einen Schluck an der Bar und legte sich gegen halb zwölf zu Bett.

Am nächsten Morgen folgte der Besuch im Rathaus, mittags traf er seinen Vetter Thomas in Bartholomä und kehrte abends nach Stuttgart zurück. Wie immer gab es einen Stau in Schwäbisch Gmünd.

Pünktlich zum ersten Adventswochenende setzte mit Schnee und Eis der Winter ein. Straßenglätte mit der üblichen Zahl von Blechschäden. Rodelnde Kinder und Schlittschuhläufer auf dem Bärensee und vor dem neuen Schloss. Dazu Glühwein und Glögg. Ein Fototermin bei den Buchwochen im Haus der Wirtschaft, wo Verleger S. Kahn einen neuen Stuttgart-Bildband vorstellte. Einkäufe, die Suche nach den richtigen Geschenken für Mimi. Eine Ledertasche von *Louis Vuitton*, dazu ein Flakon *Dior Addict* und andere Kleinigkeiten. Die Besuche des Weihnachtsmarktes und der Märkte in Esslingen und Ludwigsburg – die Zeit bis zu den Festtagen verging wie im Flug. Schnee über Schnee, die Straßen versanken im Chaos. Kurz vor Jahresende erreichte Melcher eine Karte von Carolin Setlinger, eine Hochzeitsanzeige. Jetzt hieß sie Carolin Toibert. Jörg schickte ernst gemeinte Glückwünsche und flog dann mit Mimi auf die Kanaren, um der Silvesterkälte zu entkommen.

Ein blaues Meer und herrliche 26 Grad im Schatten. Mimi in ihrem neuesten Einteiler auf einem Badetuch dekorativ ausgestreckt. Langbeinig, lächelnd und schlank. Dazu einen Campari Soda, etwas Besseres konnte einem Mann ein Januarmorgen nicht bieten. Mimi, dachte Jörg, was für eine Frau! Seit vier Jahren waren Melcher und sie zusammen. Mimi, das waren goldblonde, hüftlange Haare, leuchtend helle, blaugrüne Augen. Ein klares Gesicht mit vollen Lippen und einem reizvollen Grübchen am Kinn. 1,79 m groß, unendlich lange Beine bis zum Abwinken und natürliche Traummaße. Aber Mimi war keine Retortenfrau. Sie achtete nicht auf das Machogehabe gewisser Männer. Sie war klug, selbstbewusst und willensstark, kurz Mimi war eine Frau, die genau wusste, was sie wollte. Frau Dr. Miriam Köppen arbeitete als Ärztin, Jörg Melcher hatte sie bei einem Medizinerkongress getroffen und kennen gelernt. Sie saßen beim Mittagessen am gleichen Tisch und kamen ins Gespräch. Dann trafen sie sich abends wieder. Und seitdem – nun, das war eine lange Geschichte, ein weites Feld sozusagen. In den letzten Jahren war ihre Beziehung von einem ständigem Auf und Ab geprägt gewesen. Bei jeder anderen Frau wäre Melcher längst auf und davon gegangen, aber bei Miriam Köppen ...

Jörg lehnte sich zurück und genoss Meer, Sonne und Mimi in vollen Zügen. Die Brandung rauschte, aus der Ferne Lachen, nebenan ein Rascheln, wenn Mimi die Seiten ihrer Zeitung umblätterte. Er schloss die Augen, der Kopf sank auf die Brust und Melcher begann einzudösen.

„Jörg!“, riss ihn ihre Stimme aus seinem Schlummer.

„Ja?“

„Du warst doch wegen der Opernfestspiele vor ein paar Wochen bei einer Pressekonferenz in Heidenheim?“

„Und?“

„Dem Veranstalter ist die Hauptdarstellerin abhanden gekommen.“

„Geht es um Diana Henners?“, fragte Melcher überrascht.
„Ja, lies selbst!“
Mimi reichte Jörg das Blatt. Er überflog den Artikel.

Operndiva vermisst!
Seit Anfang Dezember wird die Sopranistin Diana Henners vermisst. Frau Henners wollte Ende November angeblich nach Rom fliegen. Dort ist die Sängerin nach neuesten Informationen aber nie angekommen. Frau Henners, die in Ulm lebt, wurde in der Öffentlichkeit zuletzt bei einer Pressekonferenz in Heidenheim gesehen. Sie soll dort im Rahmen der Opernfestspiele im kommenden Juli in Beethovens Fidelio als Leonore auftreten. Die Diva ist seit 2002 als freie Künstlerin tätig. In München, London und bei den Salzburger Festspielen sang sie die Königin der Nacht. Sie trat an Opernhäusern in Wien, Berlin, Dresden, Hamburg, Mailand und New York auf. Ihr USA-Debüt gab sie 2002 im Washingtoner Kennedy-Center. Ihr Auftritt als Europa zur Wiedereröffnung der Mailänder Scala 2004 fand international große Beachtung. An der Metropolitan Opera sang Diana Henners 2008 in einer Aufführungsserie der Zauberflöte sowohl die Königin der Nacht als auch Pamina. Im Oktober 2009 die Titelrolle in Lucia di Lammermoor und im Februar 2010 die Marie in La fille du régiment …

Melcher ließ die Zeitung sinken.
„Diana Henners ist verschwunden“, sagte er zu Mimi. „Seltsam. Die Dame habe ich vor der Pressekonferenz noch persönlich gesprochen. Eine Frau mit Ausstrahlung.“
„Blond?“
„Zufälligerweise ja. Aber ich bin gegen Blond längst immun – abgesehen von dir natürlich. Mal schauen, ob es Vermutungen gibt, was mit der Diva sein könnte.“

Er blätterte die Seiten um.

„Und?“, fragte Mimi. „Gibt es weitere Hinweise?“

„Nein, nichts, da steht nur, die Polizei habe ihren Lebensgefährten Henry Bottenbeg und ihren Manager Christian Steinacker befragt, die aber beide nicht wüssten, wo sich Frau Henners derzeit aufhalten könnte.“

„Ob sie sich kurzfristig mit einem neuen Partner abgesetzt hat?“, spekulierte Mimi.

„Schon möglich“, gab Melcher zurück. „Operndiven können recht launisch sein.“

„Hattest du den Eindruck, Diana Henners gehört zu diesem Typus?“, fragte Mimi interessiert.

„Das kann ich nicht sagen“, antwortete Melcher. „Dafür weiß ich zu wenig von Frau Henners. Im Interview ging es um ihre Rollen und in welchen Opern sie bisher gesungen und mitgespielt hat. Ich habe auch einige gute Bilder schießen können. Diana Henners ist durchaus fotogen“

„Ach, fotogen?“, meinte Mimi. Sie lachte.

„Du und deine Fotoobjekte ...“

Mimi stand auf und streckte sich.

„Ich gehe ins Wasser. Kommst du mit?“

Jörg Melcher legte die Zeitung zur Seite und erhob sich. Das Thema Diana Henners schien erledigt. Sie sprangen in das warme, blaugrüne Wasser.

Der Silvesterabend kam, Mimis Ballkleid entsprach den kanarischen Außentemperaturen, offen, angenehm und luftig. Jörg trug einem weißen Anzug, den Mimi mit ihm zusammen gekauft hatte, aber keine Krawatte. Krawatten nahmen ihm die Luft. Eine Kapelle spielte, sie tanzten, dazu gab es ein opulentes Buffet und eine erstklassische Bühnenshow. Jörg und Mimi fassten ein paar gute Vorsätze. Um Mitternacht tranken sie Champagner aus hohen kristallenen Kelchen.

Das neue Jahr brach an.

Im Januar wurde Melcher gebeten, zu einer Kurzgeschichte passende Fotos zu schießen. Eine neue Idee von S. Kahn, Text und Bild in einem, die Leute liebten solche Mischungen, sagte er. „Du machst das schon, über das Honorar werden wir uns sicher einig."

Melcher nahm die Geschichte mit nach Hause und las am Abend Mimi die Story vor:

Joseph lernte die Frau in einer Kellerkneipe kennen. Eine dieser kleinen Bars mit einer Theke, ein paar Stühlen und Tischen in Nischen. Schmuddelig und kalt, Jazzmusik aus der Konserve. Sie sah umwerfend aus, langes blondes Haar bis auf die Hüften und tiefgrüne Augen. Höchstens Mitte zwanzig, wie er schätzte. Sie zogen weiter, tranken in einer anderen Bar Champagner und aßen Austern. Der Abend endete, wie er enden musste.

Am nächsten Morgen wachte Joseph in einem schäbigen Hotelzimmer auf. Die Frau war weg und sein Geld auch. Und sein Kopf schmerzte …

„Ziemlich banal", unterbrach ihn Mimi. „Bei der Geschichte weiß der Leser gleich, wie es weitergeht. Blond und so, das sind Stereotypen, findest du nicht?"

„‚Banal', das ist genau der Titel", entgegnete Melcher. „Aber, ob man wirklich weiß, wie es weitergeht … Ich kann mir jedenfalls die Szene gut vorstellen. Im Heusteigviertel oder …"

„Und die Frau, dieses blonde Gift?", fragte Mimi.

„Da dachte ich an dich. Natürlich in der Rolle einer Feme fatal ..."

„Also wirklich. Da geht mal wieder deine Fantasie mit dir durch, Jörg Melcher. Du glaubst doch nicht, dass ich in

Kneipen herumhänge und Männer abschleppe", rief sie verärgert. „,Blondes Gift'! Such dir für solche Späße eines deiner Modelflittchen aus! Und der Name ‚Joseph' gefällt mir auch nicht."

Mimi sprang auf, griff zum Mantel, öffnete die Etagentür und eilte die Treppe hinab.

Die Tür knallte ins Schloss, weg war sie. Melcher starrte ihr nach. Dass sie alles immer so ernst nehmen musste. Und dieses Temperament. Typisch Mimi! Seit November wohnten beide wieder getrennt. Erst im letzten Sommer war Mimi zu Melcher in die Augustenstraße gezogen. Nach ein paar Wochen, die sich zunächst gut angefühlt hatten, stellten sie doch fest, dass jeder von ihnen mehr Freiraum brauchte, als dies in einer Vierzimmerwohnung möglich war. Auch waren ihre Ordnungsbegriffe verschieden, Jörg ließ gern da und dort etwas liegen und das Aufräumen war auch nicht sein Ding. Mimi dagegen hielt akribisch Ordnung und war einfach sehr strukturiert. Dazu kamen unterschiedliche Arbeitszeiten und der individuelle Freundeskreis. Jörgs Chaotenfreunde, wie Mimi sie nannte, und ihre „gestylten Freundinnen", die Schnittmenge ihrer Welten war ziemlich gleich null. Versuche, das eine oder andere zu ändern, misslangen. Kurz und gut, Mimi kehrte in ihr Appartement zurück und Jörg blieb in seiner alten Wohnung. Das Ganze tat ihrer Freundschaft keinen Abbruch. Im Gegenteil, es kam so etwas wie frischer Wind in ihre Beziehung. Manchmal konnte es aber ziemlich stürmisch werden.

Jörg schüttelte den Kopf. Mimi würde sich wieder beruhigen. Doch dass sie ihm für die Geschichte Model stand, konnte er sich vorerst abschminken. Aber wer kam dann in Frage? Die rote Ruth? Ein bisschen zu mollig. Louise mit den Löckchen oder die brünette Carola? Beide gut für einen netten Abend, aber ob sie ihm Model stehen würden? Manuela? Eine scharfe Frau, aber sonst – es war einfach schwierig, die richtige Wahl zu treffen. Melcher erfasste zudem das dumpfe Gefühl, ganz gleich, wie er sich entschied, dass Mimi aktiv werden würde. Er legte die Blätter zur Seite und holte sich ein Bier aus dem Kühlschrank. Vielleicht sollte er sich mit anderen Aufträgen beschäftigen, Mimi war zurzeit etwas nervös. Was sie nur gegen die Geschichte hatte? Aus Melchers Sicht besaß die Story durchaus einen gewissen Reiz:

Eine Woche später begegnete Joseph der Frau wieder. In einer anderen Kneipe. Mit einem anderen Mann. Joseph kannte ihn von früher, sie hatten zusammen Handball gespielt. Aber er sagte nichts. Er wollte sehen, wie es dem Anderen mit der Frau ergehen würde. Gegen eins zogen beide ab. Zwei Tage danach sah er das Bild des Bekannten in der Zeitung. Ein früher Spaziergänger hatte ihn aufgefunden. Mit der eigenen Krawatte erdrosselt. Unschön. Fast fühlte Joseph sich schuldig. Die Polizei suchte Zeugen und dann nach der Blonden. Vergeblich. Ein Monat verging …

Der Januar endete in Eis und Schnee. Dann der Februar, Faschingszeit, bunte Masken und Konfetti. Melcher besuchte die eine oder andere Veranstaltung. Einmal waren Mimi und er in der Liederhalle, ein Ball mit Kostümzwang; Mimi bevorzugte den 70er Look, er trat als Apache auf. Ein anderes Mal eine Kneipentour mit Joe und Charly. Am Morgen ein fremdes, verkatertes Gesicht im Spiegel. Die Nase schien zu groß, das Haar war einen Tick zu lang. Schließlich die Feier zu Veras Geburtstag, zu der Melcher allein gegangen war. Dort die Geschichte mit Lydia. Lydia Franke war eine gute Freundin von Vera. Sie verkörperte einen Frauentyp, der Melcher normalerweise nicht ansprach. Dunkle, kurze Haare, eine schlanke, scheinbar androgyne Figur und dazu war Lydia überaus emanzipiert und scharfzüngig. Sie arbeitete beim SWR und war gerade mit einer Reportage zu dem Thema *Macht, Filz und Geld* beschäftigt. Mit diesen Komplexen kannte sich Melcher zur Genüge aus. Die Rotlichtmorde vor drei Jahren, die Aalener Brauereigeschichte und das Geschehen im letzten Frühling an der Bergstraße hatten ihn direkt in politische Sumpfgebiete geführt. Was im Land alles an Schmiergeld- und Korruptionsblüten wuchs, hatte selbst einen hart gesottenen Reporter wie Melcher überrascht. Lydia und er kamen daher rasch ins Gespräch. Sie plauderten über dies und jenes, tranken Veras fantastische Cocktails und setzten später ihren Austausch in Lydias Wohnung fort. Sie hatte eine wunderbare Haut und war sanfter, als Jörg gedacht hatte. Am nächsten Morgen erwachte er neben ihr mit dem üblichen Kater. Als er nach dem gemeinsamen Frühstück das Haus in der Werastraße verließ, musste ihm ausgerechnet Mimi begegnen. Seitdem herrschte Eiszeit zwischen ihnen. Melcher bemühte sich, die Dinge in Ordnung zu bringen, zeigte bußfertige Reue und streute aschermittwochs virtuelle Asche auf sein Haupt. Mimi reagierte nicht auf ihn, nicht auf Anrufe, reagierte gar nicht. Er hatte es offenbar übertrieben. Also hielt Jörg sich an Lydia, bis diese ihn von heute auf morgen verließ und nach Berlin zog.

Ein trüber Vormärz. Schneefall, Tauwetter, wieder Schnee. Melcher erkältete sich, lief eine Woche mit triefender Nase und roten Augen durch die Gegend, bis er sich mit Rumpunsch, Zwiebeltee und Glühwein kurierte.

Überall in der Stadt und im Land hingen Wahlplakate mit dicken, runden Gesichtern und langen Nasen. Und kurzen

Beinen, aber die sah man meist nicht. Copy und Paste, sagten die einen, die anderen lachten. Ende März folgten die Wahlen und plötzlich war der Kerl vom Plakat weg, sozusagen über Nacht verschwunden und erledigt. Es gab noch echte Wunder. Leider nicht überall; ein Treffen mit Mimi führte wieder zum Streit und einem unversöhnlichen Ende.

Der März zog vorüber. Anfang April strahlte die Sonne und in den Gärten zeigte sich die gelbe Fülle der Narzissen und Osterglocken; überall öffneten sich die Blüten und junges, frisches Grün wuchs auf den Bäumen. Ein erster warmer Sonnentag an der Brenz. Spaziergänge im Park. Die Menschen drängten hinaus in die Wärme. Heidenheim lebte auf, der Frühling zog in die Stadt. Schneeschmelze, die Brenz führte, was selten vorkam, Hochwasser. Dann fiel der Pegelstand und ruhig flossen die Wasser dahin.

Sonne und Wärme, Kälte und eine Woche Dauerregen. Endlich wieder Sonne, dann war auch die Karwoche vorüber: Osterzeit und Goethe.

Vom Eise befreit sind Strom und Bäche durch des Frühlings holden, belebenden Blick; im Tale grünet Hoffnungsglück; der alte Winter, in seiner Schwäche, zog sich in rauhe Berge zurück ...

Der Mai folgte und mit ihm kam eine weitere Kette warmer und heißer Sonnentage.

Der Lauf der Brenz wurde schmal. Von den letzten Fluten blieb Unrat an der Uferböschung zurück. Plastiktüten, Holz und Äste, rostige Eimer und andere hässliche Dinge mehr.

Unter dem Buschwerk an der Uferseite gegenüber der Gitterbegrenzung zur Kanalstraße hin hing ein blaugraues Bündel. Dem Realschullehrer Gabriel Bern, der am Gitter lehnte und die Mittagspause mit einer Zigarette beschloss, fiel das Bündel auf. Ein blauer Plastiksack, mit grauen Bändern oder Klebestreifen umschnürt. Darin ein größerer Gegenstand, länglich und gerundet, mit einer eigenartig menschlichen Kontur. Gabriel Bern trat seine Zigarette aus und griff zum Handy.

Ein halbe Stunde später war das Ufer abgesperrt und Hauptkommissar Frank Ehlers mit seinem Team vor Ort. Ehlers war mit seinen 1,92 und den breiten Schultern eine imposante Erscheinung. Seit er die Fünfzig erreicht hatte, begann er, trotz intensiver Sportaktivitäten, Gewicht anzusetzen. Sein Gesicht aber blieb kantig und hart. Kommissar Claus Lederer, 44 Jahre alt, war eher mittelgroß und neigte schon immer zu einer gewissen Fülle. Seit drei Jahren sah er mit Besorgnis, dass seine Haare sich mehr und mehr lichteten. Er hatte bereits mit dem Kauf eines Toupets geliebäugelt, dann aber den Gedanken wieder verworfen. Die Inspektorin Carina Wittmüller, das Küken in der Runde, hatte ihre Ausbildung gerade hinter sich. Mit ihren kurzen, braunen Haaren und der Kassenbrille wirkte sie beinahe wie eine Grundschullehrerin. Zu der Gruppe kamen der Polizeiarzt Dr. Grossmann und die Leute der Spurensicherung unter ihrem Leiter Günther Kroll.

Dr. Grossmann erhob sich aus seiner knienden Position. Vor ihm lag der geöffnete Plastiksack. Hauptkommissar Ehlers schaute ihm kurz über die Schulter und wandte sich sofort wieder ab.

„Wirklich kein schöner Anblick“, meinte er. „Wie lang war der Leichnam Ihrer Meinung nach im Wasser, Doktor?“, fragte er den Polizeiarzt.

„Schwer zu sagen“, erwiderte Grossmann. „Vielleicht drei, vier Monate, vielleicht auch länger. Genaueres kann ich erst nach der Obduktion sagen. Es handelt sich um eine weibliche Leiche. Die aerobe bakterielle Zersetzung ist weit fortgeschritten. Aufgrund der Wassersituation kam es zur Fettwachsbildung. Der Plastiksack war durchlässig, einzelne Körperteile sind angefressen. Das Gesicht ist nahezu unkenntlich geworden."

„Eine Identifizierung wird also schwierig", sagte Ehlers. „Am besten, wir überprüfen zunächst die Vermisstenliste. Frau Wittmüller, das übernehmen Sie. Claus, kümmerst du dich um die Verpackung der Leiche, den Plastikbeutel und die Klebebänder? Ich rede noch mal mit dem Mann, der den Leichensack entdeckt hat."

Um 16 Uhr traf sich das Team im Besprechungszimmer der Mordkommission der Polizeidirektion Heidenheim in der Kurt-Bittel-Straße.

„Also, Kollegen, was haben wir?", eröffnete Frank Ehlers die Besprechung. „Zunächst eine unbekannte weibliche Leiche, die in einen Plastiksack eingepackt und vor längerer Zeit in die Brenz geworfen wurde. Der Sack war mit Metall beschwert, das in Teilen das Plastik durchgescheuert hat, weswegen der Sack Auftrieb bekam. Das Ganze ereignete sich vor drei oder vier, möglicherweise auch vor fünf Monaten. Der oder die Täter haben die Kleider entfernt. Es gibt bisher keine erkennbaren Spuren."

„Die Todesursache?", fragte die Inspektorin.

„Dr. Grossmann hat für morgen früh einen Bericht versprochen. Aber wir können sicher von Mord ausgehen", erklärte Ehlers.

„Das versteht sich von selbst", kommentierte Claus Lederer. „Von allein ist die Leiche nicht in das Plastik und in die Brenz gelangt."

„Ich bin die Vermisstenliste des letzten halben Jahres für Baden-Württemberg durchgegangen. 42 erwachsene Personen werden vermisst, darunter 13 Frauen“, berichtete Inspektorin Wittmüller. „Zwei der dreizehn Frauen sind hier in der Region verschwunden. Eine gewisse Sigrid Sonnenberg, eine 54-jährige Frau aus Rostock, die im Januar ihre Schwester in Oggenhausen besucht hat. Sie fuhr nach einer Woche mit der Bahn zurück und ist nie zu Hause angekommen. Sigrid Sonnenberg ist 1,53 Meter groß, hat kurze schwarze, grau durchwachsene Haare und trägt eine Brille. Bei ihrem Verschwinden war sie mit einer schwarzen Hose und einer schwarzgrau gemusterten Jacke mit Pelzrand an der Kapuze bekleidet.“

„Die Leiche kam mir deutlich größer vor“, sagte Ehlers. „Wen haben wir noch?“

„Die zweite Vermisste ist eine Frau Diana Henners. Frau Henners ist eine bekannte Sopranistin und wurde zuletzt im November hier in Heidenheim bei der Pressekonferenz zum Opernfestival im kommenden Juli gesehen. Anschließend wollte die Dame nach Rom fliegen. Aber in Rom ist die Sängerin nie angekommen. Die Ulmer Kollegen haben ihren Lebensgefährten, einen Herrn Bottenbeg, und ihren Manager Christian Steinacker sowie weitere Personen ihres Umfelds befragt, ohne Ergebnis. Frau Henners ist 36, schlank und 1,73 Meter groß. Sie trug einen Pelzmantel, als sie zuletzt gesehen wurde“, berichtete die Inspektorin.

„Hoffentlich kein zweiter Fall Bögerl“, meinte Lederer.

„Soweit wir wissen, wurde Diana Henners weder entführt, noch wurde eine Lösegeldforderung gestellt“, erklärte die Inspektorin.

„Die Tote kann natürlich jemand völlig anderes sein“, entgegnete Lederer. „Diana Henners könnte sich sonst wo befinden. Im Fall Maria Bögerl glaube ich allerdings an eine Beziehungstat. Eine attraktive Frau …“

„Ich denke, wir sollten uns auf den aktuellen Fall konzentrieren", unterbrach ihn Frank Ehlers. Wenn Lederer erst einmal anfing, seine Theorien über Maria Bögerls Entführung und ihre Ermordung darzulegen, saßen sie noch Stunden hier. „Ich habe mit dem Realschullehrer gesprochen", berichtete er weiter. „Herr Bern geht täglich den Uferweg entlang und ist ziemlich sicher, dass bis vor kurzem kein Sack in den Büschen war. Das ist gut möglich, denn der Pegelstand der Brenz ist in den letzten Tagen deutlich zurückgegangen. Gibt es aktuell weitere Hinweise?"

„Ich habe mich mit dem Plastiksack beschäftigt", berichtete Claus Lederer. „Regional und überregional gibt es 14 Hersteller, die den deutschen Markt beliefern. Dazu treten 40 ausländische Anbieter. Die Spurensicherung hat allerdings sichere Hinweise gefunden, dass es sich bei dem verwendeten Produkt um einen EDDI-bag Recycling-Abfallsack handelt, produziert von der Firma *Eddi-Plastic GmbH* im bayerischen Wasserburg."

„Wahrscheinlich überall im Handel erhältlich?"

„Nicht ganz. Ich habe dort angerufen und erfahren, der Artikel Art.-Nr. 70EDDI werde nur in 1000er Stückzahl an Firmenkunden verkauft. Primär im Raum München – Augsburg – Ulm."

„Das passt zu Diana Henners", warf Carina Wittmüller ein. „Frau Henners stammt aus Günzburg und wohnt in Ulm."

„Seien wir noch vorsichtig mit unseren Mutmaßungen und warten das Ergebnis von Dr. Grossmanns Untersuchungen ab. Bis dahin, Kollegen, schließe ich die Runde."

Jörg Melcher saß am Schreibtisch und kramte in Papieren. Zeitungsartikel, Briefe, privat und geschäftlich. Urlaubsgrüße, einige Fotos, Bilder von Mimi, von ihrem Urlaub im letzten

Jahr, ihr Lächeln und ihr schönes Gesicht. Er seufzte, kramte weiter im üblichen Sammelsurium der Schubladen, die er längst hätte aufräumen sollen. Sein Blick fiel auf einen farbigen Prospekt. *Bartholomä*, der Ort, in dem Vetter Thomas Bürgermeister war. Er öffnete den Prospekt.

Bartholomä genießt einen herausragenden Stellenwert als Fremdenverkehrsgemeinde. In einer herrlichen Landschaft, geprägt durch große Waldflächen, sanfte Höhenrücken wie dem Bärenberg oder dem Wirtsberg, geologischen Besonderheiten wie dem Felsenmeer im Wental oder den Höhlen am Rosenstein, Naturschutzgebiete wie „Rauhe Wiese" und „Weiherwiesen", kommen Erholungssuchende voll auf ihre Kosten. Ein weitläufiges, gepflegtes Netz von Wander- und Radwegen, eine artenreiche Flora mit vielen botanischen Raritäten bieten Wanderern und Radfahrern, wie auch Naturfreunden gleichermaßen eine Vielfalt von Freizeitmöglichkeiten.

Das klang vielversprechend und die Bilder lockten mit sattem Grün. Vielleicht sollte er mit Mimi demnächst einen Ausflug dorthin machen, eine Frühlings- und Versöhnungstour sozusagen? Möglich, dass sie nach vier Wochen Funkstille ... Das Läuten des Telefons unterbrach seine Überlegungen. Melcher nahm den Hörer ab. Trautmann von den *Nachrichten* war am Apparat.

„Tag, Jörg. Ich habe eine interessante Sache für dich. Du erinnerst dich an den Fall Maria Bögerl?"

„Das ist die ermordete Bankiersfrau aus Heidenheim. Gibt es etwas Neues?"

„Es könnte sein. Jedenfalls ist in Heidenheim schon wieder eine Frau ermordet worden. Vor acht Tagen fischte die Polizei einen Plastiksack aus der Brenz. Der Inhalt: eine nackte, starke verweste Frauenleiche!"

„Doch nicht etwa die vermisste Operndiva?“, fragte Melcher.

„Ah, du kennst den Fall? Du hast Recht, die Sängerin ist die Tote!“, antwortete Trautmann. „Seit gestern ist es amtlich. Eine DNA-Probe hat die Identität bestätigt. Es handelt sich bei der aufgefundenen Leiche um Diana Henners.“

„Schrecklich, ich habe Frau Henners noch im November interviewt.“

„Deswegen bist du der richtige Mann für die Story. Fahr nach Heidenheim. Hänge dich an die Polizei, recherchiere die Hintergründe, sprich mit Zeugen – aber das brauche ich dir ja nicht zu erklären.“

„Genau“, unterbrach ihn Melcher. „Wie sieht es mit den Finanzen aus?“

„Wir zahlen Fahrtkosten, die Unterbringung sowie anfallende Spesen. Dazu ein nettes Honorar. Alles in allem 2000.- Euro. Ein lukratives Angebot, glaub mir“, lockte Trautmann.

„Zweitausend? Darüber sollten wir uns genauer unterhalten“, erwiderte Melcher. „Viel ist das nicht!“

Er kannte seine Pappenheimer. Ein freier Mitarbeiter sollte möglichst viel liefern und wenig kosten. Das galt für Zeitungen und für Verleger. In Sachen Geld musste man hart verhandeln.

„Gut, treffen wir uns morgen Vormittag um zehn in der Redaktion. Dann kannst du gleich aufbrechen.“

„Wir werden sehen, ob wir uns einigen“, meinte Melcher. „Bis morgen.“

Er legte auf. Eine tote Opernsängerin, deren Leiche in einem Plastiksack gefunden wurde. Dazu eine Anfrage von Trautmann, ob Melcher sich mit dem Fall beschäftigen wolle. Warum eigentlich nicht? Das passte zu seiner Überlegung, mit Mimi auf die Ostalb zu fahren. Einer gemeinsamen Recherche konnte sie sicher nicht widerstehen. Ihre letzte Aktivität dieser

Art war im Sommer vergangenen Jahres gewesen, als sie den Casinomorden in Baden-Baden und Rust nachgingen. Gleich im Anschluss an das Geschehen an der Bergstraße. Er nahm den Hörer und wählte ihre Nummer.

„Hallo Mimi, ich bin's, Jörg ..."

Das Gespräch war überraschend erfolgreich. Mimi legte nicht auf, sondern hörte ihm zu und willigte sogar ein, sich mit Jörg um acht zum Essen zu treffen. Sie wollten im *Restaurante da Maurizio* in der Calwerstraße essen. Ganz in der Nähe des Appartements, in dem Melcher im letzten Jahr Brigitte Hertel getroffen hatte. Dort würde er Mimi fragen, ob sie ihn nach Heidenheim begleiten wolle.

Das Essen mit Mimi war vor drei Tagen gewesen. Sie hatte sich versöhnlich gezeigt und bereit, mit Jörg wieder zu reden. Doch als er ihr vorschlug, mit ihm nach Heidenheim zu fahren, lehnte Mimi ab. Das gehe ihr zu schnell, sagte sie, erst müssten sie gemeinsam die Lydiaaffäre klären, und zwar ausführlich. Ohnehin sei es ihr aus beruflichen Gründen nicht möglich, Melcher zu begleiten. Die nächsten Wochen war Mimi in ihrer Gemeinschaftspraxis fest eingespannt. Für spontane Ermittlungen fehlte Frau Dr. Köppen die Zeit. Ansonsten verlief der Abend harmonisch. Jörg brachte Mimi nach Hause. Sie umarmte ihn – und schloss die Haustür. Melcher lief zu Fuß in die Augustenstraße und verfluchte Lydia, den Alkohol und seine Anfälligkeit für die Weiblichkeit an sich.

Heute, am Montag, kam Melcher mit dem Wagen gegen Mittag in Heidenheim an. Er parkte an der Pauluskirche, einem aus roten, unlasierten Backsteinen bestehenden neugotischen Bau, direkt vor dem Gebäude der Bußgeldbehörde. Sein Programm der nächsten Tage stand in Grobzügen fest.

Zunächst wollte er sich einen Eindruck von der Stadt verschaffen. Im November hatte Melcher dafür keine Zeit gefunden. Und natürlich würde er den Fundort der Leiche aufsuchen. Trautmann hatte dazu um drei einen Termin mit dem Leiter der Untersuchung, Hauptkommissar Frank Ehlers, arrangiert. Am späten Nachmittag war noch ein Treffen mit einer Dame des Festspielkomitees. Bei Manfred Bauk, einem Kollegen der Heidenheimer Zeitung, den er im November beim Pressetermin getroffen hatte, wollte er auch noch vorbeischauen.

Morgen fuhr Melcher nach Ulm, um Christian Steinacker, den Manager der toten Sängerin zu interviewen. Alles andere würde sich ergeben.

Jörg Melcher lief an dem riesigen Rathausgebäude vorbei in Richtung Altstadt. An der Frontseite hing oben ein breites Plakat mit Hinweis auf den *Fidelio*. In der Grabenstraße wandte er sich nach links und bog in die Ratsgasse ein, die direkt zum Alten Rathaus führte. Vor dem Fachwerkhaus lag ein Brunnen, die *Knöpfleswäscherin.* Der Brunnen stellte eine Lokalszene dar: Eine Heidenheimer Bürgerin wollte ihrem Mann einen Korb voller Hefeklöse, in der Region Knöpfle genannt, zur Arbeit bringen. Sie stolperte auf dem Weg und der Korb mit den Knöpfle fiel auf die Straße. Die sparsame Hausfrau sammelte alles säuberlich auf und wusch die Knöpfle in der Brenz. Dann brachte sie die Speise ihrem Mann, der ahnungslos alles mit Appetit verzehrte. Aufgrund dieser Anekdote wurden die Heidenheimer *Knöpfleswäscher* genannt. Melcher dachte an den Leichensack, der im Fluss gefunden worden war, und schüttelte sich innerlich. Im Alten Rathaus besorgte er sich einen Stadtführer und lief weiter die Hauptstraße Richtung Süden entlang. Bei der Einmündung der Pfluggasse lag in einem Eckhaus die Schlossapotheke. Seitlich am Haus das Wappen der Familie Gubitz. Melcher wandte sich von dort zur Hinteren Gasse. Eine beschauliche Straße mit schön renovierten Fachwerkhäusern und dem Eichamt. Er kehrte auf die Hauptstraße zurück, lief an der *Herberge zur Krone*, einer alten Thurn und Taxis'schen Poststation vorbei. *Königsbräu*, *Café Chic* und andere Lokale. Es folgte der modernere Teil der Stadt, beginnend mit dem Eugen-Jaekle-Platz. Eine Arkadenreihe aus Stahl, Beton und Lampen begrenzte den Platz. An einer Ecke stand ein Brunnen mit dem *Wedelbüble* in Erinnerung an die 1929 gebändigte *Wedel*, ein alljährlich durch die Stadt fließendes Wildwasser. Er überquerte die Brenz- und Olgastraße und lief weiter in Richtung *Schloss Arkaden*, die für Städte dieser Größenordnung üblich gewordene Shopping-Mall. Nachdem er so ein wenig umhergebummelt war, blieb Melcher schließlich vor der Auslage einer Buchhandlung stehen. Im Schaufenster hing wieder ein Plakat der Opernfestspiele 2011:

FIDELIO. Oper in zwei Akten von Ludwig van Beethoven. Ein Werk über unbesiegbare Hoffnung, Freiheit und Gerechtigkeit!

Das Werk, in dem die ermordete Sängerin Diana Henners die *Leonore* hätte singen sollen. Melcher beugte sich vor. Wer war an ihre Stelle gerückt?

Auf dem Plakat war lediglich eine Folge von Namen angegeben:

Bosch · Schneider · Beaujean · Litzinger · Bourvé · Deymrau · Dürr/Markus · von Duisburg · Gasztecki · Wittmann · von Welsungen · Stuttgarter Choristen · Nürnberger Symphoniker …

„Suchen Sie nähere Informationen zu den Festspielen?"

Eine Dame stand in der Ladentür und blickte Jörg Melcher fragend an. In der Hand hielt sie weitere Plakate, die sie wohl außen befestigen wollte. Offenbar gehörte die Frau zum Laden. Melcher zeigte auf das Plakat.

„Ich würde gern wissen, wer im Juli die Leonore singt. Ursprünglich sollte Diana Henners doch die Rolle übernehmen."

„Das ist richtig", erwiderte die Frau. „Aber Diana Henners kann die Leonore nicht mehr singen; sie wird seit Ende November vermisst. Eine tragische Geschichte. An ihre Stelle ist Celine Deymrau, die bekannte belgische Sopranistin, getreten. Wenn Sie einen Moment Zeit haben, kann ich Ihnen die entsprechende Broschüre geben. Ich muss nur rasch die Plakate aufhängen."

„Ich kann warten", sagte Melcher.

Rasch befestigte die Buchhändlerin die Werbeplakate am Schaufenster. Sie bewegte sich mit einer sportlich wirkenden Grazilität. Und sie lächelte bei ihrer Arbeit. Irgendwie gefiel ihm die Frau.

„So, fertig. Kommen Sie doch mit herein."

Melcher folgte der Aufforderung. Im Laden, einer Buchhandlung, wie sie überall in den größeren Städten der Republik zu finden war und ist, führte die Dame ihn zu einer kleinen Sitzecke. Sie griff in ein Regal und reichte Melcher einen Prospekt.

„Danke ...", erst jetzt entdeckte er das Namensschild, das auf ihrer Brust befestigt war. „Frau Rotgießer-Burger."

„Bitte, gern geschehen."

„Michél, kannst du mal kommen."

„Sie entschuldigen", sagte sie und ging zu ihrer Kollegin. Melcher blickte ihr nach. Frau Rotgießer-Burger war nicht mehr ganz jung, doch schlank und hochgewachsen. Melcher schätzte sie auf Ende dreißig, maximal Anfang vierzig. Ihr leicht gelocktes schwarzes Haar war schulterlang geschnitten. Am besten gefiel ihm das dunkle Timbre ihrer Stimme. Die beiden

Buchhändlerinnen bemühten sich um eine ältere Dame, die ein spezielles Buch suchte, aber weder den Autor noch den genauen Titel zu kennen schien. Melcher blätterte in der Broschüre.

Für „Fidelio" wird erstmals Hermann Schneider auf dem Schlossberg Regie führen, das Bühnenbild gestaltet Detlev Beaujean, der schon für „Tosca" ein beeindruckendes Umfeld schuf. In den Hauptrollen werden Celine Deymrau (Leonore) und Wolfhard von Welsungen (Florestan) zu sehen und zu hören sein. Das Eröffnungskonzert am 29. Mai gestaltet das französische „Trio Wanderer" mit Werken von Beethoven, Brahms und Thierry Escaich. Am 22. Juni wird die Junge Oper mit dem Stück „Das Schaaf" Premiere haben – erstmals in einem Zirkuszelt im Schlosspark. Die Regie in dieser Produktion führt Martin Philipp, der im letzten Jahr „Tosca" leitete. Neben den insgesamt sieben Aufführungen von „Fidelio" steht das Werk Beethovens auch im Mittelpunkt des Galakonzerts am 21. Juli.

„Und, sind Sie fündig geworden?"

Michél Rotgießer-Burger stand neben ihm.

„Danke, ich denke schon", entgegnete Melcher. „Ich habe gefunden, was ich suchte. Nicht so, wie Ihre Kundin dort drüben."

„Um die kümmert sich Franziska. Und mit den ganz schlimmen Fällen beschäftigt sich Gudrun."

„Was sind ganz schlimme Fälle?"

„Das sind Leute, die Tolstoj für eine Wodkamarke halten", lachte Michél Rotgießer-Burger. „Sie sind nicht aus Heidenheim, oder?", fragte sie dann. „Ich habe Sie noch nie hier gesehen."

„Das stimmt, ich habe hier nur beruflich zu tun. Ich bin freier Journalist und Pressefotograf."

„Journalist, das klingt nach einer spannenden Tätigkeit.

Führt Sie etwas Spezielles nach Heidenheim? Doch nicht diese unselige Angelegenheit mit der entführten und ermordeten Bankiersfrau? Da gibt es mittlerweile jede Menge Gerüchte. Der Ehemann, so heißt es, sei Vater von Zwillingen geworden. Und dass nur sieben Monate nach der Ermordung. Die Ehe sei kaputt gewesen, beide hätten Affären gehabt ..."

„Nein", unterbrach Melcher den Redefluss. „Es geht mir nicht um Maria Bögerl und irgendwelche Nachbarschaftsgerüchte. Mich interessiert der Verbleib von Diana Henners."

„Diana Henners?", fragte Michél Rotgießer-Burger überrascht.

„Ich erzähle Ihnen gern Näheres", antwortete Melcher, „wenn Sie mit mir heute Abend essen gehen. Und Sie erzählen mir etwas über Heidenheim!"

Du meine Güte, was rede ich da, dachte Jörg. Wie komme ich dazu, die Frau zum Essen einzuladen?

„Etwas überraschend kommt die Einladung schon", antwortete Frau Rotgießer-Burger. Sie warf einen forschenden Blick auf Melcher. „Sie haben ein ganz schönes Tempo", sagte sie dann und nickte. „Wahrscheinlich seid Ihr Journalisten alle so. Gut, ich liebe Überraschungen und sage zu. Um halb neun?"

„Um halb neun", murmelte Melcher.

„Und wo?"

„Tja, wo?", meinte Melcher.

„Stimmt, Sie sind nicht von hier, treffen wir uns vor dem *Restaurant Friedrichs*, Herr ..."

„Melcher, Jörg Melcher", stellte sich Jörg vor und es gelang ihm dabei, eine Karte aus der Tasche zu ziehen und diese Michél Rotgießer-Burger zu überreichen.

„Das *Restaurant Friedrichs* liegt oben am Ende der Hauptstraße. Wenn Sie den Laden verlassen, nach links und immer geradeaus. Nicht zu verfehlen!"

„Gut, dann sehen wir uns im *Friedrichs*", antwortete Jörg.

„Schön, bis später, Herr Melcher", sagte sie mit ihrem dunklen Timbre und lächelte.

Melcher verließ die Buchhandlung; ein Schaufenster warf sein Spiegelbild zurück. Hochgewachsen, noch immer recht schlank und in sommerlichen Jeans mit weißem Hemd und lässiger Jacke. Dunkle Augen im kantigen Gesicht, kein Schönling, eher männlich herb, er konnte sich sehen lassen. Und heute Abend war er mit einer netten Dame verabredet, irgendwie war Jörg Melcher mit sich zufrieden.

Hauptkommissar Ehlers war dagegen ausgesprochen schlechter Stimmung. Am Mittwochabend hatte sich bestätigt, dass der aufgefundene Leichnam die vermisste und jetzt tote Diana Henners war. Am nächsten Morgen stand die Nachricht balkendick in der lokalen Presse. Jemand hatte nicht dichtgehalten und die Entdeckung hinausposaunt. Er war sicher, dass weder Claus Lederer noch die Inspektorin Wittmüller das Leck gewesen waren. Ein anderes Vögelchen hatte also gesungen. Dennoch fing sich Ehlers einen doppelten Anpfiff durch die Staatsanwaltschaft und den Polizeipräsidenten ein. Es sei unmöglich, dass derart brisante Meldungen ohne Absprache an die Presse herausgegeben würden. Wie er dazu käme etc. etc. Am Freitag erhielt er dann einen Anruf von Dr. Stumpf, dem persönlichen Referenten des Polizeigewaltigen, am Montag käme ein Mann von der Hauptstadtpresse, den er über den aktuellen Sachstand der Ermittlung informieren solle. Den Namen des Betreffenden bekomme Ehlers am Nachmittag gefaxt. Dabei blieb es.

Am Montagmorgen rief ein Reporter an, der sich als Jörg Melcher vorstellte und über den Fund der Leiche der toten Sängerin und den aktuellen Stand der Ermittlungen sprechen wollte. Der Hauptkommissar vereinbarte mit dem Mann ein Treffen um drei. Er rief Dr. Stumpf an, der sich erstaunt zeigte, dass sein Fax Ehlers nicht erreicht habe und den Namen bestätigte.

Jörg Melcher, irgendwoher kannte Ehlers den Mann. Er schaltete den PC an und ging ins interne Polizeinetz. Dort gab er den Namen des Reporters ein und wurde im Bruchteil einer Sekunde fündig. Jörg Melcher war der Mann, der sich vor zwei Jahren in Aalen in laufende Mordermittlungen eingemischt hatte. Nicht nur in Aalen, offenbar auch in Stuttgart, Baden-Baden und an der Bergstraße. Wahrhaftig, kein unbeschriebenes Blatt. Gut, die Verhältnisse in Stuttgart oder Baden-Baden mochten anders sein. Aber die in Aalen und in Heidenheim waren durchaus vergleichbar. Dort drüben konnten sich die Kollegen von einem Stuttgarter vorführen lassen; in Heidenheim würde das nicht passieren, unter keinen Umständen. Ehlers straffte sich und griff zum Telefon. Zeit zum Abgleich der aktuellen Ergebnisse und für eine Besprechung in kleiner Runde.

Ein großer, weiter Raum. Stille.

Eine Gestalt trat aus dem dunklen Hintergrund in das Rampenlicht der Bühne. Hände flogen über die Tastatur des Flügels, Füße drückten die Pedale. Der Taktstock deutete auffordernd auf Orlando Macon. Vorn, direkt am Bühnenrand, stand Wolfhard von Welsungen und begann zu singen. Mit strengem Blick beobachtete der Regisseur das Spiel des Sängers. Von Welsungen in seiner Rolle als *Florestan*, eine gute Besetzung. Von Welsungens erstes Engagement als *Abdallo* in *Nabucco* lag neun Jahre zurück. Inzwischen war der in München geborene Sänger in den USA sowie in Dessau, Gera und Rostock tätig gewesen. Zuletzt überzeugte er als *Siegmund* in Barrie Koskys Inszenierung des *Ring des Nibelungen* an der Staatsoper Hannover. Seine Oktavbreite war atemberaubend. Der Tenor richtete sich zu seiner vollen Größe auf, holte tief Luft und ließ den Saal klanglich vibrieren. Währenddessen herrschte hinter der Bühne hektische Betriebsamkeit. An den Kulissen wurde gearbeitet und Teile der Dekoration wurden umgewandelt. Techniker verlegten Kabel und testeten die Akustik. Lautes Hämmern und Bohrgeräusche drangen in den Bühnenraum und vermischten sich mit dem Gesang zu einer Kakophonie. Von Welsungen brach mitten im Solo ab.

„Das ist unmöglich, wir sind doch nicht in einer Fabrik. Gegen diesen Lärm singe ich nicht an!"

Regieassistent Gregor Sonsky eilte nach hinten. Sonskys laute Stimme durchdrang den Raum. Der ruhig wirkende Mann mit dem runden Gesicht und der schwarzen Lederjacke konnte verdammt ungemütlich werden, wenn die Dinge nicht so liefen, wie sie sollten. Binnen Kurzem stoppte das Hämmern und der Bohrer endete mit einer letzten, widrigen Dissonanz.

Stille – Hermann Schneider hob die Hand und Wolfhard von Welsungen sang:

Gott, welch Dunkel hier! O grauenvolle Stille!
Öd ist es um mich her, nichts, nichts lebet außer mir,
o schwere Prüfung!

Die Scheinwerfer erloschen. Schlagartig wurde es dunkel. Kein einziges Pult beleuchtet, der Dirigent, das Orchester und die Sänger ohne Licht. Auch hinter der Bühne herrschte absolute Finsternis. Stromausfall – die Bühnengötter schienen den Vorproben weniger gnädig gestimmt.

„Ich habe erste Unterlagen aus Ulm erhalten. Weitere Akten der Ulmer Kollegen gehen uns in den nächsten Tagen zu“, informierte Hauptkommissar Ehlers die Kollegen. „Nach der Vermisstenanzeige wurden verschiedene Befragungen im näheren Umfeld der Sängerin durchgeführt. Sowohl der Lebensgefährte von Frau Henners, Henry Bottenbeg, als auch ihr Manager Christian Steinacker wurden vernommen.“ Ehlers blätterte in einem Ordner. „Und ein gewisser Nicolas Stetter, der frühere Ehemann der Sängerin, wurde ebenfalls befragt. Der Mann lebt in Aalen. Alle drei Männer gaben an, nicht zu wissen, wo sich Frau Henners aufhielte.“

„Das könnte durchaus der Wahrheit entsprechen“, warf Claus Lederer ein. „Diana Henners kann auch einem unbekannten Gewalttäter zum Opfer gefallen sein.“

„Das glaube ich nicht“, widersprach der Hauptkommissar. „Laut Dr. Grossmann gibt es außer den drei Messerstichen keinen Hinweis auf weitere körperliche Gewaltanwendung. Als Tatwaffe kommen alle gängigen Messersorten in Frage. Dr. Grossmann könnte sich von den Wundrändern her vorstellen, dass ein spitzes Brotmesser benutzt wurde. Uns liegen in der Region keine ähnlichen oder vergleichbaren Fälle vor. Ein Psychopath begnügt sich nicht mit einer Gewalttat.“

„Aber, Chef. Da gab es doch in Ulm im letzten Juni einen Frauenmord“, meldete sich die Inspektorin zu Wort. „Eine junge Frau, gerade 19 Jahre alt, wurde in der Wohnung eines Mehrfamilienhauses am Rande der Ulmer Innenstadt tot aufgefunden. Die Kollegen nahmen sofort die Ermittlungen auf. Kriminaltechniker sicherten verschiedene Fremdspuren in der Wohnung. Die Frau wurde erstickt und nach dem Zustand ihrer Kleidung ging man von einem Sexualdelikt aus. Der Täter wurde bislang nicht ermittelt.“

„Also erstens wurde Frau Henners erstochen und nicht erstickt. Und ein Sexualdelikt kann nach Auskunft der Gerichtsmedizin ausgeschlossen werden“, entgegnete Ehlers.

„Zudem, liebe Frau Wittmüller“, ergänzte Kommissar Lederer lächelnd, „wurde der Fall aufgeklärt. Der 26-jährige Freund des Opfers hatte wenige Stunden nach dem Tod der jungen Frau versucht, sich das Leben zu nehmen. Aus unerfüllter Liebe, sagten Freunde. Vier Tage nach der Tat wurde der Mann in der Intensivstation einer Ulmer Klinik unter dringendem Tatverdacht festgenommen. Der Anfangsverdacht der Ermittler gegen den 26-Jährigen erhärtete sich: Bilder einer Videoüberwachung aus dem Wohn- und Geschäftshaus am Ehinger Tor, wo die Frau ermordet wurde, bestätigten, dass sich der Mann zur Tatzeit in dem Gebäude aufgehalten hat. Mehrere Spuren vom Tatort belegen zusätzlich, dass er sich nicht nur in der Wohnung aufhielt, sondern die Tat begangen hat.“

„Das wusste ich nicht“, entschuldigte sich die Inspektorin.

„Kehren wir zum aktuellen Fall zurück“, meinte Ehlers ungeduldig. „Ich fasse kurz die vorliegenden Tatsachen zusammen: Die Opernsängerin Diana Henners wurde in der Öffentlichkeit zuletzt am 22. November 2010 anlässlich einer Pressekonferenz hier in Heidenheim gesehen. Am 23. November hatte Frau Henners einen Termin in Köln und am folgenden Tag, dem 24. November, war ein Flug mit Cityline Swiss um 14.00 Uhr von Dortmund nach Rom Fiumincino gebucht. Ankunft dort um 15:45 Uhr. Der Termin in Köln wurde von einem Unbekannten, der behauptete, Frau Henners’ Manager zu sein, telefonisch abgesagt. Ihr wirklicher Manager wandte sich an die Polizei, als er aus Rom keine Nachricht bekam. Der Flug wurde überprüft und es stellte sich heraus, dass Frau Henners am

24. nicht die Maschine nach Rom genommen hat. Angeblich will aber eine Zeugin die Tote noch Anfang Februar bei einer Faschingsveranstaltung in Rottweil gesehen haben."

„In Rottweil?", fragte Claus Lederer. „Warum in Rottweil?"

„Das entzieht sich unserer Kenntnis", antwortete Ehlers. „Die betreffende Zeugin verständigte den Manager Herrn Steinacker. Leider ist die Frau kurze Zeit später bei einem Bahnunglück ums Leben gekommen."

„Ein merkwürdiger Zufall", brummte Lederer.

„Nun ja, laut Autopsiebericht ist die Tote vor rund einem halben Jahr ins Wasser geworfen worden. Heute haben wir den 16. Mai. Anfang Februar war die Vermisste längst tot, die Zeugin kann Frau Henners nicht gesehen haben."

„Das heißt, der Mord ist im Dezember verübt worden?", fragte Frau Wittmüller.

„Spätestens im Dezember", korrigierte Ehlers. „Wahrscheinlicher ist, dass Frau Henners nach ihrem letzten Auftritt anlässlich der Pressekonferenz und vor dem geplanten Flug ermordet wurde. Und zwar hier in Heidenheim oder in der näheren Umgebung, dafür spricht die Auffindsituation."

Ehlers hielt in seinem Vortrag inne.

„Was wurde unternommen, um Frau Henners zu finden? Gab es Vernehmungen der Menschen im engeren Umfeld?", fragte Lederer. „Ein Freund wartet doch kein Vierteljahr, ob die Partnerin wieder auftaucht oder verschwunden bleibt."

„Die Kollegen aus Ulm haben breite Nachforschungen betrieben, aber vergeblich. Angeblich wusste niemand in Frau Henners' näherem oder weiterem Umfeld etwas über ihren Verbleib. Dann kam die Aussage der Zeugin und es gab noch weitere Hinweise darauf, dass sich Frau Henners möglicherweise abgesetzt habe. Mitte Dezember wurden von ihrem Konto mehrfach größere Beträge abgehoben. Im Januar und Anfang März kamen Postkarten aus Bali und Indien."

„Wer bekam die Karten?"

„Der Freund Henry Bottenbeg, der Manager Steinacker und einige Kollegen aus dem Musikbereich."

„Wurde ihr Konto nicht gesperrt?", wunderte sich die Inspektorin.

„Auf welcher Basis? Außer, dass Frau Henners verschwunden war, gab es keine Anzeichen für ein Verbrechen", antwortete Ehlers.

„Jedenfalls sind die Karten gefälscht!", meinte Lederer. „Wahrscheinlich vom Täter aufgegeben. Ob er allerdings auch das Geld abgehoben hat ... Gab es keine Kameraaufzeichnungen?"

Der Hauptkommissar blätterte in den Akten.

„Es sind keine Bilder beigefügt."

Er schob die Akten zur Seite.

„Wir werden uns zunächst mit dem Umfeld beschäftigen. Ich will alles Wichtige über Diana Henners erfahren. Auch über ihre Freunde, ihre Bekannten und Kollegen. Ich will von jedem Einzelnen wissen, wo sich dieser vom 22. bis 24. November aufgehalten hat."

„Ein Alibi, sechs Monate später, das wird schwierig", meinte Claus Lederer.

„Schwierig oder nicht, wir haben sonst weiter nichts in der Hand. Ach ja, und prüfen Sie, wer sich von diesen Leuten im Januar und im März in Bali und Indien aufgehalten hat!"

Um 15 Uhr war der Termin im Polizeipräsidium. Melcher wurde gleich in Hauptkommissar Ehlers' Büro geführt. Dieser begrüßte ihn mit einem festen Händedruck, ließ Melcher aber deutlich spüren, dass er von der Presse und ihren Vertretern wenig hielt. Das Büro war karg, ein Behördenkalender an der

Wand, nichts Grünes, selbst Kakteen schienen es hier nicht auszuhalten.

„Guten Tag, Herr Melcher, setzen Sie sich. Mein Name ist Ehlers, Hauptkommissar Ehlers und ich bin verantwortlicher Leiter der Untersuchungen im Mordfall Diana Henners. Normalerweise werden Mordermittlungen zunächst intern vollzogen. Wir haben jedoch von oben die Anweisung erhalten, Sie schon jetzt über den Leichenfund und das aktuelle Vorgehen zu informieren. Ich sage Ihnen aber gleich, dass ich von einer Einbindung der Presse zum gegenwärtigen Zeitpunkt absolut nichts halte und dies als geradezu kontraproduktiv ansehe. Als Beamter aber habe ich Weisungen zu folgen. Daher werden Sie die notwendigen Informationen vermittelt bekommen. Vorab: Im Kreis Heidenheim lebt es sich sicher – die Kriminalitätsbelastung gehört zu den niedrigsten in ganz Baden-Württemberg. Die Polizeidirektion Heidenheim mit den Polizeirevieren Heidenheim und Giengen, den Polizeiposten in Schnaitheim, Steinheim, Nattheim, Gerstetten, Herbrechtingen und Sontheim, der Kriminalpolizei, dem Führungs- und Einsatzstab und der Verwaltung ist auf einer Fläche von 627 Quadratkilometern für knapp über 135.000 Menschen zuständig. Dazu kommen zwischen Crailsheim und Ulm annähernd 80 Kilometer der Bundesautobahn 7, die vom Autobahnpolizeirevier Heidenheim betreut werden. Wir haben rund 260 Beamte sowie 40 Angestellte im Einsatz. Das ist der Rahmen. Ein Mordfall ist bei uns, im Gegensatz zur Landeshauptstadt, ganz und gar nicht Normalität."

Ehlers hielt inne und wartete, ob Melcher eine Bemerkung machen würde. Jörg Melcher schwieg, er hatte Zeit, sollte der Kommissar erst einmal sein Programm abspulen.

„Gut", fuhr Ehlers in seinem Vortrag fort. „Kommen wir

also zum Fall Henners. Zu den Grundzügen des Falles erhalten Sie im Anschluss schriftliche Informationen, die eigentlich alles beantworten. Natürlich können Sie auch Fragen stellen, die ich Ihnen, soweit ich das kann und darf, beantworte. Wenn ich allerdings den Eindruck habe, dass aus ermittlungstechnischen Notwendigkeiten Informationen im Hause bleiben müssen, werde ich diese zurückhalten. Und gegenüber amateurhaften Eigenermittlungen bin ich grundsätzlich allergisch."

Melcher grinste.

„Ich weiß nicht, was Sie mit Eigenermittlungen meinen, Herr Ehlers. Wahrscheinlich spielen Sie auf die Aalener Mordserie vor zwei Jahren an, in die ich völlig unabsichtlich verwickelt wurde. Soviel ich weiß, waren Ihre dortige Kollegin und die Staatsanwaltschaft für meine Hilfe äußerst dankbar."

„Das mag sein", erwiderte Ehlers, „aber wir sind in Heidenheim und nicht in Aalen. Die Polizei hier versteht ihr Handwerk."

„Daran habe ich keine Zweifel", meinte Melcher trocken. „Der Fall Bögerl hat das deutlich gezeigt."

Er wusste, es war unklug, sich gleich in der ersten Begegnung mit dem ermittelnden Kommissar anzulegen. Doch etwas an Hauptkommissar Ehlers reizte Melcher.

„Nun, es geht um Diana Henners und nicht um Maria Bögerl", antwortete Ehlers ruhig. „An dem Fall arbeitet die Soko ‚Flagge', Hinweise gibt es genug – von bisher 8050 stehen noch rund 1000 zur Bearbeitung aus. Ich bin sicher, die Kollegen werden den Fall bald lösen. Aber jetzt zu Diana Henners. Was wollen Sie wissen? Ich habe noch einiges zu tun, also fragen Sie schon, Mann!"

„Was hat die Polizei in der Zeit nach dem Verschwinden der Sängerin bis zur Entdeckung des Plastiksackes mit Frau

Henners' Leiche unternommen, um die Dame zu finden? Wo wurde nach Diana Henners gesucht beziehungsweise gefahndet? Wann genau kam die Tote ums Leben? Es liegt ein Mord vor; gibt es aktuell einen oder mehrere Verdächtige?", schoss Melcher seine Fragenkette auf den Kripomann ab.

Ehlers nickte bedächtig. „Ich dachte mir schon, dass Sie das fragen."

Er schob Melcher einen schmalen Hefter zu.

„Wie ich bereits sagte, finden Sie in diesem Ordner alles, was uns an Fakten vorliegt und was derzeit der Öffentlichkeit zugänglich gemacht werden kann. Und jetzt entschuldigen Sie mich, ich habe zu tun."

Ehlers stand auf und öffnete die Tür. Leicht verblüfft erhob sich Melcher. Ein glatter Rauswurf. Der Hauptkommissar schien keine leichte Nuss zu sein. Melcher beschloss, sich ebenfalls nicht aus der Ruhe bringen zu lassen. Er nahm den Ordner, stand auf und ging zur Tür.

„Danke für die Information, Herr Ehlers. Wenn ich alles gelesen habe, melde ich mich wieder bei Ihnen. Auf Wiedersehen, Herr Kommissar. Noch gutes Arbeiten!"

2. Ihr Haar war nachtschwarz gefärbt

An einem Freitag sah er die Frau erneut. In einem Café. Zumindest glaubte Joseph, dass sie es sei. Ihr Haar hatte sie nachtschwarz gefärbt. Fast hätte er sie nicht erkannt. Aber wie sie sich durchs Haar fuhr, daran erinnerte er sich. Er setzte sich in eine Ecke des Cafés und achtete darauf, von ihr nicht gesehen zu werden. Sie schien auf jemanden zu warten, wirkte unruhig. Schließlich zahlte sie und brach auf. Joseph warf einen Geldschein auf den Tisch und folgte ihr. Auf der Straße trat ein älterer Mann im grauen Anzug auf die junge Frau zu. Sie umarmte ihn, er schien sich zu entschuldigen. Sie hakte sich bei ihm ein und beide gingen davon. Joseph verzichtete darauf, ihnen zu folgen. Wahrscheinlich hatte er sich auch geirrt. Am Montag war das Bild des Mannes in Grau in der Zeitung. Tot, erwürgt mit seiner Krawatte. Die Sache wurde unheimlich.

Jörg Melcher verließ das Präsidium. Die erste Runde endete unentschieden. Ein Blick auf die Uhr, bis zum nächsten Termin war noch genügend Zeit für einen Kaffee und anschließend Gelegenheit, sich in der Stadt etwas genauer umzusehen und sich über Heidenheim und die hiesigen Besonderheiten kundig zu machen.

Er lief ein paar Hundert Meter die Marienstraße nach Süden bis zur Grabenstraße und bog dann nach rechts in Richtung Hauptstraße und von dort in die Hintere Gasse. Genau vor ihm lag das *Café Melange*. Über dem Eingang lockte auf einer Kreidetafel als Angebot des Tages *Frühlingssuppe*. Seitlich waren zwei verschnörkelte Schaufenster mit Werbung für Haselnusskuchen und andere Speisen. Davor standen ein Dutzend roter Plastikstühle unter einem riesigen Sonnenschirm. Das sonnige Wetter zeigte Wirkung, alle Plätze waren besetzt, gut, ging er weiter; Melcher wandte sich nach links. Ein Nagelstudio, dann das *SchattenDaSein*, eine Kleinkunstbühne. Gegenüber das *Palazzo*; eine Kochfigur präsentierte die Menütafel des Lokals. Eine Buchhandlung folgte, dann kam Melcher zu einem weiteren Café, zum *Café Schwarz. Kaffeespezialiäten* lockte ein Schild und *leckere Rhabarberschorle.* Das klang vielversprechend und es roch auch gut nach frischem Kaffee. Jörg Melcher trat in das braunholzige Innere. Überall waren Holzregale mit Kaffeeangeboten aus aller Welt, bunte Tassen und Kannen, eine Vielzahl von Marmeladen und andere süße Verlockungen. Zahlreiche Spiegel und geschickt angeordnete Lampen erzeugten eine geradezu milchkaffeeartige Atmosphäre. Melcher bestellte einen großen Cappuccino und dazu ein Heidelbeer-Muffin und nahm an der Seite Platz. Er begann in dem schmalen Ordner zu blättern, den ihm Hauptkommissar Ehlers gegeben hatte. Viel enthielt der Ordner nicht. Eine kurze Beschreibung der Auffindsituation an der Brenz. Einige Aussagen über das Verschwinden der Sängerin inklusive einer Kopie der Vermisstenanzeige. Aufgegeben am 26. November vom Manager der Ermordeten, Christian Steinacker. Dazu eine Liste der damals befragten Personen. Ferner die Namen der Firmen, die in Deutschland Plastik- und Müllsäcke produzierten – und das war es. Mehr Informationen schien ihm die Polizei nicht geben zu wollen. Melcher merkte, wie in ihm langsam Ärger hochstieg. Für das dürftige Material hätte es wahrhaftig keine Anweisung von oben und einen Sondertermin gebraucht. Nun gut, dann würde er mal wieder auf eigene Faust recherchieren müssen. Ohne falsche Rücksichtnahme, hart und investigativ.

Melcher trank den Kaffee aus, zahlte und erhob sich. Gleich vier, es war Zeit für den nächsten Termin im Kulturbüro der

Stadt. Dort erwartete ihn Frau Dr. Tauberger. Hoffentlich war die Dame kooperativer als die *Freunde und Helfer* von der Polizei.

Grabenstraße 15, der Riesenbau des neuen Rathauses dominierte die Umgebung. *GB 41 Festspiele und Kulturbüro*, Frau Dr. Tauberger entpuppte sich als schlanke, attraktive Jungdreißigerin mit rötlich braunem, lockigem Haar und einem freundlichen Lächeln. Im Gegensatz zu Hauptkommissar Ehlers war die Dame sehr hilfsbereit und versorgte Melcher mit einer Vielzahl von Materialien zum Opernfestival und zu dem laufenden Kulturgeschehen Heidenheims. In der Stadt schien in der Kunstszene viel los zu sein, mehr als Melcher erwartet hatte. An der Wand des sonst eher schmucklosen Büros hingen verschiedene Bilder, die Frau Dr. Tauberger mit Saxophon inmitten einer Gruppe von Musikern zeigten. Unter einem Bild stand: *Veronika live*.

„Sie sind selbst als Künstlerin aktiv?", fragte Melcher interessiert.

„Ich spiele seit mehr als acht Jahren in einer Jazzband, den *Occasional Drive*."

„Welche Art von Jazz spielt Ihre Band?"

„Unser Repertoire umfasst stylishen Lounge-Jazz und dezente Dinnermusik ebenso wie gepflegte Swing-Evergreens und Jazz-Standards, feurige Salsa und Latin sowie groovigen Funk", erklärte Veronika Tauberger.

„Das ist ein breites Spektrum, und Sie spielen Saxofon?"

„Saxofon, Klarinette und Querflöte. Wenn es Sie interessiert, kommen Sie doch zu einem unserer Showauftritte", lud sie Melcher ein. „Hier ist das aktuelle Programm."

Melcher nahm den bunten Flyer entgegen.

„Lässt sich das vereinen?", fragte er. „Die Leitung des Kulturamts und die eigenen Auftritte?"

„Nein, das geht auf Dauer nicht", antwortete Veronika Tauberger. „Sie haben Glück, mich noch angetroffen zu haben. Am Donnerstag ist hier mein letzter Arbeitstag. Dann nehme ich Resturlaub. Mein Gastspiel im Rathaus von Heidenheim hat gut drei Jahre gedauert. In der Zeit habe ich einiges bewegen können. Etwa mit der Veranstaltungsreihe *Kulturschiene* im *Lokschuppen* und dem soziokulturellen Musikprojekt *Respect!* im Rahmen der letzten Opernfestspiele. Es gab auch weniger Erfolgreiches – die Finanzen, Herr Melcher, ein leidiges Thema! Ein Terrain, das in Heidenheim ohnehin problematisch ist. Sie kennen den Fall Kanonikus? Der Mann war fast 25 Jahre der künstlerische Leiter der Opernfestpiele Heidenheim und – nun, lassen wir das Thema. Mein Abschied geschieht jedenfalls ohne dramatischen Hintergrund und ist eine persönliche Entscheidung, da ich mich mehr auf meine Musik- und Kulturkarriere konzentrieren möchte."

„Dann wünsche ich Ihnen viel Erfolg! Vielleicht höre ich Sie ja mal live."

„Ich würde mich freuen, Herr Melcher."

Jörg bedankte sich bei Frau Dr. Tauberger und verließ das Büro. Auf der Straße blätterte er im Flyer der *Occasional Drive*.

Im Programm „Reflections on Jazz" geht es um die Spiegelungen und Brechungen im und durch den Jazz. Im Blickpunkt: die deutsche Jazzszene nach dem Zweiten Weltkrieg. Die Idee dazu wurde geboren, als Veronika Tauberger im Rahmen einer wissenschaftlichen Arbeit Texte aus deutschen Jazzzeitschriften der 50er Jahre und Radiomanuskripte der Sendung „Mitternacht in München" im Bayerischen Rundfunk zusammentrug. Daraus hat sie ein wunderbar eigenwilliges Programm gebastelt: Humoristisches, Nachdenkliches, Anachronistisches und Kurioses findet sich in der publizistischen Schatztruhe der aufblühenden Jazzszene – und auch so manches erstaunlich Aktuelle. Klaus-Peter Preußger, der den Heidenheimern als Sprecher und Schauspieler und durch seine zahlreichen Lesungen bekannt ist, liest die Texte und Anekdoten in seiner unverkennbaren, präsenten Art und mit viel Sensibilität für die hinter der Sprache stehende Musik …

Heidenheim schien an kulturellen Events durchaus gesegnet zu sein. Schade, dass es erst eines Mordes bedurfte, damit Melcher mit der Szene in Kontakt geriet. Schade auch, dass Mimi ihn nicht begleitete. Mimi liebte Jazz der Bauart, wie ihn Veronika Taubergers Band präsentierte. Andererseits, eine Recherche allein hatte durchaus ihre Vorteile. Die Dame eben hatte Melcher ausgesprochen gut gefallen und nachher würde er mit einer weiteren, ebenso attraktiven Frau zum Essen gehen. Die Stadt besaß wirklich Charme! Er blickte auf die Uhr, kurz vor halb fünf. Vielleicht hatte er Glück und erwischte den Kollegen Bauk noch. Bauk konnte er gleich nach diesem ominösen Fall Kanonikus befragen, über den Frau Tauberger offenbar nicht reden wollte. Ein Journalist würde sicher einiges über den „Fall" berichten können.

Das Pressehaus lag in der Olgastraße. Melcher trat in das Rund der glasüberdachten Innenhalle. Er sah sich um. In der Mitte des Raums war ein breiter Büchertisch aufgebaut. Im Außenbereich befand sich ein halbkreisförmiger Tresen, auf dem Flachbildschirme standen, oben suchten Grünpflanzen ihren Weg zum Licht. An den Wänden dahinter gab es weitere Regale mit aktuellen Buchangeboten. Die freundliche Dame hinter dem Tresenrund telefonierte nach Manfred Bauk. Melchers Besuch war nicht angekündigt, doch der Heidenheimer Kollege fand Zeit für ein Gespräch. Manfred Bauk war ein Mann

Anfang der vierzig, schmal, hochgewachsen, mit kurzem, blondem Haar; er ging auf Melcher zu und begrüßte ihn freundlich. Sie setzten sich in ein schmales Besprechungszimmer.

„Was kann ich für Sie tun, Herr Melcher? Ich hoffe nicht, dass Sie wegen dieser leidigen Bögerl-Geschichte in unser schönes Heidenheim gekommen sind. Heidenheim ist eine Musik- und keine Mordstadt!"

„Mir geht es um das Musikfestival und dabei um Diana Henners. Und die ist nun einmal tot, daran lässt sich nichts deuteln."

„Aber ihr Tod hat doch nichts mit unserer diesjährigen Fidelio-Aufführung zu tun, oder?", erwiderte Bauk.

Melcher entschloss sich, mit offenen Karten zu spielen.

„Ehrlich gesagt, Herr Bauk, kann ich dazu kaum etwas sagen; ich weiß so gut wie nichts über den Mord. Ich habe mich an Sie gewandt, weil die Tote eine bekannte Opernsängerin war und Sie auf dem Gebiet der Oper und der Musik in Heidenheim als der absolute Fachmann gelten. Vielleicht können Sie mir ein wenig zum Festival, zur aktuellen Oper und zum Hintergrund erzählen, damit ich einen ersten Eindruck gewinne."

„Wenn ich damit anfange, sitzen wir morgen früh noch hier", lachte Manfred Bauk. „Sie kennen den *Fidelio*?"

„Ich habe die Oper erstmalig mit achtzehn Jahren gesehen und gehört", antwortete Melcher wahrheitsgemäß.

„Dann verstehen Sie die ungeheuere Dramatik: Ein politischer Gefangener wird im tiefsten Verließ eines Kerkers festgehalten. Schließlich soll er ermordet werden. Mitten in diese Szene, mitten in die Hochspannung des zweiten Aktes, platzt eine Trompetenfanfare und ändert alles. Eine wahre Ode an die Freiheit, deren Aktualität in unserem 21. Jahrhundert mit den Händen zu greifen ist", begeisterte sich Bauk. „Im vergangenen Jahr hatten wir bereits mit *Tosca* ein Rekordergebnis an Besuchern. In diesem Jahr werden es mit dem Freiheitsdrama *Fidelio* sicher noch mehr. Schon 1986 war die Oper ein großer Erfolg!“

„Und Diana Henners?“, führte Melcher vorsichtig das Gespräch auf den Mord zurück. „Wie passt sie in das Geschehen?“

„Ihre Nachfolgerin Celine Deymrau ist eine hervorragende Sängerin, die die *Leonore* bestens geben wird. Sie hat schon etliche ‚dramatische Koloraturen‘ gemeistert. Puccinis Tosca, Mozarts Konstanze und Verdis Aida, um nur einige zu nennen. Und ihr Debüt in Belgien mit Straußens ‚Fledermaus-Rosalinde‘ war einfach großartig.“

Das hatte Melcher zwar nicht gemeint, aber mehr konnte und wollte Manfred Bauk offenbar nicht sagen.

„Vielen Dank erst einmal“, sagte Melcher. „Können Sie mir vielleicht noch ein paar Informationen zum *Fall Kanonikus* geben?“

Das freundliche, offene Gesicht des Kulturredakteurs verschattete sich kurz. „Sie meinen die Angelegenheit Markus-Marius Kanonikus? Kanonikus leitete über Jahrzehnte erfolgreich die Festspiele. Doch im März 2009 entzog ihm der Gemeinderat das Vertrauen. Ihm wurde vorgeworfen, den Etat der Opernfestspiele 2008 mit rund einer Viertelmillion Euro überzogen und dies der Verwaltung und dem Gemeinderat gegenüber zunächst verschwiegen zu haben. Der Gemeinderat forderte die Verwaltung einstimmig auf, dem Direktor die künstlerische und musikalische Leitung der Opernfestspiele, der Jungen Oper und des Philharmonischen Orchesters mit sofortiger Wirkung und auf Dauer zu versagen. Begründet wurde der Beschluss damit, dass eine vertrauensvolle Zusammenarbeit nicht mehr möglich und für die Sicherung der Festspiele ein Neuanfang dringend erforderlich sei. Damit ging der Ärger erst richtig los. Das Arbeitsgericht Aalen erklärte die Entlassung für unwirksam. Die Begründung der Stadt, dass der Etat wiederholt überzogen worden sei, spiele arbeitsrechtlich keine Rolle. Darauf legte die Stadt Heidenheim Berufung gegen das Urteil von Aalen ein …"

„Und wie wurde der Konflikt gelöst?"

„Durch eine größere Summe, aber nicht durch Mord", beendete Bauk seine Erklärung. „Der Freischütz 2008 war jedenfalls eine gelungene Inszenierung."

Jörg Melcher verließ das Pressehaus und trat auf die Olgastraße hinaus. Das Gespräch mit Manfred Bauk, fand er, war höchst interessant gewesen. Er wandte sich in Richtung Zentrum. Die Straße, auf der Melcher lief, war ziemlich hässlich, schräg gegenüber befand sich ein Spielcenter, daneben eine Diskothek namens *Cream*, rechts ein Lokal mit Warsteiner-Reklame. Melcher blickte auf die Uhr. Noch rund zweieinhalb Stunden Zeit, bis er sich mit Michél Rotgießer-Burger im *Friedrichs* treffen würde.

Er entschloss sich, einen Spaziergang zum Schloss und später durch den Brenzpark zu unternehmen. Es war warm und sonnig, ein herrlicher Tag und Bewegung schadete nie. Außerdem konnte er die Zeit nutzen, um im Kopf den Artikel für Trautmann zu entwerfen, den dieser für morgen eingefordert hatte. Am besten, er schilderte seine ersten Eindrücke der Stadt und ihrer Menschen, das war immer ein guter Auftakt für eine Artikelserie.

Heidenheim, der Blick von Schloss Hellenstein zeigt eine lebendige, betriebsame Stadt. Ein guter Ort zum Leben – und zum Sterben!

Nachdem der Plastiksack mit den Überresten der 37-jährigen Operndiva Diana Henners am Ufer der malerischen Brenz angeschwemmt wurde, herrscht in den malerischen Gassen der Altstadt helle Aufregung. Galt der Anschlag dem Festival? Sind weitere Stars in Gefahr? Handelt es sich womöglich um einen Serientäter? Oder liegt eine Sexualstraftat vor? Gefragt, ob ein zweiter Fall Bögerl vorliege, verschanzt sich der Leiter der Mordkommission, Hauptkommissar Ehlers, hinter seiner Schweigepflicht …

Das klang schon ganz gut, dachte Melcher, auch wenn er die eine oder andere Stelle noch überarbeiten musste.

Diana war in der Brenz gefunden und identifiziert worden. Das war früher oder später zu erwarten gewesen. Jetzt würde die Polizei mit ihren Untersuchungen beginnen beziehungsweise wieder zu fragen anfangen. Nun, nach mehr als einem halben Jahr war es unwahrscheinlich, dass die Ermittler die Abläufe der Nacht vom 22. würden rekonstruieren können. Es gab keine Zeugen. Niemand hatte etwas gesehen, niemand etwas mitbekommen. Weder von der Tat noch von dem, was später geschehen war. Und wenn alle vernommen werden würden, die mit Diana Henners bekannt oder befreundet gewesen waren, würde kaum einer sagen können, was er oder sie im Zeitraum ihres Verschwindens getan hatte oder wo der Betreffende gewesen war. Jeder war also gleichermaßen verdächtig und damit jeder unverdächtig. Eine befriedigende Situation. *Nihil nisi nihil*, aus dem Nichts an Informationen ergab sich ein Nichts an Wissen. Damit war das Thema fürs Erste erledigt, man konnte sich also beruhigt wieder der Arbeit zuwenden. Die Welt mit Musik zu füllen, war lohnender, als über das Schicksal der

Toten nachzudenken. *De Mortuis nihil* – erledigt und vorbei, das war der Lauf der Welt.

Frank Ehlers saß in seiner Stammkneipe *Zum König Wilhelm* in der Altstadt und nahm den ersten Schluck seines Feierabendbieres. Das Bier hatte er sich seiner Meinung nach redlich verdient. Morgens das Studium der Vernehmungsprotokolle und Akten der Kollegen aus Ulm. Mittags eine Sitzung der Abteilungsleiter mit ausführlicher Belehrung durch Polizeidirektor Märzenfeld über Zweck und Funktion von Dienstvorschriften. Dann dieser Fotograf aus Stuttgart. Eigentlich in seiner Art ein geradliniger Mann, seine Fragen waren präzise gewesen – aber Ehlers mochte Presseleute einfach nicht. Eben noch das Gespräch mit Herrn Bottenbeg, dem Lebensgefährten der ermordeten Operndiva. Herr Bottenbeg, der als Pianist derzeit im *Royal Opera House*, *Covent Garden* spielte, war gestern aus London nach Stuttgart geflogen und heute Mittag mit dem Wagen nach Heidenheim gefahren. Ehlers hatte Herrn Bottenbeg in die Pathologie begleitet, wo dieser die Tote anhand eines Muttermals eindeutig als Diana Henners identifiziert hatte. Dann war ihm der schmale, sehr feingliedrig wirkende Mann zusammengeklappt und es hatte fast eine halbe Stunde gedauert, bis Henry Bottenbeg wieder ansprechbar war.

Ehlers nahm ihn mit in sein Büro und befragte Bottenbeg nochmals zu den Ereignissen im November. Ohne großen Erfolg. Mehr als das, was bereits in dem Aussageprotokoll der Ulmer Kollegen stand, hatte Henry Bottenbeg nicht zu erzählen gewusst. Mitte November sei er nach Irland geflogen, um dort in Dublin in der *National Concert Hall* bei mehreren Liederabenden zu spielen. Sein Rückflug sei für den 21. geplant gewesen. Die Maschine sei kurzfristig ausgefallen, sodass er erst am Spätnachmittag des 22. Novembers in Frankfurt gelandet sei. Er habe noch einen Bekannten getroffen und sei daher erst spät in der Nacht in der gemeinsamen Wohnung in Ulm angekommen. Da sei Diana Henners schon unterwegs gewesen.

„Mit Diana war verabredet, dass wir uns in Rom treffen wollten. Sie hatte am 22. den Pressetermin hier in Heidenheim, am 23. dann einen Auftritt in Köln. Am 24. wollte Diana nach Rom fliegen. Ich sollte nach einem Zwischenstopp in Mailand am 25. nachkommen."

„Wann haben Sie gemerkt, dass Frau Henners nicht geflogen war?"

„Peter Steinacker hat mich informiert. Das Wetter in Mailand war derart schlecht, dass die Maschine nicht landen konnte und nach Nizza abdrehte. Ich saß für zwei Tage dort fest. Als es endlich möglich war, nach Rom weiterzufliegen, rief mich Peter an und fragte, ob ich wisse, wo Diana sei. Ich sagte in Rom, im *Hotel Splendide Royal*, aber das sei ihm doch bekannt. Dann erzählte Peter, Diana sei dort nicht angekommen und habe auch den Flug nicht angetreten."

„Was taten Sie dann?", fragte Ehlers.

„Ich wollte es nicht glauben und nahm die nächste Maschine. Vom *Fiumincino* nahm ich ein Taxi zur Via di Porta Pinciana. Aber es stimmte, weder der Portier noch sonst jemand vom Personal im *Hotel Splendide Royal* hatten Diana gesehen."

Henry Bottenbeg verstummte. Er holte ein weißes Stofftaschentuch hervor und wischte sich über die Augen.

„Und jetzt liegt Diana tot in der Leichenhalle. Ich verstehe das nicht. Was ist nur passiert? Wer tut so etwas?"

Henry Bottenbeg sprang plötzlich auf.

„Sie müssen den Kerl fassen, Herr Ehlers. Wenn ich ihn in die Hände bekomme …“

„Beruhigen Sie sich, Herr Bottenbeg. Wir werden den Mord aufklären, ganz sicher. Aber sagen Sie mir, gab oder gibt es jemanden, dem Sie den Mord zutrauen? Jemand, der Frau Henners gehasst hat? Oder der eifersüchtig auf ihren Erfolg war?“

„Nein, niemand“, antwortete Bottenbeg ohne weiter zu überlegen. „Das Publikum verehrte Diana. Mit anderen Sängern und Sängerinnen arbeitete sie gern zusammen. Es gab nie Probleme oder Eifersüchteleien.“

„Was ist mit dem früheren Ehemann, Herrn Nicolas Stetter?“

„Diana hatte mit Nicolas, soviel ich weiß, keine Berührungspunkte mehr“, sagte Henry Bottenbeg. „Wir wohnten in Ulm, Stetter in Aalen. Das ist weit genug auseinander, um sich nicht ständig in die Quere zu kommen.“

Viel mehr hatte Ehlers nicht erfahren. Morgen wollte er nach Ulm fahren und selbst mit dem Manager Steinacker sprechen. Am Mittwoch würde er sich Nicolas Stetter vornehmen. Stetter konnte trotz der Entfernung noch mit Frau Henners in Kontakt gewesen sein – auch ohne dass ihr Lebensgefährte dies wusste.

Frank Ehlers bestellte ein neues Bier.

Jörg Melcher und Michél Rotgießer-Burger saßen an einem kleinen Ecktisch im ersten Stock des Restaurants *Friedrichs* und sprachen über die literarisch-künstlerische Szene Heidenheims. Jörgs neue Bekannte trug zur dunklen Jeans einen cremefarbenen, sich eng an ihre Gestalt schmiegenden Pullunder. Die Haare wirkten noch lockiger als am Morgen.

„Wir hatten im letzten September und im Oktober die Baden-Württembergischen Literaturtage in der Stadt zu Gast, mit zahlreichen Veranstaltungen und Lesungen. Jede Menge

Autoren, ganz hautnah“, berichtete Frau Rotgießer-Burger mit einem gewissen Stolz in der Stimme. „Sind Sie eigentlich nur als Fotoreporter tätig oder schreiben Sie auch, Herr Melcher?“, fragte sie dann.

„Sagen Sie Jörg zu mir, ‚Herr Melcher‘ klingt so förmlich“, antwortete er.

„Gut, Jörg. Ich bin Michél.“

Sie prosteten einander zu.

„Natürlich ist mit dem Fotografieren meine Aufgabe nicht beendet. Ich schreibe, das heißt, in der Hauptsache recherchiere ich. Wenn es irgendwo stinkt, suche ich die Quelle des Gestanks und wenn ich sie entdeckt habe, informiere ich die Öffentlichkeit. Meist geht es um Politik, ein bekanntlich widriges Geschäft.“

„Sie sind also ein investigativer Reporter?“

Jörg Melcher nickte.

„Aber Jörg, was interessiert Sie da ein Mord an einer Opernsängerin? Mord ist hässlich, doch wo ist das Politische, das Sie reizen könnte?“

Die Kellnerin brachte das bestellte Essen.

Melcher hatte gebratenen Schwertfisch mit Paprika und Kartoffelgratin bestellt. Sein Gast Lachsfilet in Honig-Pfefferpanade mit Bandnudeln und Gemüse. Dazu tranken sie einen trockenen Riesling.

„Das Thema Mord“, ging Melcher auf Michéls Frage ein und durchschnitt sein Fischsteak, „ist als solches delikat und packend. Ich hatte schon einige Male mit Mordfällen zu tun und nahezu immer steckte etwas ganz Anderes dahinter.“

„Nicht nur die üblichen Leidenschaften wie Neid, Eifersucht, Habgier, Rache und Hass, um ein paar zu nennen?“, fragte die Buchhändlerin.

„Nun, die genannten Leidenschaften sind in irgendeiner Form immer beteiligt", meinte Jörg. „Wobei Sie die Liebe nicht vergessen dürfen!"

„Mordet man aus Liebe?"

„Mann und Frau morden aus Liebe", entgegnete Melcher. „Aus nicht erwiderter Liebe, aus enttäuschter und betrogener Liebe. Aus Eigenliebe und so weiter."

Frau Rotgießer-Burger nahm einen Schluck aus ihrem Glas und überlegte.

„Welches Motiv, glauben Sie, Jörg, steckt hinter dem Mord an Diana Henners?"

„Tja, wenn ich das wüsste", meinte Melcher und zuckte die Achseln. „Aber bisher weiß ich eigentlich kaum etwas über die Tat und ihre Hintergründe."

Melcher berichtete von seiner unbefriedigenden Begegnung mit Hauptkommissar Ehlers.

„Aber eigentlich wäre ich überrascht gewesen, wenn Ehlers anders reagiert hätte", schloss Melcher seine Darstellung. „Mit Kommissaren habe ich selten gute Erfahrungen gemacht."

„Die Herren schätzen es eben nicht, wenn die Presse in ihrem Revier wildert", meinte Frau Rotgießer-Burger. „Sie entschuldigen mich kurz."

Sie stand auf, nahm ihre Handtasche und wandte sich zum hinteren Teil des Lokals. Unauffällig schoss Melcher einige Fotos von Michél, dann schaute er sich um. Ein unterkühlt wirkender, designter Raum in den Farben Weiß, Rot und Dunkelbraun gehalten. Das klare Ambiente entsprach nicht ganz seinem Geschmack, aber das Essen selbst war gut gewesen. Michél Rotgießer-Burger war eine interessante und sehr attraktive Frau, mit der er sich gut unterhalten konnte. Trotzdem, was hatte ihn dazu getrieben, die Dame zum Essen einzuladen? Er wusste es nicht und wurde in seinen Überlegungen durch einen neuen Gast abgelenkt. Dieser, ein Mann, kam, wie es schien, mühsam die Treppe hoch. Er trat mit schleppendem Schritt in den Gastraum und nahm am Nebentisch Platz. Irgendetwas an dem Besucher schien Melcher seltsam. Der schmale Mann wirkte, als ruhe eine Riesenlast auf seinen Schultern. Irgendwie gebeugt und geknickt. Dazu seine langsamen Bewegungen. Der Gast schien im Lokal bekannt zu sein, denn kaum hatte der Mann sich gesetzt, brachte ihm die Kellnerin ein hohes, beeistes Glas mit einer gelblichen Flüssigkeit. Der neue Gast nahm die Karte und zeigte auf eine Position. Die Kellnerin nickte und ging. Der Schmale nippte an seinem Glas und blickte kurz zu Melcher. Dann stürzte er das Glas in einen Zug hinunter. Im gleichen Augenblick kam Michél zum Tisch zurück.

„Möchten Sie noch einen Nachtisch oder einen Kaffee?“, fragte Jörg.

„Nachtisch? Oh ja, da kann ich kaum widerstehen“, sagte Michél.

Jörg winkte der Bedienung und ließ nochmals die Karte bringen. Während seine schöne Begleitung das Dessertangebot studierte, sah Melcher aus den Augenwinkeln, wie der Mann sein zweites Glas leerte und durch Heben seiner Finger ein drittes bestellte. Jörg wusste nicht, was der Fremde trank, sicher etwas Hochprozentiges. Er schätzte aber, dass der Mann, wenn er so weitermachte, bald umfallen würde.

„Ich nehme das Parfait von der Mango mit Apfel-Walnusssalat auf Himbeerfruchtsoße und Kokosschaum“, entschied Michél. „Und was spricht Sie an, Jörg?“

„Ich denke, ich nehme nur einen Kaffee“, antwortete Melcher. Süßes mochte er nicht. Im gleichen Augenblick tat es einen Schlag und der fremde Trinker kippte mitsamt seinem

Stuhl Melcher vor die Füße. Jörg sprang auf, um ihm zu helfen. Zusammen mit der herbeigeeilten Kellnerin gelang es ihm, den Mann vom Boden hochzubekommen.

„Herr Bottenbeg, was machen Sie nur für Sachen?“, klagte die Kellnerin. „Sie dürfen nicht so viel trinken, Sie belästigen die anderen Gäste.“

Bottenbeg lehnte sich haltsuchend an den Tisch. Er blickte mit trübem Blick Melcher an.

„Können Se, könn'n Se mich heimfahren?“, fragte er, wobei seine Zunge mit den Worten zu kämpfen hatte.

„Sie heißen Bottenbeg?“, fragte Michél Rotgießer-Burger überrascht. „Henry Bottenbeg, der Pianist?“

„Kann's nicht leugnen, gnädige Frau, nich leunen“, nuschelte der Betrunkene.

„An Ihrer Stelle, Jörg, würde ich Herrn Bottenbeg den Gefallen tun und ihn nach Hause fahren“, wandte sich die Buchhändlerin an Melcher. „Der Mann könnte für Sie interessant sein.“

„Warum?“, fragte Melcher. Mit dem Namen Bottenbeg konnte er im Augenblick nichts anfangen. Und große Lust, den Abend auf diese Weise zu beenden, hatte Jörg ebenfalls nicht.

„Sie wissen nicht, wer Henry Bottenbeg ist?“, fragte Michél Rotgießer-Burger verwundert. „Henry Bottenbeg ist ein international bekannter Pianist und der Lebensgefährte Diana Henners'!“

„Diana ist tot“, sagte Bottenbeg. „Ermordet, und ich habe sie identifizieren müssen!“

Er richtete sich zur vollen Körpergröße auf und wandte seinen Kopf wieder Jörg Melcher zu.

„Diana ist tot!“, wiederholte er. „Ermordet. Wissen Sie, wer sie getötet hat? Wer?“, schrie er.

Dann ließ sich Henry Bottenbeg auf den nächsten Stuhl fallen, legte den Kopf auf den Tisch und begann hemmungslos zu schluchzen.

„Wir bringen Herrn Bottenbeg nach Hause", versicherte Michél Rotgießer-Burger der wie gelähmt dastehenden Kellnerin.

„Ja", sagte Melcher. „Das wird wohl das Beste sein. Kommen Sie, Herr Bottenbeg", wandte er sich an den Mann. „Mein Wagen ist um die Ecke geparkt, wir bringen Sie heim."

„Wissen Sie, wo Herr Bottenbeg wohnt?", fragte er Michél.

„Sie brauchen kein Auto", mischte sich jetzt die Kellnerin ein. „Immer wenn Herr Bottenbeg in Heidenheim ist, wohnt er im *Hotel Raben*, keine hundert Meter entfernt von hier."

Mit Michél Rotgießer-Burgers Hilfe brachte Melcher den Pianisten ins Hotel und in sein Zimmer. Bottenbeg ließ sich auf einen Sessel fallen. Er wühlte in seinen Taschen und brachte schließlich eine Visitenkarte zum Vorschein, die er Jörg in die Hand drückte.

„Danke für die Hilfe", sagte er und bemühte sich dabei um eine deutliche Aussprache. „Ich bin ein bisschen angeschlagen, aber das Warum erkläre ich Ihnen morgen. Rufen Sie mich an. Und jetzt entschuldi'n Sie mich."

Er taumelte zum Bett und legte sich, so wie er war, mit Anzug und Schuhen, hinein.

Melcher und Michél verließen das Zimmer und schlossen die Tür.

Dann standen beide vor dem Hotel.

„Eine Rettungsaktion Henry Bottenbegs", meinte Michél kopfschüttelnd. „Das hätte ich mir nie träumen lassen. Ein überraschendes Ende unseres Abends."

„Wir könnten noch etwas trinken gehen", schlug Jörg vor. „Statt des verpassten Nachtischs."

„Danke, heute nicht. Vielleicht ein anderes Mal. Ich muss nach Hause, mein Mann wartet auf mich."

Michél lachte laut auf, als sie Melchers irritierten Gesichtsausdruck sah.

„Keine Sorge, Günther ist nicht eifersüchtig. Es gibt auch keinen Grund dafür, oder?"

„Nein, woher auch", versicherte Melcher.

„Jedenfalls vielen Dank für die Einladung. Wir sehen uns sicher mal wieder!"

Frau Rotgießer-Burger drehte sich um und lief die Hauptstraße hinunter.

Verblüfft schaute Melcher ihr nach. Michél war verheiratet, eine echte Überraschung. Dass eine derart gut aussehende Frau längst in festen Händen war, hätte er sich allerdings denken können. Der Abend jedenfalls war nicht umsonst gewesen. Michél hatte ihn auf Henry Bottenbeg aufmerksam gemacht und das war ein echter Glücksfall. Eine Chance, die er nutzen würde. Dennoch hätte Melcher zu gern gewusst, warum Michél Rotgießer-Burger seine Einladung angenommen hatte. Bestimmt nicht aus reiner Sympathie. Am besten, er suchte sich eine nette Kneipe und dachte bei einem frischen Pils über Frau Rotgießer-Burgers Motive nach. Schade, dass sie gegangen war, wirklich schade.

Jörg Melcher lief die Hauptstraße hoch in Richtung Eugen-Jaekle-Platz. Rechts das rötliche Fachwerkhaus: *Zum König Wilhelm. Altschwäbische Bierstube*, sah einladend aus. Melcher betrat das Lokal.

In der Lokalzeitung stand, Diana Henners sei von der Gerichtsmedizin zur Bestattung freigegeben worden. Die Beerdigung finde am 18. Mai um 14 Uhr in Ulm auf dem neuen

Friedhof an der Stuttgarter Straße statt. In Ulm, bestimmt würden Verwandte, Freunde, Kollegen und Bekannte kommen, um Diana die letzte Ehre zu erweisen. Natürlich war auch die Pressemeute zu erwarten. Fotografen und Reporter, vielleicht auch das Lokalfernsehen. Wo immer die Medien Beute witterten, tauchten ihre Abgesandten auf, um auch das letzte bisschen an Sensation aus einem Unglück herauszusaugen. Ein widerliches Treiben, aber Medienpräsenz war ein starker Grund, ebenfalls anwesend zu sein. Obwohl damit zu rechnen war, dass die Polizei die Trauergemeinde betrachten und einzelne Persönlichkeiten eventuell genauer unter die Lupe nehmen würde. Ein Risiko, gewiss, aber ohne Risiko gab es keinen Gewinn. Und überhaupt, man hatte nichts zu verbergen. Nahezu nichts.

Es war nicht bei dem einen Bier geblieben, wie Hauptkommissaar Ehlers am nächsten Morgen feststellte. Er kam nur mit Mühe aus dem Bett. Halb acht, er war verdammt spät dran. Bier und Korn ergaben eine Mischung, die den folgenden Tag ziemlich grau und alt aussehen ließ. Zumindest, wenn er der Auskunft des Spiegels traute. Er duschte kalt, vollzog eine Schnellrasur. Trank in der Küche einen schwarzen Kaffee und aß dazu Rühreier und Speck. Dann fuhr Ehlers in sein Büro. Neun Uhr, gut dass Märzenfeld heute nicht im Hause war. Der Hauptkommissar bestellte bei der Sekretärin Frau Erm einen weiteren Kaffee. Kurz einen Blick in die Zeitung, Ehlers stutzte. Der Pathologe hatte Diana Henners' Leiche freigegeben, las er überrascht. Die Beerdigung würde übermorgen in Ulm sein. Warum erfuhr er das aus der Lokalzeitung und nicht direkt von Dr. Grossmann?

Ehlers griff zum Telefon, um Grossmann einige Takte zu sagen, das Läuten war schneller. Er nahm ab.

„Ehlers, Mordkommission."

„Morgen, Ehlers. Hier ist Jörg Melcher!", meldete sich eine raue Stimme.

Melcher, der Fotograf. Wie kam der Mann dazu, ihn derart salopp anzusprechen? Sie hatten doch nicht – doch, fiel es Ehlers wieder ein, sie hatten ...

Jörg Melcher war gegen halb elf im *König Wilhelm* aufgetaucht. Er begrüßte den Kommissar wie einen alten Bekannten und setzte sich ungefragt zu ihm an den Tisch. Ehlers runzelte die Stirn.

„Keine Sorge, Herr Kommissar", meinte Melcher beruhigend. „Ich bin rein zufällig hier reingeschneit, um ein Gute-Nacht-Bier zu trinken. Sonst steht nichts auf dem Programm. Um die Uhrzeit arbeite ich nicht mehr. Sie haben sicher einen harten Tag gehabt. Wie wäre es mit einer Runde?"

Ehlers war einer Runde nicht abgeneigt und Melcher bestellte:

„Zwei Pils und zwei Korn!"

Die erste Runde kam. Die beiden Männer prosteten einander zu.

„Wissen Sie, Herr Melcher, ich unterhalte mich gern mit Ihnen. Meinetwegen auch über die Polizeiarbeit allgemein. Aber ich sage nichts zum aktuellen Fall, hundertprozentig nichts."

„Schon klar", erwiderte Melcher. „Sie sagen nichts, ich frage nichts."

Sie leerten ihre Gläser und spülten mit dem Korn nach.

„Noch mal das Gleiche?"

„Gern, aber diesmal bin ich dran."

Der Rundenaustausch zog sich hin. Was sie im Einzelnen gesprochen hatten, wusste Ehlers nur noch ungefähr. Über die finanzielle Situation der Polizei allgemein, über Bandenkriminalität und die Einbruchsserien osteuropäischer Profis. Und – Frank Ehlers fiel es glühendheiß ein – über die Männer im Leben der ermordeten Diana Henners!

„Wird eine Frau getötet und ein Sexualdelikt kann ausgeschlossen werden, dann steckt in über 90 Prozent der Fälle ein Beziehungskonflikt dahinter. Sehen Sie, Melcher." Frank Ehlers griff zu den Gläsern.

„Das Kornglas hier ist Henry Bottenbeg, Dianas aktueller Partner. Das andere Glas ist der Manager Christian Steinacker und das Pilsglas ihr Ex-Mann Nicolas Stetter. Unsere Diva ist das Salzfass. Eine typische Mehrecksbeziehung!", erklärte er mit schwerer Zunge. „Alles klar?"

„Und wenn eine Konkurrentin Frau Henners getötet hat?", entgegnete Melcher.

„Zum Beispiel die Dame, die jetzt die Hauptrolle singt, Frau ...", Melcher griff in die Tasche und zog den Prospekt hervor, den ihm am Vormittag Michél Rotgießer-Burger gegeben hatte. „Frau Celine Deymrau."

Er fügte der Aufstellung den Pfefferstreuer hinzu.

„Quatsch", widersprach Frank Ehlers und schob den Streuer beiseite. „Diana Henners wurde durch drei mit großer Wucht geführte Messerstöße getötet. Das macht keine Frau, schon gar nicht Celine Deymrau."

Sie hatten weiter über das Thema diskutiert, sich die Köpfe heiß geredet und natürlich weitere Runden getrunken. Irgendwann musste Ehlers nach Hause gekommen sein, der Heimweg selbst war in alkoholische Dunstschleier gehüllt. Kein Wunder, dass es ihm heute früh schlecht gegangen war. Und jetzt sprach ihn der Fotograf auch noch mit *Ehlers* an. Eine Katastrophe.

„Ich bin gerade beschäftigt“, antwortete er, die Ansprache vermeidend. „Was gibt es?“

Melcher lachte. „Sie sind ganz schön vergesslich, Ehlers. Wir haben uns heute Mittag um zwei verabredet, um gemeinsam nach Ulm zu Peter Steinacker zu fahren. Ich wollte Sie nur noch mal daran erinnern. Es bleibt doch dabei?“

Hatte er wirklich Melcher versprochen, ihn mit nach Ulm zu nehmen? Das passte Ehlers überhaupt nicht, wie war er nur auf diese Schnapsidee gekommen?

Andererseits, wenn er den Mann schon einbezogen hatte, war es sicher besser, Melcher und seine weiteren Aktivitäten unter Kontrolle zu haben.

„Gut, um zwei Uhr hier im Revier.“

Hauptkommissar Ehlers legte auf und wählte die Nummer der Pathologie. Grossmann konnte sich auf etwas gefasst machen.

Die Vorproben für *Fidelio* waren beendet. Jetzt ruhte die Tätigkeit der Sänger in Heidenheim. Die Technik bereitete sich auf das Eröffnungskonzert am 29. Mai vor. Doch Opern gab es auch anderen Ortes. Mitunter in ganz eigenen Interpretationen: Leonora, Tochter des Grafen von Calatrava, flieht mit ihrem Geliebten Don Alvaro. Doch der erzürnte Graf ergreift sein Schwert und stürzt sich auf Tochter und Verführer. Aber dieser schwört, dass Leonoras Reinheit unangetastet sei und fordert Calatrava zum Duell heraus. Er wirft eine Pistole auf die Erde und versehentlich löst sich ein Schuss, der den Grafen trifft. Sterbend verflucht dieser seine Tochter. So nimmt die *Macht des Schicksals* ihren Lauf. Das aristokratische Gemach der gebeutelten Heldin Leonora verwandelt sich in eine Todeskammer. Das Kloster, ihre spätere Fluchtstätte, wird zur Bruchbude, hinter deren morscher Fassade ein verrückter Pater in einem psychiatrischen Behandlungszimmer voller Knochen zu Sigmund Freud betet. Ministranten rollen auf Panzerwagen über die Bühne, salutierende Schwarzhemden kurven mit einem Jeep herum, Kirchenmänner segnen alle Waffen, die ihnen unter die Augen kommen – für Opernfreunde das Chaos pur.

Gut, dass sie auf diese Inszenierung verzichtet hatte, dachte Celine Deymrau. Nicht Verdis Leonara, sondern die Leonore im *Fidelio* würde sie singen. Sie und nicht Diana. Das stand schon länger fest, doch jetzt durch Dianas Tod wurde daraus eine endgültige Tatsache. Natürlich war es bedauerlich, dass Diana Henners tot war, wie die Zeitung es vermeldet hatte. Übrigens die gleiche, die von der Leipziger Aufführung berichtet hatte. Gut, bei aller Trauer, das Leben ging weiter und sie würde die Hauptrolle singen – und das war gut so wie es war. Celine Deymrau legte die Zeitung zur Seite und griff zum Telefon.

Jörg Melcher beendete das Gespräch mit Frank Ehlers und steckte das Handy ein. Er nahm einen Schluck Kaffee. So langsam wurde er wieder fit. Der gestrige Abend war nicht ohne gewesen, hatte aber dabei einige interessante Überraschungen geboten. Erst die unerwartete Begegnung mit dem Lebensgefährten der ermordeten Diva, mit Henry Bottenbeg. Dann Michéls Hinweis auf ihren Ehemann, obwohl Melcher an dieser Aussage zweifelte. Und zum Abschluss die Krönung. Der Umtrunk mit Hauptkommissar Frank Ehlers im *König Wilhelm*. Die alte Methode, unter Männern Kontakte zu knüpfen, schien immer noch am besten zu funktionieren. Nicht, dass Frank Ehlers viel erzählt hätte. Dafür war der Mann zu sehr Profi, als dass er nach ein paar Bier und Korn Dienstgeheimnisse ausgeplaudert hätte. Aber die Diskussion über Diana Henners' Beziehungen hatte Melcher einiges verraten, wahrscheinlich mehr, als Ehlers bewusst und lieb war. Abgesehen davon war das Eis zwischen beiden Männern etwas geschmolzen. Auch das war für Melchers weitere Recherchen sicher hilfreich. Eine erste Folge war heute die gemeinsame Fahrt nach Ulm zum Manager der Toten. Vorher hatte sich Melcher mit Henry Bottenbeg verabredet – der Lohn „guter" Taten musste zeitnah abgeschöpft werden, sonst verlief sich der „Lohn" wie Eis in der Sonne. Bis halb zwölf war noch etwas Zeit. Melcher leerte die Kanne und bestellte eine zweite nach. Irgendwie vertrug er nicht mehr so viel wie früher oder es dauerte länger, bis der Körper sich wieder regenerierte. Vielleicht hatte er am Abend doch etwas übertrieben. Die Leber schien sich über die gestrige Quantität nicht so leicht beruhigen zu können. Mimi hatte Recht, er sollte es ab und zu ruhiger angehen lassen. Melcher griff zur Zeitung und blätterte sich durch die Seiten.

Die Opernwelt liebt die mörderische Dramatik. Nehmen wir zum Beispiel Verdis Troubadour. Das Libretto basiert auf einem früher oft aufgeführten Drama des Spaniers Gutierrez und gilt als das schlechteste, das jemals vertont worden ist. Temistocle Solera, der für Verdi das Libretto zu Nabucco schrieb, meinte, der Librettist Cammarano gehöre für diesen Schund lebenslänglich auf die Galeeren. In der Tat ist der Plot primitiv und wirr, strotzt von Unlogik und ist voller unglaubwürdiger Zufälle; zugleich aber besitzt er alle Elemente, die für Verdis Opernkosmos typisch sind: eine blutige Rivalität zwischen Tenor und Bariton um die Sopranistin. Im Hintergrund eine Altistin, seelisch verdunkelt und eigen. Dazu die zeitgemäßen Beigaben wie Duelle, Entführungen und ein Opfertod.

Gedankenvoll legte Melcher das Blatt auf den Tisch. Bislang hatte er sich kaum um die Welt der Oper und Operette gekümmert. Die genannten mörderischen Aspekte waren ihm daher völlig entgangen. Doch das Ganze klang irgendwie faszinierend. Entführung und Tod, so weit von den realen Schrecken der Gegenwart schien die Welt der Oper nicht entfernt zu sein. Besonders, wenn man den Mord an Diana Henners mit einbezog. *Das Böse hat diesmal ganze Arbeit geleistet und mit seiner Kugel zweimal getroffen* hatte Manfred Bauk in einer Besprechung der Freischützpremiere geschrieben. Konnte es sein, dass jemand die Welt der Fiktion mit der Realität verwechselte?

Als Melcher im *Hotel Raben* ankam, war Henry Bottenbeg noch immer am Frühstücken bzw. beim verfrühten Mittagessen, denn das Frühstück hatte er ausfallen lassen.

„Guten Morgen, Herr Melcher. Ich freue mich, meinen Retter in der Not zu sehen“, begrüßte er Melcher mit theatralischer Geste. „Nehmen Sie bitte Platz. Möchten Sie mitessen? Deftige Hausmannskost, aber genau das Richtige nach gestern Abend.“

„Nein, ich habe gerade erst gefrühstückt“, lehnte Melcher ab.

„Ich weiß auch nicht, was gestern über mich gekommen ist“, sprach der Pianist weiter. „Dass Diana etwas passiert sein muss und dass sie höchstwahrscheinlich tot ist, war mir eigentlich schon lange klar. Sie wäre nie einfach verschwunden, zumal wir in diesem Jahr heiraten wollten. Aber man hofft immer.“

Bottenbeg seufzte.

„Aber als ich sie dann in diesem grässlichen Raum auf der Bahre liegen sah ...“

Er hielt kurz inne, sprach dann mit belegter Stimme weiter.

„Ganz starr und tot lag sie da und ich wusste, alle Hoffnungen waren vergeblich gewesen. Ihr Tod wurde endgültig und absolut."

Der Mann schwieg wieder und starrte einen Augenblick auf seinen Teller. Dann hob er wieder den Kopf und schaute Melcher an.

„Diana ist tot. Das ist die Realität, und ich, ich kann nichts an dem Geschehen ändern. Nur noch dazu beitragen, dass der Täter gefasst wird."

„Können Sie das denn?", fragte Melcher interessiert.

„Sie meinen, ob ich weiß, wer der Mörder ist? Nein, das weiß ich leider nicht, sonst wüsste ich schon, was ich täte. Aber es gibt sicher andere Möglichkeiten, zur Aufklärung beizutragen. Wobei ich im Moment nicht weiß, welche", schloss Henry Bottenbeg.

„Sie kannten auf jeden Fall Frau Henners' Umfeld. Den Freundes-, Kollegen- und Bekanntenkreis sowie all die Leute, die irgendwie mit Ihrer Partnerin zu tun hatten", erklärte Melcher.

„Natürlich kenne ich die engsten Freunde und so weiter. Aber jeder von uns hatte auch seinen eigenen Kreis, wie das bei erwachsenen Menschen so üblich ist."

„Wohnten Sie eigentlich zusammen?", fragte Jörg.

„Ja und nein. Ich habe ein Haus in Ulm, das wir uns teilten. Diana besaß noch eine Eigentumswohnung, in die sie sich manchmal zurückzog. Besonders, wenn ich im Ausland unterwegs war."

Henry Bottenbeg schob seinen Teller beiseite.

„Genug, sonst setze ich noch an. Sie sind Reporter, Herr Melcher, oder? Sie haben sich mir gestern Abend vorgestellt, aber nicht Ihren Beruf angegeben. Da ich Ihren Namen irgendwoher kannte, habe ich vorhin kurz im Netz nachgeschaut und bin fündig geworden: Stuttgart, Aalen, Weinheim, Heidelberg, Baden-Baden – überall hatten Sie mit Kriminalfällen zu tun und trugen entscheidend zur Überführung der Täter bei. Sie sind im Südwesten ein durchaus bekannter Mann, Herr Melcher. Und jetzt begegnen wir uns in Heidenheim ..."

„Ein Zufall", wiegelte Jörg ab. „Ich bin als freier Fotograf tätig und arbeite gleichzeitig investigativ. Ich hatte ein paar Mal das Glück oder Pech, an Mordfälle zu geraten, mehr steckt nicht dahinter."

„Da habe ich anderes gelesen. Sie waren bei Ihrer Aufklärungsarbeit sehr erfolgreich. Daher denke ich, Sie könnten der Mann sein, der mit mir den Mörder Dianas ausfindig macht."

„Primär ist das Finden und Überführen des Täters die Aufgabe der Polizei", entgegnete Melcher vorsichtig. „Ich habe da und dort mit meinen Recherchen Erfolg gehabt. Aber, ob ich das auch im Fall Diana Henners hätte, kann ich weder sagen noch garantieren."

„Zehntausend Euro", entgegnete Bottenbeg knapp. „Ich zahle Ihnen zehntausend, wenn Sie mir den Mörder innerhalb des nächsten Vierteljahres präsentieren. Zusätzlich weitere fünftausend Euro für Spesen."

Melcher sah den Pianisten überrascht an. Ein Aufklärungshonorar war ihm noch nie geboten worden.

„Sie müssen sich nicht jetzt entscheiden. Sie kommen sicher am Mittwoch zur Beerdigung?"

Melcher nickte.

„Gut, teilen Sie mir Mittwoch Ihren Entschluss mit. Alles persönliche Material von und über Diana, das Sie brauchen oder brauchen könnten, stelle ich Ihnen zur Verfügung."

Henry Bottenbeg erhob sich.

„Jetzt entschuldigen Sie mich, Herr Melcher. Ich muss weiter. Wir sehen uns Mittwoch."

Henry Bottenbeg war gestern nach Heidenheim gefahren. Damit hatte man rechnen müssen. Natürlich hatte die Polizei Bottenbeg verständigt. Er hatte mit ihr zusammengelebt und wahrscheinlich Dianas Leiche identifizieren dürfen. Nach einem halben Jahr im Wasser war das garantiert kein erfreulicher Anblick gewesen. Ein von Würmern zerfressenes Gesicht. Nichts mehr von Schönheit und Geist. Das war Henry zu gönnen. Er hatte sich auch sonst immer in den Vordergrund zu spielen gewusst. Sollte er auch am Ende den Vorrang haben. Wie das wohl gewesen war, als Henry mit der Toten konfrontiert wurde. Ob er umgekippt war oder sich übergeben hatte? Auf jeden Fall hatte ihn die Angelegenheit mitgenommen, denn Henry war gestern Abend sternhagelblau gewesen. So betrunken, dass er nicht alleine ins Hotel zurück finden konnte. Ein Mann und eine Frau hatten ihn gemeinsam in sein Hotel verfrachtet. Wer die beiden wohl waren? Zufällige Helfer oder Bekannte? Die Frau hatte wie Michél ausgesehen. Aber das schlechte Licht konnte einen täuschen. Nun, das würde sich alles klären. Sicher auch, ob Henry Bottenbeg etwas wusste oder ahnte.

Am Mittag versammelte Hauptkommissar Frank Ehlers sein Team für einen Informationsaustausch. Sie saßen im Besprechungszimmer, als Erster berichtete Kommissar Claus Lederer. Lederer hatte die letzten Tage damit verbracht, die Ereignisse des 22. Novembers zu rekonstruieren. Zum Teil erfolgreich, allerdings gab es Lücken und der Zeitraum des angenommenen Mordes lag bisher vollständig im Dunkeln. Lederer erläuterte den Kollegen die Ergebnisse seiner bisherigen Rekonstruktion.

„22. November, 10:30 Uhr im Rathaus, Kleiner Sitzungssaal. Oberbürgermeister Bernhard Gil und der künstlerische Direktor Martin Busch präsentieren die Opernfestspiele 2011. Im Anschluss, ungefähr gegen elf, stellen sich die Hauptdarsteller den Journalisten. Unter ihnen, überraschenderweise, Diana Henners. Mittags speist Frau Henners zusammen mit ihrem Manager Christian Steinacker und dem anderen Hauptdarsteller Wolfhard von Welsungen sowie dem Regisseur der Oper, Hermann Schneider, im Schlosshotel. Um 15 Uhr bricht die Sängerin auf, um eine Freundin in Oggenhausen zu besuchen."

„Wie heißt die Freundin?", fragte Ehlers.

„Dr. Veronika Tauberger, die Leiterin des Kulturamtes. Die Damen kennen sich aus München. Aufgrund ihrer Bekanntschaft konnte Frau Dr. Tauberger Diana Henners für die Rolle der Leonore gewinnen."

„Ich habe die Tauberger mal live erlebt. Sie spielt Saxofon in einer Jazz-Band", warf Inspektorin Wittmüller ein.

„Das spielt wohl momentan keine Rolle", meinte Frank Ehlers. „Berichte bitte weiter, Claus."

„Viel gibt es nicht mehr zu berichten", sagte Lederer. „Dr. Tauberger und Frau Henners hatten sich bereits am Morgen im Rahmen der Pressekonferenz gesehen und für den Nachmittag verabredet. Gegen halb vier traf Diana Henners bei ihrer Freundin ein. Die Damen tranken Kaffee und unterhielten sich über ihre Münchner Zeit. Dann bekam Diana Henners gegen 18 Uhr einen Anruf, auf den sie überrascht reagierte."

„Ist bekannt, wer angerufen hat?"

„Nein. Frau Tauberger wusste es nicht und Diana Henners' Handy ist nie aufgetaucht. Wir wissen auch nicht, bei welchem Anbieter sie war. Sie verabschiedete sich von Frau Tauberger gegen halb acht und sagte, sie wolle in ihr Hotel. Dort kam sie gegen acht an. Sie muss aber das Hotel später noch einmal verlassen haben."

„Hat der Portier bemerkt, um welche Uhrzeit Frau Henners gegangen ist?", fragte die Inspektorin.

„Nein, und das ist normal. Es gibt für die Gäste einen Nebenausgang."

„Was ist mit dem Gepäck und der Rechnung? Das muss doch aufgefallen sein, dass Frau Henners' Koffer im Hotel blieben."

„Die Rechnung wurde im Voraus bezahlt. Und jemand hat Frau Henners' Kleidung und das Gepäck aus ihrer Suite entfernt", antwortete Lederer.

„Und niemand hat etwas bemerkt", sagte Ehlers.

„So ist es", bestätigte sein Kollege.

Die Runde schwieg.

„Ich bin die Festnetzverbindungen durchgegangen", meldete sich schließlich die Inspektorin zu Wort, „und habe aufgelistet, mit wem die Ermordete im Monat ihres Verschwindens telefoniert hat."

„Und?", fragte Hauptkommissar Ehlers ungeduldig. „Gibt es Besonderheiten?"

„Die meisten Telefonate wurden mit dem uns bekannten Personenkreis geführt. Mit dem Manager und dem Partner Henry Bottenbeg. Dann tauchen die Namen von drei weiblichen Personen häufiger auf. Eine Frau Müller, eine Elisabeth Schröder und eine gewisse Tanja Weinmann. Ich habe die Damen angerufen. Es handelt sich um Ulmer Freundinnen von Frau Henners. Sie werden übermorgen bei der Beerdigung sein, falls wir Fragen haben. Dazu ein paar geschäftliche Anrufe und Berufskontakte. Eine Versicherung, eine Weinkellerei im Markgräfler Land, eine Münchner PR-Agentur und eine Immobilienfirma in Baden-Baden. Viermal rief der Exmann Nicolas Stetter an. Dann gibt es einige Anrufe mit unbekannter Nummer und vier Auslandstelefonate. Nach Rom und Mailand, zwei nach Zürich. Ach ja, und ein Komponist namens Peter Travelone hat dreimal angerufen. Einmal am Tag des mutmaßlichen Verschwindens von Frau Henners."

„Da wird er sie kaum angetroffen haben", sagte Claus Lederer.

„Versteht sich", meinte Ehlers. „Wen haben Sie außer den Freundinnen der Toten noch kontaktiert?"

„Bis auf den Manager, Herrn Bottenbeg und Nicolas Stetter alle. Natürlich nicht die unbekannten Nummern. Den Komponisten konnte ich allerdings nicht erreichen. Es ging neben Privatem primär um geschäftliche Dinge und um Auftritte. Ich habe alles notiert", erklärte die Inspektorin eifrig. „Allerdings fehlt das Handy der Toten, so dass wir nicht wissen, ob und mit wem sie noch telefoniert hat. Entsprechende Daten sind gelöscht."

„Da kann man nichts machen", sagte Ehlers. „Trotzdem eine gute Arbeit, aber ob uns das Ganze weiterhilft?"

„Ich denke schon", wandte Claus Lederer ein. „Wir bekommen einen Eindruck vom Umfeld der Toten."

„Was ist mit dem PC der Toten? Wurde der schon gecheckt?"

„Da sind Kroll und seine Techniker dran", antwortete Lederer.

„Ich kann noch im Internet schauen, in welchen sozialen Netzwerken Diana Henners Mitglied war", bot die Inspektorin an.

„Tun Sie das, Frau Wittmüller“, sagte der Hauptkommissar. „Suchen Sie mir auch noch die Adresse dieses Komponisten heraus.“

„Die habe ich bereits. Er wohnt im Haidweg 3 in Ulm.“

„Gut“, lobte Ehlers erneut. „Dann fahre ich mal mit Jörg Melcher nach Ulm.“

„Mit dem Reporter?“, fragte Claus Lederer ungläubig.

„Was ist daran so ungewöhnlich?“, entgegnete Frank Ehlers. Er stand auf und verließ das Zimmer.

Henry Bottenbeg fuhr mit seinem Wagen die L 1083 in Richtung Oggenhausen. Er hatte versucht, Veronika auf ihrer Dienststelle im Rathaus zu erreichen und dort erfahren, dass sie erst am Nachmittag ins Büro kommen würde. Bottenbeg rief sie zu Hause an und fragte Veronika, ob er kurz vorbeischauen dürfe.

„Nur kurz, ich muss nachher noch einiges im Hinblick auf die Festspiele regeln. Auch wenn ich Ende der Woche die Arbeit beende, möchte ich alles Notwendige vorher geklärt haben.“

„Eine halbe Stunde?“, fragte Bottenbeg.

„Gut, du Quälgeist. Aber nicht länger.“

Wälder und freie Felder, dann kreuzte er die Autobahn und war im Ort. Er bog rechts in die Hauptstraße ein und an der Königsbräu Brauerei wieder nach rechts in die Staufener Straße. Schließlich ging es links in den Krokusweg, wo weiter oben Veronika Tauberger wohnte. Henry Bottenbeg hielt an, stieg aus dem Wagen und ging zur Haustür der Nummer 48. Er klingelte und kurz darauf wurde ihm geöffnet.

„Tag, Veronika.“

„Tag, Henry, komm rein.“

Seine Gastgeberin führte Henry ins Wohnzimmer und bat ihn, Platz zu nehmen.

„Einen Kaffee?“

„Danke, gern.“

Veronika verschwand in die Küche und kam kurz darauf mit einem Tablett wieder. Sie stellte eine Kaffeekanne, Tassen, Milch und Zucker sowie eine Schale mit Gebäck auf den Tisch. Dann schenkte sie Henry und sich ein.

„So, erzähl. Was führt dich zu mir?“

„Ich habe gestern Diana identifizieren dürfen ...“, hub er an.

„Mein Gott! War es sehr schlimm?“

„Ja“, antwortete Henry Bottenbeg knapp. „Das war es. Ich bin stundenlang herumgelaufen und trank dann am Abend ziemlich viel. Dabei habe ich einen Journalisten kennen gelernt.“

„Einen Journalisten? Doch nicht Herrn Melcher, den Fotografen aus Stuttgart?“, fragte Veronika.

„Woher weißt du das?“, fragte Bottenbeg erstaunt zurück.

„Er hat mich am Spätnachmittag im Amt besucht“, erklärte Veronika Tauberger. „Wegen der Opernfestspiele.“

„Hast du ihm von Diana erzählt?“

„Nein, es ging allgemein um das Festival und die hiesige Kultur. Warum?“

„Ich habe heute Vormittag mit dem Mann gesprochen. Melcher war mehrfach bei Mordermittlungen beteiligt. Ich will, dass er für mich den Mörder Dianas findet.“

„Aber da kann er doch mit mir sprechen“, stellte Veronika Tauberger fest. „Eigentlich muss er das sogar. Immerhin war ich Dianas engste Freundin.“

„Das ist klar“, sagte Bottenbeg. „Ich wollte dich nur informieren, damit du Bescheid weißt, wenn dieser Melcher sich nochmals bei dir meldet.“

„Danke, aber das ändert ja nichts an dem, was ich sagen

kann. Ich habe Diana zuletzt am Tag dieser Pressekonferenz gesehen. Morgens und am Nachmittag, als sie mich hier besuchte. Um halb acht ist sie gefahren. Sie hatte noch eine Verabredung. Ich brachte sie noch zur Tür …"

„Und du weißt nicht, wen Diana treffen wollte?"

Veronika Tauberger schüttelte den Kopf.

„Nein, das weiß ich nicht. Glaubst du, dass Diana sich mit ihrem Mörder verabredet hatte?"

„Das", sagte Henry Bottenbeg, „das halte ich für sehr wahrscheinlich."

Hauptkommissar Frank Ehlers und Jörg Melcher fuhren über die A 7 nach Ulm. Der Verkehr hielt sich in Grenzen, sodass sie nach einer knappen dreiviertel Stunde die Stadt erreichten. Die Fahrt über schwiegen die Männer. Ehlers bog von der Autobahn ab und nahm die Straße Richtung Innenstadt.

„Wo wohnt Herr Steinacker?", fragte Melcher.

„Im Steubenweg, in der Nähe des Kuhbergs. Aber wir werden zuerst den Haidweg aufsuchen."

„Ein weiterer Gesprächskandidat?"

„Richtig, dort wohnt ein Herr Travelone."

„Der Komponist?", fragte Melcher verwundert.

„Der Komponist", bestätigte Ehlers. „Kennen Sie ihn?"

„Ich dachte, Travelone lebe in München", erklärte Melcher. „Ich habe ihn dort vor Jahren auf einer Veranstaltung getroffen. Persönlich kenne ich den Mann nicht. Ich weiß nur, dass Travelone eine, gelinde gesagt, eigenartige Persönlichkeit ist."

„Wieso das?"

„Er hält sich für eine Reinkarnation Adrian Leverkühns, das ist ebenfalls ein Komponist, aus einem Roman von Thomas Mann."

„Also spinnt er, oder?"

„Das kann ich nicht beurteilen. Vielleicht ist sein ganzes Gehabe auch nur Show“, sagte Melcher vorsichtig. „Aber sehen Sie selbst, sein Auftreten ist sehr extravagant.“

Melcher hatte Peter Travelone vor einigen Jahren auf einer Vernissage und Künstlerfete in München Schwabing getroffen. Travelone war gerade aus Italien zurückgekehrt und hatte einen Bauernhof außerhalb der Stadt erworben. Er war im Showbusiness tätig und komponierte Songs für hoffnungsvolle Nachwuchssängerinnen. Privat solle sich Travelone, wie es hieß, mit Cellikonzerten und Zwölftonmusik beschäftigen. Öffentlich zeigte sich der Mann am liebsten in Kleidung und Stil einer Popfigur aus den 60er oder 70er Jahren des 20. Jahrhunderts. Er galt in Kollegenkreisen als arroganter, eingebildeter Monomane. Auf dem Fest war Travelone in einem silbernen Overall und mit grünblauen Haaren erschienen. Binnen kurzem war er betrunken und begann große Reden über die Musik zu schwingen. Er trank weiter, redete und redete und baggerte jede Frau in seiner Nähe an. Travelone holte sich einen Korb nach dem anderen, bis er endlich Anschluss bei zwei ebenso stark betrunkenen Studentinnen fand. Mit denen zog er irgendwann ab. Später hörte Melcher von Travelones Inkarnationsideen.

Eine unangenehme Type.

„Hat Travelone mit Diana Henners zu tun gehabt?“, fragte Melcher interessiert.

„Es gab Anrufe, aber welcher Art der Kontakt war, privat, beruflich oder geschäftlich, wissen wir nicht. Genau das möchte ich klären“, sagte Frank Ehlers. „Hoffen wir, dass er da ist.“

Sie erreichten das Haus des Komponisten. Sie hatten Glück. Auf ihr Klingeln öffnete Peter Travelone die Tür. Er trug einen schwarzen Samtanzug und wirkte sehr blass, aber in keiner

Weise extravagant oder sonst wie auffällig. Offenbar hatte sich sein Geschmack verändert.

„Guten Tag! Hauptkommissar Ehlers von der Kripo Heidenheim und mein Begleiter, Herr Melcher. Ich hätte ein paar Fragen, Herr Travelone.“

„So, Fragen? Nun, dann kommen Sie bitte rein“, lud sie der Komponist mit sanfter Stimme ein. Er führte die beiden Männer in einen weiten Raum von Saalgröße, der, abgesehen von einem rot lackierten Flügel und zwei gelben Sesseln nebst Ledersofa, kein Mobiliar zeigte. Dafür hingen an den Wänden großflächige Bilder in grüner, blauer und violetter monochromatischer Farbigkeit und am Rand ein Bild, das den Hausherrn zu Pferde zeigte. Travelone wies auf das Sofa.

„Nehmen Sie Platz, meine Herren!“

Er selbst setzte sich in einen der gelben Sessel.

„Worum geht es?“

„Sie kannten Diana Henners. Welcher Art war Ihre Beziehung? Waren Sie befreundet?“, fragte Frank Ehlers.

„Diana Henners“, wiederholte der Komponist. „Jetzt verstehe ich Ihren Besuch, er hängt wohl mit Dianas Tod zusammen. Nein, wir waren nicht befreundet. Bekannt, würde ich sagen, ja, bekannt“, beantwortete Travelone Ehlers Frage. „Im Spätherbst habe ich ein paar Mal mit Diana zu tun gehabt. Wir sprachen über einen möglichen Auftritt von ihr bei der Präsentation meines Oratoriums *Faustens Weheklage*. Doch dazu ist es leider nicht gekommen. Diana meldete sich nicht mehr. Das war wohl auch nicht möglich, denn sie wurde in dem Zeitraum ermordet, wie die Zeitungen schreiben.“

Travelone fuhr sich über die Stirn.

„Aber deswegen sind Sie ja hier. Vielmehr kann ich leider nicht zu Diana sagen.“

„Ihr letztes Telefonat mit Frau Henners war am 22. November, dem Tag ihres mutmaßlichen Verschwindens. Worum ging es in Ihrem Gespräch?“

„Das weiß ich heute nicht mehr. Seit dem November ist über ein halbes Jahr vergangen“, antwortete der Komponist.

„Das ist richtig“, bestätigte der Kommissar, „es hätte nur sein können, dass Sie und Frau Henners über etwas gesprochen haben, das Ihnen aus irgendeinem Grund in Erinnerung geblieben ist.“

Peter Travelone dachte kurz nach und schüttelte dann den Kopf.

„Nein, ich kann mich an den Wortlaut überhaupt nicht mehr erinnern. Wir sprachen wahrscheinlich über das Oratoriumsprojekt. Nein, bedauere.“

„Da kann man nichts machen“, sagte der Kommissar. Er reichte Travelone seine Karte. „Wenn Ihnen noch etwas einfallen sollte, dann rufen Sie mich an. Fahren Sie zur Beerdigung?“

„Selbstverständlich, Diana Henners war eine große Künstlerin. Ich denke, die gesamte Musikszenerie wird anwesend sein.“

Peter Travelone brachte seine Besucher zur Tür. Ehlers hielt inne.

„Noch eine Frage, Herr Travelone. Was haben Sie am 22. November noch getan, nachdem Sie mit Frau Henners telefoniert hatten?“

„Ich glaube, ich war abends eingeladen oder bei einem Konzert. Ich weiß es nicht mehr genau, ich müsste das überprüfen.“

„Tun Sie das, Herr Travelone.“

„Natürlich, ich gebe Ihnen Bescheid“, antwortete der Komponist ruhig. Dann wandte er sich an Jörg Melcher. „Ihr Name ist *Melcher*?“

Jörg nickte.

„Ich habe das Gefühl, als ob wir uns schon einmal gesehen hätten …“

„Das Gefühl ist richtig. Wir haben uns vor Jahren einmal auf einer Vernissage getroffen“, antwortete Melcher unbestimmt.

Frank Ehlers und er stiegen ins Auto und fuhren weiter. Der Komponist starrte ihnen einen Augenblick nach, dann schloss er die Tür.

Ein reges Kommen und Gehen. Und erst dreiviertel vier. Der Tag schien heute endlos zu sein. Michél Rotgießer-Burger stand in ihrer Buchhandlung und war im Kundengespräch. Ein bebrillter älterer Herr um die Sechzig, freundlich, aber mit Sonderwünschen. Ein Buch von Julian Carax, einem spanischen Autor. Normalerweise eine unproblematische Situation, die Beratung von Kunden war eine ihrer großen Stärken. Nur heute fühlte sie sich irgendwie angeschlagen und müde. Dabei war es gestern Abend gar nicht so spät geworden. Das Treffen mit Jörg Melcher hatte sie als angenehm erlebt; bis auf die Störung durch das Auftauchen Henry Bottenbegs. Es hatte Michél verwundert, seinen Namen zu hören; plötzlich stand der Lebensgefährte Diana Henners' vor ihnen. Verrückt, dass sie den Mann nie vorher gesehen hatte. Schon eine merkwürdige Situation. Veronika war mit Diana befreundet gewesen und Michél mit Veronika. Natürlich hatte sie Diana Henners ein paar Mal bei Veronika getroffen. Aber mehr als zwei, drei Worte hatten beide nie gewechselt. Doch obwohl es nie zu einem persönlichen Gespräch gekommen war, wusste Michél einiges über die Sängerin. Veronika hatte ihr das eine oder andere erzählt. Unter anderem, dass Diana Henners' und Henry Bottenbegs Beziehung zuletzt ziemlich angespannt gewesen war. Ein anderer Mann sollte dabei eine Rolle gespielten haben. Angeblich hatten die beiden sich im Endstadium ihrer Partnerschaft befunden, als Diana überraschend verschwand. Diese Tatsachen hatte Michél dem Reporter nicht erzählt. Aber vielleicht würde sie das noch tun. Mal sehen, wie sich ihr Kontakt entwickelte. Der Mann war nicht uninteressant, sie hatte einen Moment überlegt, ob sie seine Einladung zu einem Drink annehmen sollte. Doch so leicht wollte Michél es Jörg Melcher nicht machen. Daher die Nennung von Günther, ihrem Noch-Ehemann. Seit drei Jahren lebten sie getrennt, die Scheidung lief. Aber das brauchte vorerst niemand zu wissen. Hoffentlich hatte sie Jörg nicht völlig verprellt? Nein, er wirkte nicht wie ein Mann, der sich von Banalitäten wie einem „Günther" abhalten ließ. Auf jeden Fall hatte sie einiges zu erzählen. Wobei sie sich noch nicht ganz im Klaren darüber war, was und wie viel sie berichten sollte. Vielleicht hatte sie sich auch darin getäuscht, was sie damals gesehen zu haben glaubte.

Eine Kundin unterbrach ihre Gedanken. Sie verlangte nach einem Lokalkrimi, *Im Sud lauert der Tod.* Kriminalromane waren nicht nach Michéls Geschmack. Im normalen Leben geschahen schon genug schreckliche Dinge. Aber der Kunde war König, die Dame bekam ihr Buch und ein zweites dazu. Die Kollegin Bärbel winkte, Michél wurde am Telefon verlangt.

3. Mit ihr auszugehen war tödlich

Vor Ablauf der Woche traf Joseph die Frau ein drittes Mal. Diesmal im Foyer eines Kinos. Ihre Haare waren jetzt schulterlang geschnitten und kastanienbraun. Auch Kleidungsstil und Typus schienen völlig verändert. Doch an der Geste erkannte er sie. Ihr forschender Blick streifte ihn kurz, hielt prüfend inne und glitt dann weiter. Betont gelangweilt schaute Joseph zur Seite. Auch heute war sie nicht allein, wie er aus den Augenwinkeln feststellte. Einen Moment erwog er, die Polizei zu verständigen. Was aber, wenn er sich irrte und alles harmlos war? Und irgendwie wollte er schon wissen, ob sie auch diesmal … Jedenfalls trug der Mann eine Krawatte. Joseph prägte sich Gesicht und Erscheinung ihres Begleiters genau ein. Zwei Tage später sah er sein Foto in den Abendnachrichten. Der dritte Krawattenmord! Der Täter, ein Psychopath?, hieß es. Von der Frau war nicht die Rede. Trotzdem, er täuschte sich nicht. Sie musste es gewesen sein. Dreimal hatte sie gemordet, vielleicht sogar mehr. Wer konnte sagen, wen sie sonst noch auf dem Gewissen hatte? Mit ihr auszugehen, war offenbar tödlich!

„Peter Travelone schien mir relativ normal zu sein“, meinte Hauptkommissar Ehlers. „Die Farbgebung im Zimmer war kräftig, aber sonst …“

„Haben Sie gehört, wie er sein Oratorium genannt hat?“, erwiderte Melcher.

„Nein, darauf habe ich nicht geachtet“, gab Ehlers zurück.

„*Faustens Weheklage*! Das ist nahezu ein wörtliches Zitat aus dem besagten Roman von Thomas Mann.“

„Künstler sind so“, sagte Ehlers. „Ein bisschen Anderssein gehört bei denen zum Beruf. Der Mann selbst wirkte allerdings sehr ausgeglichen und ruhig auf mich. Trotzdem interessiert mich, ob er für den Abend des Verschwindens ein Alibi hat. Nach Heidenheim braucht man von Ulm eine dreiviertel Stunde."

Sie hielten im Steubenweg, wo Diana Henners' Manager Christian Steinacker wohnte. Wieder läuteten sie, eine junge Frau öffnete.

„Guten Tag, mein Name ist Ehlers, Kripo Heidenheim. Wir sind angemeldet", sagte der Kommissar.

Die junge Dame führte sie in einen Büroraum.

„Herr Steinacker, die Herren von der Kripo sind da."

An einem Schreibtisch saß ein breitschultriger Mann. Er erhob sich und wandte sich seinen Besuchern zu.

„Guten Tag, meine Herren!"

Er wies auf eine Sitzgruppe. „Setzen Sie sich, ich lasse uns Kaffee bringen. Sybille, bringe uns bitte eine Kanne Kaffee und etwas Gebäck."

Die junge Frau verließ den Raum. Die Männer setzten sich in die Besprechungsecke. Christian Steinacker war von großer, schwerer Gestalt. Das Gesicht wirkte sehr rund, was durch eine Halbglatze verstärkt wurde. Gekleidet war er in einen tadellosen Maßanzug, mit dessen Hilfe es gelang, Steinackers Bauchansatz etwas zu kaschieren.

„Tragisch das Ganze, wirklich sehr tragisch", nahm der Manager das Wort. „Als Diana so mir nichts dir nichts verschwand, hatte ich gleich ein schlechtes Gefühl und jetzt ist sie tot, schrecklich."

Mit einer auf Melcher sehr theatralisch und einstudiert wirkenden Geste der rechten Hand unterstrich Steinacker seine emotionale Betroffenheit.

„Wieso hatten Sie ein schlechtes Gefühl, Herr Steinacker?",

fragte Ehlers nach. „Wissen Sie“, Christian Steinacker beugte sich vor. „Das war nicht Dianas Art, Termine sausen zu lassen und einfach zu verschwinden. Ich habe einige Künstler aus der Musikszene unter Vertrag. Stars und Sternchen, dazu Theaterleute und andere Schauspieler. Forderungen stellen die Künstler heute. Vor allem die Damen sind sehr anspruchsvoll und machen häufig Probleme ...“

„Mit Frau Henners gab es demnach keine Probleme?“, unterbrach Ehlers die langatmige Tirade.

„Nein, ganz und gar nicht. Unsere Zusammenarbeit war absolut ideal!“, beteuerte der Manager.

Es klopfte. Sybille brachte den Kaffee.

Nachdem sie den Raum verlassen hatte, nahm Ehlers das Gespräch wieder auf. „Gab es im Zeitraum des Verschwindens von Frau Henners irgendwelche Auffälligkeiten?“

„Nein – warten Sie, doch, aber das habe ich Ihren Ulmer Kollegen bereits berichtet“, antwortete Steinacker. „Die Sache mit den Postkarten.“

„Aus Bali?“

„Aus Bali und Indien. Eine Karte mit einem Meermotiv und die indische mit dem Tadsch Mahal.“

„Was stand auf den Karten?“, fragte Jörg Melcher nach.

„Grüße, soviel ich weiß.“

„Haben Sie die Karten noch?“

„Einen Moment.“ Steinacker erhob sich und ging an einen Aktenschrank. Er öffnete ein Fach, suchte einen Augenblick und kam dann mit zwei in eine Plastikfolie gehüllten Postkarten zurück.

„Bitte sehr!“ Er legte die Karten vor Frank Ehlers.

Es handelte sich um zwei normale Ferienpostkarten. Korrekt abgestempelt in Indien und Indonesien. Steinackers

Anschrift wie der übrige Text waren mit Kugelschreiber und in Druckschrift verfasst.

Grüße aus Bali. Mir geht es gut. Herzlich Diana und *Grüße aus Indien. Hier ist es schön. Herzlich Diana,* lauteten die stereotypen Beschriftungen.

„Ist das die Schrift von Frau Henners?", forschte der Hauptkommissar.

„Nein, Diana hatte eine ausgeprägte Handschrift, sie hätte nie Druckbuchstaben verwendet", erklärte Steinacker kategorisch.

„Also sind die Karten eine Fälschung", schloss Ehlers.

„Das dachte ich auch und deswegen ging ich zur Polizei", erklärte der Manager.

„Gut, Herr Steinacker, das war's fürs Erste. Nur noch eine Frage. Wo waren Sie an dem Abend, als Diana Henners zuletzt gesehen wurde?"

„Auch das habe ich Ihren hiesigen Kollegen bereits gesagt", entgegnete der Manager. „Ich war in Heidenheim. Wegen des Opernfestivals war einiges zu klären. Ich bin sogar über Nacht geblieben."

„Und wo wohnten Sie, Herr Steinacker?"

„Im Schlosshotel, im gleichen Hotel wie Diana Henners."

Halb zehn, die Nacht breitete sich an den Ufern der Brenz aus. Michél Rotgießer-Burger lief durch den Park nach Hause zurück. Ihr war nicht klar, was das Treffen eben für einen Zweck gehabt haben sollte. Mehr als das, was sie bereits gesagt hatte, konnte sie nicht erzählen. Woher sollte sie wissen, wie Celine Deymrau zu Diana Henners gestanden hatte? Beide Sängerinnen kannten sich, waren sogar einmal gemeinsam aufgetreten. In der *Zauberflöte,* soviel sie wusste. Michél lief weiter. Eine dunkle, warme Nacht. So anders als die Nacht, in der wahrscheinlich Diana ermordet worden war. Diese Nacht im November. Michél war abends unterwegs gewesen. Ein Treffen mit Freunden in einem Altstadtlokal. Da hatte sie Diana Henners gesehen. Sie stand an der Pauluskirche und schien auf jemanden zu warten. Bei dieser Kälte, hatte Michél gedacht, verabredet man sich doch nicht draußen. Schon gar nicht auf einem zugigen Kirchenvorplatz. Und ein Gentleman lässt eine Dame nicht warten. Aber vielleicht war es kein Gentleman, mit dem Diana sich treffen wollte. Trotzdem … Diana Henners schien ihre Gedanken gelesen zu haben, denn sie drehte sich plötzlich um und lief in Richtung Hauptstraße. Michél, die in die andere Richtung lief, kam direkt an Diana vorbei. Diana telefonierte während des Laufens. Sie blickte kurz zu Michél, lächelte und ging zügig weiter. Ein kurzes Wort hatte Michél aufgefangen, einen Namen. Komisch, dass ihr die Szene erst kürzlich wieder eingefallen war. Den Namen hatte sie ebenfalls vergessen. Bis sie gestern Vormittag das Opernfestivalprogramm in die Hand genommen hatte. Das Programm, das sie an Jörg Melcher weiterreichte.

Der Kies knirschte hinter ihrem Rücken. Erschrocken drehte Michél sich um. Eine dunkle Gestalt näherte sich ihr. In Panik begann Michél erst zu laufen, dann zu rennen. Sie eilte zur Straße, wo die Laternen dichter standen und Autos fuhren. Die Schritte hinter ihr kamen immer näher …

Veronika Tauberger dachte über das Gespräch mit Henry nach. Im Eigentlichen hatte er kaum etwas Neues erzählt, nur versucht, sie über Diana auszuhorchen. Er schien sich über den Mord Gedanken zu machen. Merkwürdigerweise verdächtigte Henry Wolfhard von Welsungen, den Sänger des Florestan.

„Wolfhard hat versucht, bei Diana zu landen. Diana wollte nicht, natürlich nicht, sie war mir treu. Und da hat er sie getötet."

„Wie soll das gegangen sein?"

„Sie wird ihn abgewiesen haben, es kam zum Streit ..."

„Nein, du verstehst mich nicht. Bist du sicher, dass da ein Kontakt war? Ich habe gehört, von Welsungen sei im November auf einer Tournee in Downunder gewesen. Da kann er Diana nicht umgebracht haben."

Henry Bottenbeg hatte auf ihre Aussage nachdenklich reagiert.

„Kann es nicht sein, dass die Tournee bereits zu Ende war? Oder dass Wolfhard früher zurückgekehrt ist?"

„Um schnell nach Heidenheim zu fahren und Diana umzubringen?"

„Wer sollte sonst Diana getötet haben?", entgegnete Bottenbeg.

„Was weiß ich? Vielleicht ihr Manager oder der Exmann? Vielleicht jemand Anderes aus der Opernszene, zum Beispiel eine Konkurrentin? Oder du selbst?", gab sie zur Antwort.

„Ich hätte Diana nie etwas antun können!", empörte sich Henry.

„Das sagst du, vielleicht sieht das die Polizei anders. Wo warst du eigentlich am Tag, als Diana das letzte Mal gesehen wurde?"

„Ich kam mit dem Flugzeug spät in Frankfurt an und fuhr dann nach Ulm. Mich zu verdächtigen ist absoluter Blödsinn. Aber ich werde dem Mörder keine Ruhe lassen. Ich plane, diesen Reporter Melcher zu engagieren. Der Mann hat einen Riecher für Fälle und war schon mehrfach erfolgreich; der wird das Geschehen sicher aufklären und den Mörder überführen."

„Der oder die Mordkommission“, wandte Veronika ein, „was ich eher glaube. Die Aufklärung von Verbrechen ist ureigenste Aufgabe der Polizei.“

„Wenn du nicht widersprechen kannst! Ich muss los, wir sehen uns morgen.“

Henry war aufgestanden und gegangen. Sie schien ihn mit ihren Überlegungen verärgert zu haben. Doch Henry konnte als Mörder nicht ausgeschlossen werden, auch wenn Veronika ihn nicht für den Täter hielt. Seine Theorie über Wolfhard teilte sie nicht. Für sie kamen eher Nicolas Stetter und Christian Steinacker in Betracht. Die Konkurrentin Celine Deymrau schloss sie rein gefühlsmäßig aus. Ansonsten kam nur der große Unbekannte in Frage – aber wer sollte das sein? Moment, hatte Diana nicht von Peter erzählt, dass er sie bedrängt habe, bei einem Stück von ihm den Hauptpart zu übernehmen? Wegen der guten alten Zeiten!

Doch Diana hatte abgelehnt, sie mochte es nicht, an ihre Münchner Zeit erinnert zu werden. Mein Gott, was war schon dabei? Sie waren alle jung gewesen, jung und ein wenig verrückt. Und Peter war der Verrückteste von allen. Aber ein Mord wegen Nichtsingens – nein, das war Unsinn. Worauf man alles kommen konnte. Trotzdem, irgendetwas war mit Peter gewesen. Was war das nur? Nein, es fiel ihr nicht ein, es konnte sicher nicht besonders wichtig gewesen sein.

Dreiviertel zehn. Jörg Melcher saß im *König Wilhelm* und zog Resümee. Ein auf den ersten Blick positiver Tagesverlauf. Frank Ehlers hatte Wort gehalten und ihn nach Ulm zu den Vernehmungen mitgenommen. Viel war dabei nicht herausgekommen, aber Melcher hatte einiges zum Fall erfahren. Auf der Rückfahrt war Ehlers ganz mitteilsam gewesen und hatte Melcher den einen oder anderen Sachverhalt erläutert. Ein Wehmutstropfen zeigte sich am Schluss. Ehlers sagte ihm klipp und klar, dass ihre Zusammenarbeit mit der Ulmfahrt beendet sei. Er habe sein Wort gehalten, ihn an den Vernehmungen teilhaben lassen und sogar Hintergründe erklärt. Mehr sei an Informationen nicht mehr drin. Seine Artikel könne er ja wohl alleine schreiben. Mal sehen, dachte Melcher. Es gab genug andere Quellen, die er abschöpfen konnte. Zum Beispiel Henry Bottenbeg. Immerhin hatte der Mann zehntausend Euro plus Spesen geboten. Ein Grund mehr, am Fall Henners dranzubleiben. Dazu kam noch die Einnahme aus dem Exklusivbericht für Trautmann und die *Nachrichten.* Endlich mal ein Fall, bei dem auch die Kasse stimmte. Mitunter war es ganz gut, mal etwas zu verdienen. Jörg leerte sein Glas, da klingelte das Handy.

Sie erreichte die Straße. Ein Taxi fuhr gerade vorüber. Michél winkte aufgeregt und hatte das Glück, dass der Wagen anhielt. Beim Einsteigen warf sie einen Blick zurück. Die dunkle Gestalt, die sie verfolgt hatte, hielte inne und beugte sich vor. Die Kapuze löste sich und langes Haar fiel nach vorn. Die Frau zog etwas aus der Tasche, ein Stirnband, und bändigte die Locken. Im Abfahren sah Michél noch, wie sie sich zu dehnen und zu lockern begann. Eine Joggerin! Michél Rotgießer-Burger musste über ihre Ängste lachen. Eine Läuferin war ihr gefolgt und kein schwarzer Mörder; ihre Phantasie war mit ihr durchgegangen.

Zehn Minuten später hielt der Wagen in der Steinstraße, wo sie wohnte. Michél zahlte und stieg aus. Sie wandte sich zur Haustür und hielt überrascht an. Vor dem Hauseingang stand ihr Nochehemann Günther und er grinste sie an.

„Hallo Liebes! Überraschung! Ich dachte, ich besuche dich

mal wieder. Eine Flasche habe ich auch dabei. Lass uns noch mal über alles reden!"

Er streckte eine 2 Liter Flasche billigen Rotweins in die Höhe. Ihr Ex, der fehlte ihr heute gerade noch zu ihrem Glück.

„Günther, es gibt nichts zu bereden. Heute Abend erst recht nicht. Dein *Liebes* bin ich schon lange nicht mehr. Wenn ich etwas bin, dann müde. Lass mich durch!"

Michél schob Günther zur Seite, Alkoholdunst wehte ihr entgegen.

„Hast du wirklich keine Zeit zum Reden?", fragte er nochmals mit kläglicher Stimme. „Nur eine halbe Stunde oder zehn Minuten?", bettelte er.

„Nein, Günther, ich habe keine Zeit! Am besten rufst du dir ein Taxi und lässt dich nach Hause fahren."

„Ach, Michél", seufzte er. „Jetzt muss ich die Flasche alleine leeren ..."

Günther drehte sich um und ging.

Sie sah ihm nach, wie er mit schleppenden Schritten in der Dunkelheit verschwand. Fast tat ihr der Ex ein wenig leid. Aber nein, auf Günther, seinen schlechten Wein und vor allem auf seine Sentimentalitäten hatte sie wirklich keine Lust. Michél Rotgießer-Burger schloss die Tür auf und trat ins Haus.

Jörg Melcher zog das Handy aus der Tasche. Auf dem Display stand: *Mimi ruft an!* Sofort nahm er das Gespräch an.

„Melcher."

„Hallo Jörg. Ich wollte hören, wie es dir geht und was deine tote Sängerin macht. Bist du weitergekommen? Und wie viele Frauenherzen hast du bei deinen Ermittlungen bislang betört?"

„Hallo, Mimi! Schön dass du anrufst."

„Und?"

„Was meinst du mit ‚Und'?"

„Die betörten Frauenherzen, wie viele sind es?"

„Also, Mimi, wirklich, du und deine Fantasien! Ich arbeite hier an einem Mordfall, bin den ganzen Tag mit der Polizei unterwegs und dann diese Unterstellungen ..."

„Ich kenne dich, Jörg Melcher, lüg mich nicht an!"

„Gut, zwei, vielleicht auch drei, mehr nicht!"

„Dann wird es Zeit, dass ich komme. Wir sehen uns am Freitagabend. Reserviere uns ein Doppelzimmer oben im Schlosshotel."

„Da wohne ich bereits."

„Das ist gut, buche entsprechend um. Bis Freitag. Und, Jörg ..."

„Ja?"

„Ich bekomme alles raus!"

Ende des Gesprächs. Mimi würde also am Freitag in Heidenheim auftauchen. Das klang entschieden nach Versöhnung. Zum Glück hatte Michél Rotgießer-Burger gestern seine Einladung ausgeschlagen. Nicht auszudenken, welche Komplikationen sich hätten ergeben können. Andererseits, die Frau faszinierte ihn irgendwie ... Jörg Melcher schüttelte den Kopf, Mimi kam und das war das Wichtigste! Er bestellte ein neues Pils. Die Tür des Lokals öffnete sich und Frank Ehlers trat ein.

Das Haus lag vollständig im Dunkeln. Michél knipste ein paar Mal den Lichtschalter am Eingang an und aus. Nichts geschah, es blieb dunkel. War die Sicherung herausgesprungen? Der Sicherungskasten befand sich unten im Keller. Hier oben fiel wenigstens durch die Fenster etwas Licht in die Räume, da unten würde es stockdunkel sein. Sie wusste auch im Augenblick nicht mehr genau, wo sich der Kasten befand. Moment, sie hatte doch oben im Arbeitszimmer in der Schreibtischschublade eine Taschenlampe liegen. Michél tastete sich nach rechts zur Treppe und stieg vorsichtig hoch in den ersten Stock, wo ihr Arbeitszimmer lag. Die Stufen knarrten, sie hatten das Treppenhaus schon lange renovieren wollen. Immer war etwas dazwischengekommen, zuletzt ihre Trennung. Ein Schritt, das Knarren, das schleifende Geräusch, wenn sie sich weiterbewegte. Das Tasten ihrer linken Hand am Geländer. Halt, da war noch ein anderes Geräusch. Sie hielt inne und lauschte. Stille, nur das Ticken der Uhr, die unten im Flur hing. Dann ein Knattern, draußen fuhr ein Motorrad vorbei. Wieder Stille. Da war ihr, als höre sie erneut dieses Geräusch. Eine eigenartige Lautfolge. Sie konnte es nicht richtig einordnen. Es klang wie ein Zischen oder so ähnlich. Wie unterdrückter Atem! Sie lauschte wieder. Nichts, eine lautlose Stille, sie täuschte sich. Genauso, wie sie sich vorhin im Park getäuscht hatte. Michél stieg weiter vorsichtig nach oben. Sie erreichte den Treppenabsatz, das Obergeschoss. Seitlich führte die Treppe hoch zum Dachboden. Vor ihr lag das Badezimmer, rechts befand sich das Schlafzimmer und links waren die beiden Arbeitszimmer. Sie hatte nach Günthers Auszug die ursprüngliche Trennwand eingerissen und ein großes Zimmer aus den beiden kleinen gemacht. Mit zwei Türen allerdings, wobei sie vor die linke Regale gestellt hatte. Michél drückte die Klinke nieder. Da – wieder der Laut! Diesmal ganz deutlich. Hinter ihr, hinter dem Vorhang, der den Aufgang zum Boden abschloss, war jemand. Ganz deutlich hörte sie Atmen. Und jetzt wurde der Vorhang zur Seite geschoben und eine Gestalt sprang nach vorn auf Michél zu. Michél schrie auf und versuchte, an der Gestalt vorbeizukommen. Doch diese versperrte ihr den Weg nach unten und drängte sie gegen die Badezimmertür.

Eine Hand schoss vor und stieß sie mit aller Gewalt gegen die Tür, die aufsprang. Michél taumelte nach hinten und stürzte halb über den Rand der Badewanne. Sie versuchte, sich dort abzustützen und mit der rechten Hand wieder hochzuziehen. Shampooflaschen fielen polternd zu Boden. Dann füllte sich der Raum – die unbekannte Gestalt war ins Bad eingedrungen. Michél begann laut um Hilfe zu rufen. Die Tür schloss sich abrupt und ein greller Lichtstrahl fiel blendend auf die Frau. Eine behandschuhte Faust traf den Spiegel, der klirrend zerbrach, und packte einen länglichen Splitter. „Nein“, flehte Michél, „bitte nicht!“, als die scharfe Spiegelklinge ihr quer über den Leib gezogen wurde, die Bluse auftrennte und in die linke Brust schnitt. Sie schrie auf. Ein zweiter scharfer Schnitt zerfetzte den Stoff ihrer Jeans und stieß schmerzvoll tief in ihren rechten Oberschenkel. Trotzdem gelang es ihr, unter Einsatz all ihrer Kräfte, sich aufzurichten. Sie warf sich dem Eindringling entgegen, ihre linke Hand verkrallte sich im Stoff seines Oberteils. Ein brutaler Schlag traf sie mitten ins Gesicht. Sie ließ los und stürzte nach hinten. Ihr Kopf schlug hart auf die Wannenkante, ein greller Blitz durchzuckte die Stirn und sie spürte, wie sie ohnmächtig wurde. Eine grauenhafte, nie gekannte Angst stieg in Michél auf, ein namenloses Entsetzen. Bevor ihr die Sinne völlig schwanden, hörte sie noch eine Stimme laut ihren Namen rufen. Dann wurde es dunkel um Michél Rotgießer-Burger. Sie fühlte nicht mehr, wie ihr das gläserne Messer ins Herz stieß und dort mit hartem Griff zweimal gedreht wurde.

Frank Ehlers setzte sich zu Melcher an den Tisch.

„Guten Abend, Herr Kommissar!“, begrüßte ihn Melcher. „Das ist eine Überraschung. Gibt es etwas Neues?“

„N’Abend Melcher. Ich bin rein privat hier. Ein, zwei Bier,

dann geht es heim“, versicherte der Kommissar. Er winkte der Kellnerin und bestellte wie Melcher ein Pils.

Die beiden Gläser wurden gebracht. Die beiden Männer prosteten einander zu. Dann klingelte Frank Ehlers’ Handy. Er meldete sich und hörte mit unbeweglichem Gesicht dem Anrufer zu.

„Wann ist das passiert? ... Gibt es Hinweise? ... Direkt am Tatort? Schicken Sie mir einen Wagen zum Eugen-Jaekle-Platz.“

Hauptkommissar Ehlers beendete das Gespräch und erhob sich.

„Ich muss los, der Dienst ruft.“

„Was ist geschehen?“

„Ein neuer Mord. Wieder ein weibliches Opfer. Aber diesmal sieht es aus, als sei der Täter bereits gefasst.“

Melcher erhob sich ebenfalls.

„Eine neue Tote? Da komme ich mit.“

Ehlers zögerte kurz, nickte dann.

„Meinetwegen, ich nehme Sie zum Tatort mit. Viel anstellen können Sie ohnehin nicht.“

Die beiden zahlten und verließen das Lokal. Draußen wandten sie sich nach rechts zum Eugen-Jaekle-Platz. Dort wartete bereits ein Streifenwagen auf Ehlers. Sie stiegen ein und der Wagen fuhr los.

„Was ist genau passiert?“, fragte Melcher.

„Eine Frau wurde umgebracht. Offenbar eine Beziehungstat. Der Mann wurde blutverschmiert am Tatort festgenommen. Sie sehen, nichts Ungewöhnliches.“

Fünf Minuten später hielten sie in der Steinstraße. Vor dem Mordhaus standen zwei Streifenwagen. Die Beamten hatten den Zugang zum Haus weiträumig abgesperrt. Trotz der späten Stunde standen rund ein dutzend Menschen am Rand und gafften. Ein Polizist bewachte die Absperrung. Frank Ehlers hielt dem Mann seinen Dienstausweis hin. Jörg Melcher ging, ohne zu fragen, mit ins Haus.

An der Haustür wartete Inspektorin Wittmüller auf ihren Chef.

„Guten Abend, Chef!"

„N' Abend, Frau Wittmüller. Wo ist die Tote?"

„Die Frau wurde im Badezimmer getötet. Das Bad liegt im ersten Stock."

„Und der Täter?"

„Der Ehemann Günther Burger sitzt im Wohnzimmer. Kommissar Lederer vernimmt ihn gerade."

„Und die Spurensicherung?"

„Kroll und seine Leute sind noch oben. Dr. Grossmann ..."

„... ist soeben eingetroffen", klang die Stimme des Polizeiarztes.

Ein junger Polizeibeamter reichte Ehlers und dem Arzt Plastikgaloschen und Handschuhe. Melcher reihte sich unauffällig ein und erhielt ebenfalls den Plastikschutz. Die Männer stiegen nach oben. Der obere Flur war hell ausgeleuchtet und Krolls Leute waren überall mit dem Feststellen und Sichern der Tatspuren beschäftigt. Ehlers wurde von Kroll begrüßt.

„Hallo Frank! Ihr könnt einen ersten Blick ins Bad werfen, wenn ihr wollt. Aber mehr nicht, wir sind noch eine Weile mit der Aufnahme beschäftigt. Vorsicht, die Leiche sieht nicht gerade schön aus."

„Das ist nichts Neues", brummte Dr. Grossmann. Frank Ehlers und er traten an die Badezimmertür. Mit ihren massigen Schultern versperrten sie Melcher die Sicht und er konnte nicht sehen, was im Bad passiert war. Melcher fasste in die Tasche und holte sein Bildhandy hervor, das er hoch in die Luft hielt, um von dort eine Aufnahme des Badinneren zu schießen. Es blitzte und im gleichen Moment drehte sich Frank Ehlers um.

„Mensch, Melcher. Sie sind ja immer noch da. Hier jedenfalls haben Sie nichts zu suchen. Sie verlassen auf der Stelle das Haus! Tahler“, rief Ehlers einen der Polizisten zu sich, „begleiten Sie diesen Herrn hinaus und sorgen Sie dafür, dass der Mann draußen bleibt.“

Aber Melcher wäre auch ohne Ehlers' Anweisung gegangen. Das Bild, das er für einen kurzen Augenblick im Bad gesehen hatte, brannte wie Feuer in ihm. Dort im Bad lag, blutüberströmt, mit starren, vor Angst und Grauen geweiteten Augen, Michél Rotgießer-Burger. Und in ihrer entblößten Brust steckte ein dolchartiges, silbernes Etwas.

Melcher schwankte aus dem Haus und erbrach sich. Es war nicht die erste Leiche, die er in seinem Leben gesehen hatte. Aber ausgerechnet Michél ... Der Polizist war ihm gefolgt. Er fasste Melcher an den Schultern und schob ihn hinaus auf die Straße. Melcher ließ sich ohne Widerstand hinausführen. Einige Minuten stand er am Rand der Straße. Um ihn und vor ihm die Schar der Gaffer. Unter ihnen ein Gesicht, das er zu kennen glaubte. Als Melcher genauer hinschaute, war die Gestalt verschwunden. Andere traten an ihre Stelle. Lichter fielen aus den Häusern ringsherum, Nachbarn schauten neugierig aus Fenstern. Über allem das blaue Blitzen der Signallichter.

Michél, er hatte die Frau kaum gekannt und dennoch spürte er einen tiefen Schmerz in seiner Brust. Ein Verlustgefühl, das Jörg rational nicht erklären konnte. Warum war sie getötet worden? Ihr Mann, Günther, sei nicht eifersüchtig, hatte Michél behauptet. Offenbar ein Irrtum, ein teurer Irrtum, den sie mit dem Leben bezahlen musste. Der Mann war am Tatort ergriffen worden, das hatte Melcher mitbekommen. Sein professioneller Instinkt erwachte und er begann den einen oder anderen Zuschauer und dann die Nachbarschaft nach den Abläufen zu befragen. Später rief Melcher ein Taxi und fuhr in sein Hotel zurück. Das Ergebnis seiner Recherchen fasste er in einem Text zusammen und sandte diesen mitsamt dem Badezimmerbild per Mail an Trautmann: Michél schien gegen zehn nach Hause gekommen zu sein. Vor der Haustür hatte sie ihr Mann Günther, vom dem sie seit längerem getrennt lebte, erwartet. Sie hatte den Betrunkenen weggeschickt und war ins Haus gegangen. Das hatte ein Nachbar vom Fenster aus beobachtet. Ein wenig später ertönten aus dem Haus Hilferufe und grässliche Schreie. Ein Mann, der seinen Rottweiler spazieren führte, und ein zweiter Nachbar drangen durch die offen stehende Tür ins Haus. Das Schreien, das aus der oberen Etage kam, brach ab und ging in ein heulendes Schluchzen über. Der Mann mit dem Rottweiler wagte sich vorsichtig nach oben und fand dort im Bad Günther Burger, der, über und über mit Blut beschmiert, vor der toten Michél kniete. Dann kam die Polizei.

Die Trauernden versammelten sich vor der Friedhofskapelle und warteten darauf, dass die Sargträger an der Spitze des Trauerzugs sich in Bewegung setzten. Vorn schritten die Eltern der toten Sängerin mit Dianas Bruder Hubert. Neben ihnen Henry Bottenbeg, gefolgt von weiteren Verwandten, den Freundinnen und Freunden sowie den Kollegen und Bekannten aus der Opern- und Musikwelt. Darunter Christian Steinacker, Peter Travelone und viele andere mehr. Die Presse und die Medien waren von der eigentlichen Beerdigung ausgeschlossen worden und warteten mit gezückten Kameras vor dem Friedhofseingang. Jörg Melcher, der bereits am Vormittag den Friedhof betreten hatte, hielt sich vorsichtig abseits im Schatten einer Tanne. Er stellte fest, dass viele der Anwesenden wirklich bewegt schienen. Neben den Eltern, dem Bruder und Henry Bottenbeg fielen ihm vor allem drei Frauen auf, die hemmungslos schluchzten. Der Manager Steinacker und ein großer, bulliger Mann neben ihm wirkten dagegen eher unberührt, fast gefühllos und kalt. Vielleicht war das aber auch eine Form der Trauerarbeit. Inmitten der Menge meinte Melcher überraschend Frau Dr. Tauberger zu erkennen. War sie mit der Toten bekannt gewesen oder nahm sie in offizieller Funktion an der Beerdigung teil? Aber die Vertreter der Politik und der Behörden, unter ihnen Ivo Gönner, marschierten an anderer Stelle des Zuges. Insgesamt zählte Melcher an die hundertfünfzig Personen, eine stattliche Teilnehmerzahl. Nachdem die Trauergemeinde seinen Standort passiert hatte, folgte ihr Melcher langsam. Sie bewegten sich durch die von Lorbeerbüschen und Nadelbäumen besetzten Gefilde der weiten Friedhofslandschaft. Vorbei an den Grabmalen und Kreuzen bizarrer Endlichkeit und ewiger Hoffung. Am Himmel ein leuchtender, sonniger Maitag, warm, hell und licht. Amseln pfiffen, da und dort waren Eichhörnchen zu sehen. Am Rande des Trauerwegs alte Frauen bei ihrer Grabpflege, die sich mit Gießkannen abschleppten und Vergissmeinnicht hüteten. Endlich hielt der Trauerzug. Vorn am Grab wurde der schwere Eichensarg in die lehmige Kuhle niedergelassen. Ein Geistlicher zelebrierte den letzten Abschied. Sand auf Sand und rote Rosen fielen in dunkle Tiefe. Jörg Melcher hatte genug gesehen und wandte sich zum Gehen.

„Herr Melcher!“, hörte er eine Frauenstimme.

Jörg blieb stehen und drehte sich um. Veronika Tauberger kam aus der Menge auf ihn zugeeilt. Ihr Gesicht war bleich und ungeschminkt. In den Augen schimmerten Tränen.

„Ich habe gehört, was mit Michél passiert ist. Sie waren

gleich nach dem Mord am Tatort. Ich würde Sie gerne sprechen. Aber nicht hier."

Frau Dr. Tauberger gab Melcher eine Visitenkarte.

„Bitte rufen Sie mich heute noch an. Unbedingt!"

Sie lief zurück zur Trauergemeinde. Jörg Melcher starrte der Frau nach. Sie schien vom Tode Diana Henners' echt betroffen zu sein. Und sie benutzte Michél Rotgießer-Burgers Vornamen. Die Dame vom Kulturamt hatte offenbar beide Tote gut gekannt, spekulierte Melcher. Wollte sie sich wirklich über den Mord informieren? Oder was konnte Frau Dr. Tauberger sonst von ihm wollen? Während Melcher noch dastand und überlegte, verlief sich die Trauergruppe langsam. Immer mehr Menschen schritten an Melcher vorüber. Er löste sich aus seiner Starre und wollte ebenfalls gehen, als ihn jemand unsanft anrempelte. Es war der bullige Mann, den er neben Christian Steinacker gesehen hatte.

„Was haben Sie hier suchen? Die Presse muss draußen bleiben. Hauen Sie bloß ab, sonst helfe ich nach!", drohte ihm der Kerl.

„Nic, lass den Mann. Er macht doch gar nichts", versuchte ihn ein anderer zu beruhigen. Der zweite Mann war größer und wirkte imposanter als der Rempler. Sein ausladender Brustkorb sprengte fast das Jackett seines dunklen Anzugs. Melcher erkannte den Mann aus der Festivalbroschüre wieder. Das markante Gesicht und die wallende, blonde Mähne gehörten dem Sänger des Florestan Wolfhard von Welsungen.

„Mir reicht schon die pure Anwesenheit dieser Typen", knurrte der Nic genannte Mann. „Aasgeier!"

„Beruhige dich Nic und komm!"

Von Welsungen ergriff „Nics" Arm und zog den Widerstrebenden mit sich fort.

Melcher gab den beiden einen Vorsprung, dann setzte er seinen Weg fort. „Nic“, ob das Nicolas Stetter, der Exmann Diana Henners’ gewesen war? Verständlich, dass die Sängerin sich von diesem Typen getrennt hatte. Melcher erreichte den Ausgang. Draußen vor dem Friedhof blitzten Kameras und regionale und überregionale Kollegen umdrängten eine schlanke Frau, die zu ihrem eleganten, dunklen Kostüm einen riesigen ausladenden Hut trug. Die Dame hatte an der eigentlichen Trauerfeier nicht teilgenommen, sonst wären sie und ihr Hut Melcher vorher aufgefallen. Dem Medienrummel nach musste es sich um einen Star der Szene handeln.

„Ein für Celine Deymrau geradezu typischer Auftritt“, sagte eine Stimme neben ihm. Es war Henry Bottenbeg.

„Celine lässt keine Gelegenheit aus, sich in Szene zu setzen“, ergänzte er.

„Gut jedenfalls, dass Sie da sind, Herr Melcher. Die anderen Beteiligten haben Sie, wie ich bemerken konnte, bereits kennengelernt.“

„Sie meinen Wolfhard von Welsungen?“, fragte Melcher.

„Genau, meinen Verdächtigen Nummer 1 und vorher die Nummer 2, Nicolas Stetter.“

„Da lag ich richtig, als ich dachte, dass dieser Rüpel Nicolas Stetter sei.“

„Das Wort Rüpel trifft den Nagel auf den Kopf. Nicolas Stetter, Dianas übler Ex. Ein neureicher Prolet“, urteilte Bottenbeg mit harter Stimme. „Aber dazu später mehr, wenn Sie sich zu meinem Angebot geäußert haben.“

„Ich habe darüber nachgedacht“, sagte Melcher vorsichtig.

„Und, nehmen Sie an?“

„Ich denke, der Fall könnte interessant sein, obwohl ich nichts versprechen kann“, erklärte Melcher.

„Das reicht mir", meinte Bottenbeg gelassen. „Sie nehmen sich der Sache an und tun Ihr Bestes. Das müsste genügen."

„Und was geschieht, wenn ich den Täter habe?", fragte Melcher.

„Keine Sorge, ich plane keine Lynchjustiz oder Ähnliches. Mir genügt es, wenn der Kerl sicher hinter Gittern landet."

Henry Bottenbeg zog ein Notizbuch hervor.

„Geben Sie mir Ihre Kontonummer, damit ich Ihnen einen Vorschuss für anfallende Spesen überweisen kann. Sagen wir zwei-, nein besser dreitausend Euro. Die müssten fürs Erste reichen."

„Fürs Erste", bestätigte Melcher und gab Bottenbeg die Bankverbindung.

„Gut, noch Ihre Mailadresse, dass ich Unterlagen zuschicken kann. Ich empfehle, mit Frau Dr. Tauberger Kontakt aufzunehmen. Sie kennen die Dame bereits. Veronika Tauberger war Dianas beste Freundin und wird Ihnen viel erzählen können. Mehr als die Polizei und", Bottenbeg verzog schmerzlich das Gesicht, „wahrscheinlich kannte sie Diana besser als ich selbst. Auf bald, Herr Melcher."

Henry Bottenbeg drehte sich abrupt um und eilte mit schnellen Schritten davon.

Der Medienrummel vor dem Friedhof hatte nachgelassen. Jörg Melcher trat durch das Eisentor hinaus und ging in Richtung Parkplatz. Am Parkplatz erwartete ihn ein alter Bekannter, Hauptkommissar Frank Ehlers. Er hielt eine Zeitung in der Hand, die *Nachrichten*.

„Waren Sie das?" Ehlers schwenkte demonstrativ die Zeitung. „Natürlich waren Sie das, JM sind Ihre Initialen. Wie sind Sie an das Bild vom Tatort gekommen?"

„Hören Sie, Herr Ehlers. Sie haben mich selbst zum Tatort

mitgenommen. Dort haben Sie Ihre Arbeit gemacht. Ich habe meine gemacht, wo ist da das Problem?"

„Wenn Sie mir so kommen, ist unsere Zusammenarbeit beendet", drohte Ehlers. „Keine Informationen mehr, keine Gespräche und keine Gefälligkeit, ganz gleich welcher Art. Haben Sie mich verstanden?"

„Ich bin ja nicht taub", sagte Melcher ruhig. Er öffnete die Wagentür und stieg ein. „Schönen Tag, Herr Ehlers!"

Er ließ den verärgerten Beamten stehen und fuhr in Richtung Heidenheim davon. Die polizeiliche Quelle konnte er vergessen. Dafür schien sich mit Veronika Tauberger eine neue und weitaus effektivere aufzutun.

Celine Deymrau hatte ihren Auftritt genossen. Das Fanpublikum, die Kameras und Fotografen ... Nicht, dass sie es nötig hätte, sich um die Medien besonders zu kümmern. Zum einem gab es dafür Christian Steinacker, ihren neuen Manager. Und zum anderen war Celine in ihrer Stimmklasse konkurrenzlos. Die einzige, die Celine das Wasser hätte reichen können, Diana Henners, weilte leider, leider nicht mehr unter den Lebenden. Die arme Diana! Immerhin hatte sie eine nette Beerdigung gehabt. Celine lächelte, trat vor den großen Spiegel, der die eine Seite des Zimmers fast vollständig einnahm und betrachtete sich. Ihr Gesicht, wie immer faltenlos und makellos glatt. Die leicht gerundeten Wangen, die gerade Nase, darunter sanft geschwungene Lippen. Dazu große, blaugrüne Augen unter einer braungoldenen Lockenfülle. Schlank und hochgewachsen. Sie konnte mit ihrem Aussehen zufrieden sein – auch mit ihrem Können und ihrer Karriere. Nach der *Leonore* übernahm Celine im Brüssler *Forest National* die Rolle der *Abigaille* in Verdis *Nabucco* mit einer anschließenden Tournee durch Europa. Nächstes Jahr folgte neben anderen die Rolle der *Konstanze* an der *l'Opéra Royal de Wallonie* in Lüttich. Sie war eine gefeierte Sängerin und jetzt, nach Dianas Tod, sicher die beste Sopranistin Europas. Dennoch reizten sie das Bad in der Menge und der publikumswirksame Auftritt als Diva. Ein wenig Fashion und Eleganz gehörten einfach dazu. Sie begann die Knöpfe ihres Kostüms zu öffnen, schlüpfte aus Bluse und Rock und trat vor den Kleiderschrank. *Dior* hatte für heute seine Schuldigkeit getan, jetzt war legerere Kleidung angesagt.

Es klopfte an der Tür und Clio, ihr Mädchen für alles, öffnete.

„Madame, Sie haben Besuch, Herr von Welsungen."

„Sagen Sie Herrn von Welsungen, ich komme gleich", antwortete Celine. Aber da war der angekündigte Gast schon an Clio vorbei und ins Zimmer gestürmt.

„Was war das für ein Auftritt, Celine? Musste die Show sein?", rief von Welsungen aufgeregt. Dann stockte er, als er Celines Kleidungszustand wahrnahm.

„Oh, ich wollte nicht …"

„Bei einer Dame, die sich gerade umzieht, in das Ankleidezimmer stürmen?", erwiderte Celine Deymrau und kreuzte die Arme leicht vor der Brust.

Wolfhard von Welsungen warf noch einen Blick auf Celine. Dann drehte er sich um und verließ ebenso plötzlich wie er gekommen war den Raum. Die Sängerin schüttelte den Kopf. Manchmal ging Wolfhards Temperament mit ihm durch und er vergaß völlig, was sich gehörte. Seine Auftritte waren ihm anschließend peinlich und er war zu allen möglichen Konzessionen bereit. Und regelmäßig verliebte sich von Welsungen in seine jeweilige Sangespartnerin. Auch dieses Phänomen ließ sich nutzen. Seine Blicke eben waren deutlich genug gewesen. Celine

Deymrau schlüpfte in Jeans und T-Shirt und ging nach unten in das Wohnzimmer, wo Wolfhard von Welsungen wartete.

„Hallo Wolfhard, was kann ich für dich tun?"

„Entschuldige mein Verhalten, aber ..."

„Vergessen wir die Situation", winkte Celine ab. „Also, was willst du?"

„Ich habe deinen Auftritt vorhin am Friedhof ...", von Welsungen brach mitten im Satz ab. Unter Celines scharfem Blick schien ihn der Mut, Kritik an ihr zu äußern, zu verlassen.

„Ach, das meinst du. Die Medien. Ein schreckliches Volk. Ich war ohnehin zu spät und dann werde ich noch aufgehalten. Es gibt eben Leute, die die Privatsphäre anderer Menschen nicht achten."

Von Welsungen wurde puterrot.

„Wenn das alles war ..."

„Nein, ich, ich wollte mit dir über Diana sprechen. Über ihren Tod, den Mord."

„Was meinst du genau?", fragte Celine.

„Ich habe einen Verdacht und wollte dich fragen, ob du mir dabei hilfst, den Verdacht zu klären."

Celine zog eine Augenbraue hoch.

„Wen verdächtigst du denn, doch nicht etwa mich?"

„Nein, natürlich nicht", beeilte sich Wolfhard zu versichern. „Ich halte Henry Bottenbeg für den Täter!"

Die Beerdigung hatte stattgefunden und alle, wirklich alle waren vor Ort gewesen. Verwandte, Freunde, Bekannte, Presse und Politik. Und niemand hatte geahnt, geschweige gewusst, dass der Täter selbst dem Opfer die letzte Ehre gegeben hatte. Ohne Zorn und ohne Wut. Warum auch? Jene Nacht im November war schon lange vorbei. Zwar liefen polizeiliche

Untersuchungen, aber die Beamten tappten nach wie vor im Dunklen. Die einzige Person, die hätte gefährlich werden können, war Diana gefolgt. Ein unschönes Geschehen, blutig und brutal. Aber das Vorgehen hatte in dieser Form stattfinden müssen und war nicht zu vermeiden gewesen. Michél hatte einfach zu viel gewusst, vielleicht auch nur geahnt. Jedenfalls war ihre Existenz zu einer Gefährdung geworden. Wie sang *Pizarro* im *Fidelio*? *Soll ich vor einem Weibe beben? So opfr' ich beide meinem Grimm; geteilt hast du mit ihm das Leben, so teile nun den Tod mit ihm!*

„Siehst du Frank, es zahlt sich nicht aus, der Presse zu vertrauen. Journalisten halten sich nie an Abmachungen. Das Einzige, was sie interessiert, sind Sensationsartikel."

Die Kommissare Lederer und Ehlers saßen mit der Inspektorin Wittmüller im Besprechungszimmer des Kommissariats und gingen gemeinsam die Protokolle der Vernehmungen zu Michél Rotgießer-Burger durch.

Frank Ehlers nickte müde. „Lassen wir das Thema Melcher. Jedenfalls ist der Fall Rotgießer-Burger so gut wie abgeschlossen. Der Täter wurde am Tatort ergriffen und die Zeugenaussagen sind eindeutig."

„Aber er behauptet, er sei unschuldig", warf die Inspektorin ein. „Er sei nur ins Haus gelaufen, weil er Frau Rotgießer-Burgers Hilferufe gehört habe."

„Die Hilfeschreie werden von den Zeugen bestätigt. Allerdings war zu dem Zeitpunkt der Rufe Günther Burger bereits im Haus", erwiderte Claus Lederer. „Genau, der Sachverhalt ist eindeutig", ergänzte Ehlers. „Frau Rotgießer-Burger kommt gegen zehn nach Hause. Ihr Nochehemann Günther Burger wartet vor dem Haus auf sie. Es kommt zum Streit. Frau Rotgießer-

Burger schickt den Betrunkenen weg und geht ins Haus. Burger wartet einen Moment, dann folgt er ihr. Das Haus ist dunkel, die Hauptsicherung ist ausgeschaltet. Das muss der Täter getan haben. Er besaß nach wie vor einen Hausschlüssel und konnte so ohne Probleme eindringen. Warum er die Sicherung ausschaltete, müssen wir noch klären. Burger nutzt die Dunkelheit und folgt der Frau. Vor dem Badezimmer im ersten Stock kommt es zu einem Kampf. Burger schlägt seine Frau nieder, zerstört einen Spiegel und tötet die Wehrlose mit einer Spiegelscherbe, die er ihr in die Brust stößt. Dann merkt er, was er getan hat und bricht über der Leiche zusammen. So finden ihn Nachbarn, die aufgrund der Schreie ins Haus eindringen und die Kollegen von der Streife, die kurz danach den Tatort erreichen."

„Dr. Grossmann berichtet, dass der Tod unmittelbar vorher eintrat und bestätigt damit die entsprechenden Zeugenaussagen", ergänzte Claus Lederer.

„Liegt der Bericht der Spurensicherung schon vor?", wandte sich Ehlers an die Inspektorin.

„Herr Kroll hat ihn eigentlich für heute Nachmittag versprochen", erklärte Frau Wittmüller. „Er rief vorhin an und teilte mit, er müsse noch ein Detail überprüfen. Morgen früh läge der Bericht auf Ihrem Schreibtisch, Chef."

„Kroll ist wirklich gründlich. Gut, dann lese ich morgen den Bericht", sagte Ehlers. „Jetzt, liebe Kollegen, gehen wir zum Fall Henners. Die Staatsanwaltschaft überlegt sich, eine Sonderermittlungsgruppe zu bilden, falls wir nicht bis Ende der nächsten Woche eine deutliche Spur haben. Vielleicht schaffen wir es, den Fall bis dahin zu lösen. Wir haben die Akten geprüft und eine erste Vernehmung aller Personen aus dem näheren Umfeld der toten Sängerin vorgenommen. Zeit für ein Zwischenresümee. Ich habe am Montag den Partner der Toten, Henry Bottenbeg, und gestern den Manager Christian Steinacker und den Komponisten, der Diana Henners am 22. anrief, Peter Travelone vernommen. In Ulm hatte ich heute Vormittag Gelegenheit, mit Frau Henners' Freundinnen Lisa Müller, Elisabeth Schröder und Tanja Weinmann zu reden. Nach der Beerdigung traf ich noch ihren früheren Ehemann Nicolas Stetter."

„Ich habe mit den Eltern und dem Bruder gesprochen", ergänzte Claus Lederer, „sowie mit dem Sängerkollegen Wolfhard von Welsungen. Und neulich mit Frau Dr. Tauberger, der engsten Freundin Diana Henners'."

„Bleibt nur noch Celine Deymrau", sagte Frank Ehlers. Er blickte zur Inspektorin.

„Celine Deymrau war bislang nicht erreichbar", entschuldigte sich Frau Wittmüller. „Ich könnte es morgen ..."

„Wir laden die Dame vor", erklärte Frank Ehlers. „Dann ist sie erreichbar. Auf irgendwelche Sperenzien lassen wir uns nicht ein. So", er öffnete seine Mappe mit den Protokollen, „wer ist nun unser Hauptverdächtiger?"

„Die Eltern und der Bruder glauben, dass der Exmann der Täter wäre. Sie schildern ihn als zügellos und brutal", erklärte Kommissar Lederer. „Wolfhard von Welsungen dagegen verdächtigt Henry Bottenbeg."

„Warum?", fragte Ehlers.

„Bottenbeg sei auf ihn eifersüchtig gewesen, behauptet Welsungen."

„Gab es einen Anlass dazu?", forschte Ehlers.

„Nach Frau Dr. Tauberger habe sich von Welsungen zwar um Diana bemüht, sei aber abgewiesen worden", erläuterte Lederer.

„Deswegen habe Welsungen Diana ermordet, sagt Henry Bottenbeg. Aber es kommt noch besser", erklärte der Hauptkommissar. „Nach Nicolas Stetters Theorie ist der Manager Christian Steinacker der Täter. Stetter behauptet, mit Diana im Guten auseinandergegangen zu sein. Sie hätten weiterhin im Kontakt gestanden und Diana habe ihm ein oder zwei Wochen vor ihrem Verschwinden am Telefon erzählt, sie würde sich von ihrem Manager trennen."

„Wusste Nicolas Stetter, warum Frau Henners ihren Manager entlassen wollte?", fragte die Inspektorin interessiert.

„Angeblich soll er Gelder veruntreut haben", erwiderte Ehlers. „Bei einer Anzeige Frau Henners' wäre Steinacker erledigt gewesen."

„Ein klares Motiv, wenn die Information stimmt", meinte sein Kollege.

„Die Freundinnen Müller und Weinmann halten den Komponisten für den Mörder. Ihre Begründung ist, dass der Mann einen irren Blick habe. Von einer näheren Verbindung zu Frau Henners wissen die beiden Damen nichts", ergänzte Ehlers. „Die dritte im Bunde wollte sich nicht weiter äußern."

„Also jede Menge Verdächtige", sagte Claus Lederer und lehnte sich zurück. „Wenn die Geschichten stimmen."

„Wir müssen also die Hintergründe prüfen und den Alibis nachgehen", sagte Ehlers. „Die Staatsanwaltschaft hat uns dabei Unterstützung versprochen. Wir bekommen morgen zwei weitere Kollegen zugeteilt. Es handelt sich um den Oberinspektor Wilhelm Gödel, der von der Kripo Aalen kommt und nach einem vierwöchigen Aufbaulehrgang im Schwarzwald zu uns stößt. Und um die Kollegin Bianca Hoffer, direkt aus Stuttgart. Die Aufgaben teile ich morgen ein."

„Neue Kollegen aus Aalen und Stuttgart; die Abteilung P betreibt eine eigenwillige Personalpolitik", meinte Claus Lederer. „Vorhin drohte noch eine Sonderermittlung."

„Beim Bund hieß es immer, die Verwaltung ersetzt den Feind im Frieden", entgegnete Ehlers. „Aber die Zeiten der Wehrpflicht sind zum Glück vorbei. Wir sehen uns morgen früh, Kollegen."

Die Beerdigung hatte stattgefunden und alle waren vor Ort gewesen. Die Verwandten, alle Freunde, die Bekannten, natürlich auch die Presse und Vertreter der Politik. Und niemand von allen wusste, was er wusste und was er getan hatte. In jener Nacht im November. Ein schreckliches Geschehen, blutig und brutal. Und er in seiner Panik hatte das Ganze noch schlimmer gemacht. Erst hatte er gehofft, dass alles ein Irrtum gewesen sei, ein schlechter Traum, aber dem war nicht so. Jetzt gab es eine weitere Tote, der Mörder war gnadenlos und unerbittlich. *Nur die größte Vorsicht und Eile konnten ihn retten.*

Gleich nach seiner Rückkehr aus Ulm rief Jörg Melcher Veronika Tauberger an. „Herr Melcher, schön, dass Sie sich gleich melden. Wann können wir uns treffen?"

„Jederzeit. Ich bin die ganze Woche noch in Heidenheim."

„Warum nicht gleich heute Abend?"

„Gern, und wo?"

„Kommen Sie zum Essen. Ich wohne in Oggenhausen in der Staufener Straße 48. Sagen wir um acht?"

„Vielen Dank für die Einladung. Ich bin um acht Uhr bei Ihnen."

Melcher beendete das Gespräch. Eine Einladung, nett. Er blickte auf die Uhr, jetzt war es halb fünf. Genug Zeit, um für Trautmann den Artikel über die Beerdigung zu schreiben. Bis sechs müsste er damit fertig sein. Dann konnte er sich in aller Ruhe umziehen, rasieren und noch Blumen für seine

Gastgeberin besorgen. Jörg Melcher klappte den Laptop auf und machte sich an die Arbeit.

Langsam glitt der Sarg in die dunkle Tiefe ... Nein, das klang zu theatralisch. Besser, er fing mit den allgemeinen Fakten an. *Über hundertfünfzig Trauergäste begleiteten Diana Henners auf ihrem letzten Weg ...* Melcher hielt erneut inne. Es waren wirklich viele Menschen vor Ort gewesen. Unter den Presseleuten am Eingang glaubte er auch Carolin gesehen zu haben, er war sich aber nicht ganz sicher. Ob sich unter all den Trauernden der Mörder befunden hatte? Wenn ja, wer konnte es gewesen sein? Wolfhard von Welsungen, wie Henry Bottenbeg meinte? Oder Nicolas Stetter, dieser unangenehme Mensch, der ihn angerempelt hatte? Der Manager? Vielleicht doch Celine Deymrau, obwohl Kommissar Ehlers anderer Meinung war? Oder Bottenbeg selbst und sein Auftrag war ein Versuch, von sich abzulenken? Was mochte Veronika Tauberger wissen, das sie ihm unbedingt mitteilen wollte? Kannte sie den Mörder? Das schien Melcher weniger wahrscheinlich. Was auch immer sie ihm berichten wollte, er würde es heute Abend erfahren. Bis dahin – Jörg Melcher beugte sich vor und tippte weiter Satz um Satz in die Tasten.

... ein brutaler Mord beendete abrupt die glänzende Karriere einer unbeschreiblichen Sängerin.

Veronika Tauberger stand in der Küche und legte letzte Hand an die Speisen. Griechischer Salat, ein Auflauf im Ofen, den sie fünf vor acht einschalten würde. Der Weißwein gut gekühlt. Halb acht, genug Zeit zum Umziehen.

Sie kam gerade aus dem Bad, da klingelte es an der Haustür. Fünf vor acht, Herr Melcher schien ein überaus pünktlicher Mensch zu sein. Rasch schaltete sie den Backofen an, fuhr sich am Spiegel kurz durchs Haar und ging zur Haustür, um zu öffnen. Der Mann, der vor der Tür stand, war Nicolas Stetter und nicht Jörg Melcher!

Stetter schien zu schwanken. Er hatte getrunken und das nicht zu knapp. Sein Haar war zerzaust. Die Krawatte hing wie ein Strick am Hals und sein ursprünglich schwarzer Anzug war zerknittert und voller Schmutz, als ob Stetter mehrfach gestürzt wäre.

„N' Abend, Veronika!", grüßte er mit rauer Stimme. Alkoholdunst strömte Veronika entgegen. Unwillkürlich wich sie ein Stück zurück.

„Guten Abend Nic, mit dir habe ich nicht gerechnet. Ich bekomme gleich Besuch ..."

„Das sieht man", entgegnete er mit einem Blick auf ihr helles Sommerkleid. „Hast wohl genug getrauert, ging verdammt schnell. Kaum ist Diana unter der Erde, wird gefeiert!"

„Nicolas, ich glaube, du gehst besser", antwortete Veronika Tauberger ruhig. Wir können uns ein anderes Mal unterhalten. Wenn es dir besser geht."

„Geschwätz", stieß Nicolas Stetter hervor. „Nichts als Geschwätz. Mir geht's blendend und ich will jetzt mit dir sprechen, verstehst du? Jetzt!"

Er packte sie fest am Arm und drängte sie mit seinem Körper ins Haus.

„Hör auf, Nicolas, du tust mir weh!"

Er achtete nicht auf Veronika, sondern packte sie noch fester und schob sie weiter ins Haus.

„Lassen Sie sofort die Dame los!", hörte Stetter plötzlich eine Stimme in seinem Rücken. Er stieß Veronika Tauberger zurück und drehte sich mit einer Geschwindigkeit um, die man dem massigen Mann nicht zugetraut hätte. Vor ihm stand mit einem

Blumenstrauß in der Hand Jörg Melcher. Mit vor Wut verzerrtem Gesicht starrte Stetter ihn an.

„Ah, der Presseheini. Habe ich dir nicht gesagt, Bürschchen, dass du verschwinden sollst? Kapierst wohl nichts, da muss ich nachhelfen."

Stetter holte mit der Rechten zu einem Schlag aus. Jörg Melcher ließ die Blumen fallen und unterlief den Schwinger. Von seinem Schwung gezogen, stürzte sein Gegner nach vorn und über die Eingangstreppe hart auf den Gehsteig. Der Mann wollte aufspringen, um sich erneut auf Melcher zu werfen und stieß sich mit dem Arm vom Boden ab. Mit einem Aufschrei sank er zurück.

„Mein Arm, Scheiße, er ist gebrochen. Warte, Freundchen, das zahlst du mir", drohte er. Melcher ging langsam die Stufen hinab und trat zu dem Liegenden. „Hören Sie, Stetter. Es reicht für heute. Verschwinden Sie, sonst lasse ich Sie von der Polizei abtransportieren."

Stetter bleckte die Zähne und schüttelte starsinnig den Kopf. Mit einem Fluch griff er plötzlich mit der linken Hand nach Melchers Bein, um ihn ebenfalls zu Boden zu reißen. In einer blitzschnellen Bewegung stieß Melchers Fuß zur anderen Seite und trat dem Betrunkenen gegen den gebrochenen Arm, dass dieser laut aufbrüllte. Türen öffneten sich und in den Nachbarhäusern zeigten sich Neugierige an den Fenstern.

Melcher achtete nicht auf das Publikum. Er ließ Stetter liegen, wo er lag, drehte sich um und stieg wieder die Stufen zum Haus empor. Dort bückte er sich und nahm die Blumen auf.

Nicolas Stetter rappelte sich vom Boden auf und schien kurz zu überlegen, ob er erneut Melcher angreifen sollte. Dann wandte er sich mit einem Fluch ab und hinkte zu einem am Rand geparkten schwarzen Mercedes. Stetter öffnete die Tür, stieg ein und fuhr mit quietschenden Reifen davon.

Veronika Tauberger, die das ganze Geschehen vom Eingang her beobachtet hatte, zog Melcher rasch ins Haus und schloss die Tür.

„Sie entschuldigen den Auftritt“, begann er.

„Nein“, unterbrach sie ihn. „Ich muss mich für Herrn Stetter entschuldigen. Nicolas ist sonst nicht so, aber heute, am Tag von Dianas Beerdigung …“

Veronika Tauberger brach in Tränen aus und Jörg Melcher wusste sich nicht anders zu helfen, als sie in den Arm zu nehmen und sanft zu trösten.

Am Donnerstagmorgen um acht saß das Ermittlungsteam im Besprechungsraum des Kommissariats, um gemeinsam das weitere Vorgehen zu erörtern. Hauptkommissar Ehlers stellte die neuen Kollegen vor. Zunächst Oberinspektor Wilhelm Gödel aus Aalen. Gödel war ein sportlich wirkender Mann Ende dreißig. Er war mittelgroß und trug sein dunkles Haar modisch geschnitten. Seine dienstlichen Beurteilungen waren hervorragend, wie Frank Ehlers erfreut festgestellt hatte. Gerüchten nach waren es private Gründe, weswegen Gödel sich aus Aalen nach Heidenheim versetzen ließ. Offenbar hatte es eine Beziehung zu einer Kollegin gegeben … Auf Gerüchte gab Ehlers nichts, Gödel schien ein fähiger Mann zu sein und nur darauf kam es im Augenblick an. Die Inspektorin Bianca Hoffer war dagegen Berufsanfängerin. Ein frisches junges Ding mit hellen, wachen Augen, schwarzen Haaren und langen Beinen. Dazu eine Figur direkt aus einem Modejournal, wie Frank Ehlers mit Kennerblicken feststellte. Er lächelte zufrieden. Eine nette, junge Kollegin steigerte die Arbeitsfreude ungemein.

„Liebe Kolleginnen und Kollegen! Nachdem wir uns vorgestellt haben, möchte ich Sie mit unseren Aufgaben vertraut machen. Wie Sie wissen, untersuchen wir den Mord an der Opernsängerin Diana Henners. Unsere neuen Mitarbeiter hatten Gelegenheit, sich vorab zu informieren."

Ehlers verwies auf die grauen Ordner, die vor den beiden Inspektoren Gödel und Hoffer lagen.

„Wir gehen davon aus, dass der Mörder aus dem Umfeld der Toten stammt. Wir werden unsere Ermittlungen auf folgende Personen konzentrieren: auf den Freund der Toten Henry Bottenbeg, den Manager Christian Steinacker, auf Nicolas Stetter, den Exmann, auf den Sängerfreund und heimlichen Verehrer Wolfhard von Welsungen, auf die Konkurrentin Celine Deymrau, auf den möglichen Geschäftskontakt Peter Travelone und die beste Freundin der Toten Frau Dr. Veronika Tauberger. Fotografien der Genannten haben Sie vor sich liegen. Ich möchte, dass wir mehr über das private und berufliche Leben dieses Personenkreises herausfinden. Ich denke, dass wir bald den einen oder anderen ausschließen können."

„Wie steht es mit den Alibis?", fragte die neue Kollegin Hoffer.

„Wir versuchen, soweit es möglich ist, diese für den Zeitraum vom 22. November an zu überprüfen. Der Mord kann vom Zeitpunkt des Verschwindens bis rund einen Monat später begangen worden sein. Eine genauere Todeszeiteingrenzung ist nicht mehr möglich. Trotzdem glaube ich, dass es reicht, den 22. und 23. zu überprüfen. Wer für diese Zeit ein Alibi hat, kann mit Frau Henners' Verschwinden nichts zu tun haben, wobei wir einen Auftragsmord vorerst ausschließen. Gibt es dazu Fragen?"

Die Runde schwieg.

„Gut, dann teile ich jedem einen Verdächtigen zu. Wir sind zu fünft, sieben Personen sind zu überprüfen. Kommissar

Lederer und ich werden daher jeder zwei übernehmen. Claus, du übernimmst Henry Bottenbeg und seinen angeblichen Konkurrenten Wolfhard von Welsungen. Frau Hoffer, Sie kümmern sich um Christian Steinacker und seine Geschäfte. Ein erstes Vernehmungsprotokoll erhalten Sie von mir. Frau Wittmüller, ich entlaste Sie von der Deymrau und vertraue Ihnen dafür Peter Travelone an. Unterlagen zu Travelone gibt es ebenfalls bei mir. Herr Gödel, Sie beschäftigen sich mit Nicolas Stetter und seinen Geschäften. Ich übernehme Frau Dr. Tauberger und Celine Deymrau. Alles klar? Dann an die Arbeit, wir treffen uns wieder morgen früh um acht."

Alle standen auf und verließen den Raum. Nur die Inspektorin Wittmüller wartete.

„Was gibt es, Frau Wittmüller?"

„Der Bericht der Spurensicherung im Mordfall Michél Rotgießer-Burger, Chef!" Sie hielt ihm eine Mappe hin.

„Legen Sie ihn auf meinen Schreibtisch. Der Bericht kann warten."

„Ich fürchte nicht, Chef", wandte die Inspektorin ein. „Lesen Sie selbst!"

Irritiert schlug Ehlers die Mappe auf und blätterte im Bericht. Dann setzte er sich und begann, genauer zu lesen.

„Fremde Schuhabdrücke, die nicht mit denen von Günther Burger übereinstimmen. Unter den Fingernägeln Wollfaserpartikel, ebenfalls nicht von Burger. Eine Balkontür, die von außen aufgehebelt wurde", las er halblaut. Ehlers blickte auf. „Das heißt, es gibt einen Mittäter oder …"

„Oder Günther Burger ist nicht der Täter!", beendete die Inspektorin den Satz.

Der Abend bei Veronika Tauberger war nett gewesen. Die *Tröstung* wurde rechtzeitig durch das Signal des Backofens unterbrochen. Sie aßen den Auflauf und tranken dazu den herrlich trockenen Wein.

„Ich wollte mit Ihnen sprechen, weil ich glaube, dass Michéls Tod mit dem Mord an Diana zusammenhängt."

„Hat Günther neben Michél auch Diana Henners auf dem Gewissen?", fragte Melcher überrascht.

„Nein, Günther Burger ist nicht der Täter. Ich kenne Günther. Er trinkt gern und er wettet viel. Das waren auch die Gründe, weswegen sich Michél von ihrem Mann getrennt hat. Aber im Gegensatz zu Nicolas Stetter wird Günther nie aggressiv. Er könnte niemandem etwas zu Leide tun. Ich glaube, Michél wusste etwas und darum musste sie sterben."

„Sie meinen, Michél kannte den Täter?"

„Sie kannte den Mörder oder wusste von einer Tatsache, die auf seine Spur führen könnte. Wissen Sie, Michél und ich waren gute Freundinnen und ich hatte den Eindruck, als verheimliche sie mir etwas."

Jörg Melcher lehnte sich zurück und blickte seine Gastgeberin nachdenklich an. „An meinem ersten Abend war ich mit Michél essen", sagte er. „Wir trafen auf Henry Bottenbeg, der einiges getrunken hatte. Wie Günther Burger und vorhin Nicolas Stetter. Ein verrückter Zufall."

„Männer trinken gern zu viel", kommentierte Veronika Tauberger.

„Mag sein, doch darum geht es nicht. Mir fiel nur auf, dass Michél Henry Bottenbegs Namen kannte, aber ihm selbst wohl noch nicht begegnet war. Jetzt erzählen Sie mir, Sie seien mit Michél und Diana gut befreundet gewesen. Da hätte Michél doch Bottenbeg kennen müssen?"

„Die beiden haben sich vorher wirklich nie getroffen", bekräftigte Veronika.

„Das heißt aber, wenn Michél den Mörder gesehen hat, hätte sie Bottenbeg als Täter wiedererkannt", überlegte Melcher.

„Wenn sie den Mörder gesehen hat. Sonst funktioniert die Logik nicht. Es stellt sich auch die Frage, warum sie mit ihrem Wissen nicht zur Polizei gegangen ist."

„Vielleicht ist ihr erst später aufgegangen, dass Bottenbeg der Täter ist? Oder sie kannte ein Puzzleteilchen, das erst in einem anderen Kontext einen Sinn ergab."

„Am Abend ihres Todes wollte Michél noch jemanden treffen", sagte Veronika nachdenklich. „Ob das der Mörder war?"

„Sie wissen also nicht, mit wem Michél verabredet war?", fragte Melcher. „Derjenige muss nicht zwangsläufig Michél getötet haben, aber er könnte uns unter Umständen sagen, ob und was Michél wusste."

„Am Montag hat mich Henry besucht, Henry Bottenbeg. Er fragte mich, wen Diana am Tage ihres Verschwindens habe treffen wollen. Aber das weiß ich nicht und sagte ihm das auch. Und er erzählte, dass Sie für ihn den Mörder suchen würden."

„Ich habe Bottenbeg erst heute zugesagt", meinte Melcher kopfschüttelnd.

„Vielleicht stellt er parallel eigene Recherchen an und hat deswegen Michél aufgesucht."

„Oder er ist der Mörder und hat herausgefunden, was Michél wusste. Und sie dann getötet."

Diana Henners' Leben war von der Musik geprägt und bestimmt gewesen. Außerhalb der Opernwelt und der Schar der Bewunderer hatte es nur einen kleinen Kreis von Menschen gegeben, mit denen die Diva enger vertraut gewesen war. Doch

Veronika Tauberger musste zugeben, nicht alle Facetten von Diana Henners' Leben gekannt zu haben.

„Manchmal war Diana sehr eigen, auch gegenüber Freunden. In den Wochen vor ihrem Tod sind wir deswegen einige Mal aneinandergeraten."

„Worum ging es bei Ihrem Streit?"

„Diana muss bei einem Empfang einige Worte über meine Arbeit im Kulturamt gesagt haben. Über die Finanzen und die Mittelverwendung. Ohne böse Absicht, aber ich bekam deswegen ziemliche Probleme mit dem Stadtrat. Ich habe sie aber nicht getötet", versicherte Frau Tauberger rasch, als Jörg sie fragend ansah. Er drang nicht weiter in sie, sondern lenkte das Gespräch auf andere Bereiche. Veronika Tauberger erzählte von gemeinsamen Urlauben und verschiedenen Konzertauftritten und von Diana Henners' Eheproblemen. Als Melcher sich gegen elf verabschiedete, gab sie ihm ihre Handynummer.

„Falls Sie noch Fragen zu Diana haben, Herr Melcher, rufen Sie mich an", sagte sie und lächelte. Ein netter Abend, aber, wenn Melcher ehrlich war, gehörte auch Veronika Tauberger zum Kreis der Verdächtigen.

„Ich glaube, der gewaltsame Tod Michél Rotgießer-Burgers hängt mit dem Mord an Diana Henners zusammen", sagte die Inspektorin Wittmüller.

Mit einer Handbewegung forderte Frank Ehlers sie auf, Platz zu nehmen.

„Können Sie Ihre These mit Fakten unterfüttern?"

„Ich habe mich kundig gemacht. Frau Rotgießer-Burger war mit Frau Dr. Tauberger befreundet, die beste Freundin von Diana Henners. Alle drei Frauen haben sich öfter getroffen. Michél Rotgießer-Burger wurde am Montagabend in Begleitung von Henry Bottenbeg und eines weiteren Mannes gesehen. Die drei verließen gegen 22 Uhr das Speiselokal *Friedrichs*. Das gibt doch zu denken oder?"

Der Hauptkommissar nickte anerkennend.

„Gut kombiniert, Frau Wittmüller." Er überlegte kurz, dann schob er der Inspektorin den Bericht der Spurensicherung zu.

„Sie beschäftigen sich fürs Erste mit Michél Rotgießer-Burgers Hintergrund, mit ihrem Freundeskreis, den Bekannten, ihren Interessen – eben das ganze Procedere. Vor allem will ich wissen, wer am Montagabend der zweite Mann war. Und ich will ein lückenloses Bild aller Aktivitäten von Frau Rotgießer-Burger in den letzten Tagen ihres Lebens. Der Bericht geht direkt an mich. Travelone kann warten."

Oberinspektor Gödel nutzte seine alten Verbindungen, um erste Informationen über Nicolas Stetter zu bekommen. Diana Henners' früherer Mann wohnte und arbeitete in Aalen. Er war bei der Scholz Edelstahl GmbH im Bereich Einkauf tätig. Eine Position, die bei einem Unternehmen mit über 400 Millionen Jahresumsatz gut dotiert war. Stetter besaß ein Haus in der Samlandstraße, spielte Golf und gehörte dem *Lions Club Aalen Kocher-Jagst* an. Er sei, so hieß es, mit einer Dame liiert, die ebenfalls im Club Mitglied war. Natascha Deinzle-Pirsk sei auch der Grund gewesen, weshalb seine Ehe mit Diana Henners geschieden wurde.

„Aber das sind alles Gerüchte. Offiziell weißt du nichts, Wilhelm. Mit der Deinzle-Pirsk ist nicht zu spaßen", sagte Gödels alter Schulfreund Kurt. „Sie ist Rechtsanwältin, du verstehst."

„Das ist das Nette an Gerüchten. Sie enthalten immer ein Körnchen Wahrheit", meinte der Inspektor. „Was kannst du mir noch über Stetter erzählen?"

„Der Mann trinkt mitunter zu viel und kommt dann in Schwierigkeiten. Trotzdem ist er ein sehr fähiger Kaufmann, ein Selfmademan. Aber wenn er getrunken hat, kann Stetter sehr aggressiv werden. Die Deinzle-Pirsk hat ihn schon einige Male aus der Bredouille geholt. Es soll auch Probleme mit der Steuer gegeben haben."

„So etwas gibt es öfter", sagte Gödel

Dann sprachen sie ein wenig über alte Zeiten und plötzlich verspürte Gödel das Bedürfnis, noch heute Aalen aufzusuchen. Vier Wochen hatte er im Schwarzwald verbracht und war dann direkt zum Dienstantritt nach Heidenheim gefahren, da würde ihm ein Stadtbummel in Aalen gut tun. Zumal er noch einige Koffer und Kisten bei Kollegin Nöhler in der Wohnung stehen hatte. Aber Claudia würde er erst einmal meiden. Sie hatte auf sein Versetzungsgesuch äußerst ungehalten reagiert. Eine chinesische Teekanne war zu Bruch gegangen. Lieber nahm er ein Bad im Kocher, als Claudia derzeit zu begegnen. Die Kisten mussten warten.

Dreißig Minuten Fahrt. Auf der B 19 am Itzelberger See vorbei, durch Königsbronn. Rechts das Zeisswerk, dann folgten Oberkochen und Unterkochen. Schließlich Aalen. Gödel parkte direkt hinterm Rathaus und lief ins Stadtzentrum. Die Straßen waren belebt. Junge Leute und Rentner, Spaziergänger, Touristen, einkaufende „Hausfrauen" beiderlei Geschlechts. Ein warmer Maitag, ideal, um in einem der Cafés und Restaurants draußen zu sitzen. Er warf einen Blick auf seine Armbanduhr, gleich halb eins. Gödel verspürte Hunger und bog in den Stadtbiergarten am Hahnenhof ein. Er setzte sich unter einen der großen Sonnenschirme in der Nähe der Mauer und bestellte ein dunkles Weizen und ein Biergartenschnitzel. Das Weizenbier kam, Gödel tat einen tiefen Zug. So, wie ging er weiter vor?

Sollte er Stetter direkt aufsuchen? Der Mann war bestimmt im Betrieb, aber es konnte nicht schaden, sich ein wenig in seinem Umfeld umzuschauen. Wie lebte der Mann? Wer gehörte zu seinen Bekannten, was wusste die Nachbarschaft über ihn? Gödel machte sich ein paar Notizen. Wahrscheinlich kam er um eine Kontaktaufnahme mit Claudia Nöhler nicht herum. Immerhin war Aalen ihr Revier. Die Kellnerin brachte das Schnitzel und Wilhelm Gödel begann, es in kleine Stücke zu zerschneiden.

Nach dem gestrigen Auftritt schien Nicolas Stetter geradezu prädestiniert, der Hauptverdächtige im Mordfall Diana Henners zu sein. Ein Mann, der zu Gewalttaten neigte und sich offenbar nicht im Griff hatte. Sein aggressives Auftreten hatte auch vor Veronika Tauberger nicht haltgemacht. Durchaus möglich, dass Stetter bei einem Treffen mit seiner Exfrau aus irgendeinem Grund die Nerven verloren und Diana Henners getötet hatte. Das weitere Vorgehen nach der Tat, das Verstecken der Leiche, sodass diese erst ein halbes Jahr später gefunden wurde, schien allerdings durchdacht zu sein. War eine solche planvolle Handlung bei einem Choleriker wie Stetter überhaupt denkbar? Melcher schüttelte den Kopf. Er wusste viel zu wenig über den Mann, um ihn und sein Handeln beurteilen zu können. Wer konnte ihm Auskunft geben? Kommissar Ehlers brauchte Melcher nicht zu fragen. Nach dem Artikel kamen von der Seite keine Informationen mehr. Nicolas Stetter lebte und arbeitete in Aalen, hatte Veronika Tauberger erzählt. In Aalen gab es eine sichere Informationsquelle: Carolin Setlinger! *Setlinger* stimmte nicht mehr, Carolin hieß jetzt Roiber, falsch, Toibert. Sie arbeitete nach wie vor bei der *Schwäbischen Post*. Am besten, er rief sie gleich an, die Redaktionsnummer war noch immer in Melchers Handy gespeichert.

„Schwäbische Post, Sie sprechen mit Carolin Toibert."

„Hallo Carolin, hier ist Jörg Melcher. Wie geht es dir?"

„Tag Jörg, mir geht es gut. Ich habe schon auf deinen Anruf gewartet. Die Leiche einer bekannten Sängerin wird aus der Brenz gefischt und der frühere Ehemann der Toten lebt in Aalen. Wenn das keine Story für Jörg Melcher ist."

„Du hast recht, deswegen rufe ich an. Gestern war die Beerdigung und ich denke, ich bleibe an der Sache dran. Apropos Beerdigung, war von der SchwäPo niemand vor Ort?"

„Natürlich ist die SchwäPo überall dabei. Aber ich kam zu spät, da hatten sie das Tor zum Friedhof schon gesperrt."

„Gehörtest du zur Pressemeute um Celine Deymrau?"

„*Meute* ist die richtige Bezeichnung. Ich steckte fest und konnte weder vor noch zurück. Aber Jörg, können wir später reden? Ich muss bis zwei noch einen Artikel fertig stellen. Du weißt ja, wie das in einer Redaktion zugeht."

„Hast du danach Zeit?"

„Wir könnten uns treffen. Sagen wir um drei. Um vier habe ich allerdings zusammen mit Rolf einen Termin."

„Ich denke, eine Stunde dürfte reichen. Gut, um drei, und wo?"

„Natürlich im *Ramba Zamba* – wo sonst?"

4. Warum hatte sie nicht auch ihn ermordet?

Warum hatte sie nicht auch ihn ermordet? Joseph merkte, wie ihm die Frage zu schaffen machte. Wählte sie ihre Opfer nach ganz bestimmten Kriterien aus? Hatte er diesen nicht entsprochen, nicht ihren qualitativen Vorstellungen genügt? Was hatten die anderen gehabt, was er nicht hatte? Joseph beschloss, den Fragen nachzugehen. Beim nächsten Mal, wenn er sie wieder sehen sollte, würde er einfach auf die Frau zugehen und sie fragen. Irgendwie war das eine eigenartige Vorstellung. Er wollte das Gespräch mit einer Mörderin führen, um sich zu beschweren, dass sie ihn nicht auch … Nein, das waren Hirngespinste. Blödsinn – aber irgendwie interessierte ihn schon, nach welchen Kriterien die Frau ihre Opfer ausgewählt hatte.

Zu seinem Bedauern ergab sich so schnell keine Gelegenheit, der mutmaßlichen Täterin bohrende Fragen zu stellen. Wochen vergingen, dann Monate. Die Aufregung über die Krawattenmorde ließ nach und schlief endlich gänzlich ein. Joseph dachte längst nicht mehr an die junge Frau und ihre tödlichen Neigungen.

Gegen eins war Jörg Melcher in Aalen. Er parkte in der Nähe des Stadtgartens und machte sich auf den Weg ins Zentrum. Der Park im frischen Grün, die Brücke über den Kocher. In einem Artikel hatte Melcher von „die Kocher“ gesprochen und jede Menge böser Leserbriefe geerntet. Für einen Stuttgarter möglicherweise ein verzeihlicher Irrtum, aber in Aalen – also, nochmals für alle: DER Kocher! Melcher kreuzte die Curfeßstraße und bog in die Wienerstraße ein. Dort war das Haus, in dem damals der Kollege von Carolin ermordet worden war. Fast zwei Jahre war es wieder her, dass sie beide in Aalen auf

Mördersuche gewesen waren. Zwei Jahre, die Zeit raste schier dahin. Er wandte sich zum Fluss und lief den gewundenen Weg am Wasser entlang. Links lag noch immer das Jugendzentrum. Dann die Friedhofsstraße, Melcher überquerte die Straße und ging nach links. Vorbei am *Samocca*, weiter in Richtung Stadelgasse. Er lief durch die Radgasse mit ihren malerischen Fachwerkhäusern und kam schließlich zur Reichstädter Straße. Die Innenstadt war belebt wie eh und je. Der Marktbrunnen blühte im Blumenschmuck und die Einkaufsfreude der Aalener schien ungebrochen. Er kam an der Stadtkirche vorbei. Die Uhr schlug viertel nach eins. Bis drei hatte er genügend Zeit, um noch irgendwo etwas zu essen. Jörg Melcher betrachtete kurz ein Schaufenster und lenkte dann seine Schritte zum Biergarten am Hahnenhof.

Da drüben, der Mann, der dort vor dem Schaufenster stand und eben weiterging. Das kantige Gesicht kannte er, das war doch der Fotograf, dieser Melcher. Was suchte der Mann in Aalen? Gestern war Melcher bei der Beerdigung in Ulm gewesen, die Tage davor in Heidenheim. Hatte man vor dem Kerl nirgends seine Ruhe? Der Mann war ein Schnüffler. Ein Schnüffler, der von Mordfällen magisch angezogen wurde. Investigativer Journalismus nannte sich das, die schlimmste Plage von allen. Melchers Vita war in dieser Hinsicht eindeutig. Selbst hier in Aalen war der Typ schon aktiv gewesen. Widerlich, Journaille. Gut, dass Melcher sich nicht umgedreht hatte. Vorsichtig zog sich die Gestalt in eine Nische zurück.

Gestern die Beerdigung und heute ein Probentag; das Leben ging weiter. Celine Deymrau und Wolfhard von Welsungen standen im hellen Scheinwerferlicht der Bühne.

„O meine Leonore! So soll ich dich nie wieder sehen!“, sang von Welsungen als Florestan und Celine Deymrau antwortete mit Leonores Worten:

„Mein ganzes Herz reißt mich zu ihm hin! Sei ruhig, sag ich dir! Vergiss nicht,

was du auch hören und sehen magst, vergiss nicht, dass überall eine Vorsehung ist ... ja, ja, es gibt eine Vorsehung!“

Sie hielten inne.

„Schon ganz gut, aber etwas mehr Schmerz in die Stimmen legen“, kam die Anweisung der Regie. „Bitte nochmals mit der l. Szene beginnen! Auf die Positionen. Bitte Musik!“

„Gott, welch Dunkel hier! O grauenvolle Stille! Öd ist es um mich her, nichts, nichts lebet außer mir, o schwere Prüfung! Doch gerecht ist Gottes Wille!“, hub Florestan an zu singen.

Gerecht ist Gottes Wille, das war die Frage, dachte Celine, während sie die Hände rang vor Schmerz. Gab es eine Vorsehung, eine höhere Macht, die dafür gesorgt hatte, dass sie die Rolle sang und nicht Diana? Doch wenn dem so war, musste dafür ein Mord geschehen? Und wer war der Mörder? Henry Bottenbeg, wie Wolfhard behauptete? Oder war es vielleicht Wolfhard selbst, der Diana ermordet hatte? Seine Schwäche, sich in seine jeweilige Partnerin zu verlieben, war allgemein bekannt. Sein Bemühen um Celine war überdeutlich und vielleicht ergab sich sogar etwas, sie war zurzeit ungebunden und Wolfhard war ein gut aussehender Mann, wanderten ihre Gedanken weiter. Wie er da stand und sang ... Es stellte sich die Frage, ob Wolfhard etwas mit Diana gehabt hatte. Celine Deymrau schüttelte unmerklich den Kopf. Diana hatte mit Henry Bottenbeg zusammengelebt – dass sie sich gleichzeitig auf Wolfhard eingelassen hätte, schien Celine höchst unwahrscheinlich. War Wolfhard abgeblitzt und hatte deswegen Diana aus Eifersucht getötet?

Eine Art Othello und Diana die Desdemona? Nein, das war Unsinn. Wenn, dann hätte Wolfhard Henry getötet. Doch auch das schien wenig wahrscheinlich zu sein. Wolfhard von Welsungen war nicht der Mann, der mordete. Und hatte er sich nicht auch auf einer Tournee in Australien befunden?

Wie kalt ist es in diesem unterirdischen Gewölbe!, kam ihr Einsatz.

Wolfhard von Welsungen quälten ähnliche Überlegungen. Diana war tot, niemand wusste das besser als er, und nun sang Celine die Leonore. Keine Frage, die Rolle war ihr auf den Leib geschrieben. Wunderbar, ihr tragender Sopran! Dennoch, ursprünglich sollte Diana singen. Konnte es sein, dass Celine die Konkurrentin hinterrücks ausgeschaltet und ihr das Messer in die Brust gestoßen hatte? Wolfhard schauderte unwillkürlich. Nein, das traute er Celine nicht zu. Nicht dieser wunderbaren Frau, die, und das merkte Wolfhard immer deutlicher, Diana nicht nur in gesanglicher Hinsicht zu ersetzen vermochte. Seine Leonore! Eindeutig, Wolfhards ursprüngliche Annahme war richtig. Henry Bottenbeg war der Täter, ein wahrer Rocco!

Nun, habt ihr wieder etwas geruht?

Schweigen. Mist, jetzt hatte er seinen Einsatz verpasst.

Regisseur Schneider unterbrach die Probe.

„Hört mal. Ich weiß, gestern war Dianas Beerdigung und wir alle sind tief betroffen. Aber es wäre schön, wenn sich *Leonore* und *Florestan* etwas mehr auf ihre Rollen konzentrieren könnten!"

Jörg Melcher setzte sich und studierte die Speisekarte. Da trat jemand an seinen Tisch. Er blickte auf und erkannte ein bekanntes Gesicht: Oberinspektor Wilhelm Gödel!

„Guten Tag, Herr Melcher! Sind Sie mal wieder in Aalen? Gerade wollte ich gehen, als ich Sie kommen sehe. Nett, Sie zu treffen!“

„Tag, Herr Gödel. Setzen Sie sich doch zu mir. Dass Sie sich freuen, hätte ich nicht gedacht.“

„Weil Sie sich damals ständig in die Ermittlungen eingemischt haben? Und im Dauerclinch mit meiner Chefin lagen? Und, da bin ich mir sicher, sogar vor Datenklau nicht zurückschreckten? Das ist kalter Kaffee und längst erledigt. Ich sehe das mittlerweile alles lockerer. Sie und diese junge Journalistin waren mit Ihren Schnüffeleien im Endeffekt erfolgreich und haben zur Überführung des Mörders beigetragen. Das allein zählt. Wenn ich auch bis heute nicht weiß, wer wirklich der Täter war. Sylvia von Barnem, der Anlageberater oder der Klinikarzt?“

Jörg Melcher blickte den Oberinspektor an und grinste.

„Dass Sie nicht selbst darauf gekommen sind, die Hinweise waren eindeutig. Aber ich kann Ihnen helfen. Der Mörder war …“

Melcher machte eine dramatische Pause.

„Nein, ich schweige. Vielleicht möchte sich der eine oder andere den Fall noch mal zu Gemüte führen. Da verrate ich besser nichts.“

Die Kellnerin kam und Melcher bestellte einen Schwäbischen Wurstsalat und ein Wasseralfinger Spezial vom Fass.

„Was trinken Sie?“

„Eigentlich nichts mehr, in bin im Dienst. Höchstens noch ein Radler“, wandte sich Gödel an die Kellnerin.

„Sie sind im Dienst? Worum geht es denn diesmal?“, fragte Melcher.

„Um einen Mord. Aber, Melcher, ich glaube, das wissen Sie längst, sonst wären Sie bestimmt nicht hier“, erwiderte der Oberinspektor.

„Ich gebe alles zu", lachte Jörg Melcher. „Ich war in Heidenheim und Ulm. Und jetzt bin ich hier im schönen Aalen – wahrscheinlich aus dem gleichen Grund wie Sie!"

Die Getränke kamen und die Männer prosteten einander zu.

„Sie sind also am Fall Diana Henners dran", sagte Gödel. „Das heißt, Sie suchen in Aalen nach Informationen über Nicolas Stetter, richtig?"

„Richtig", bestätigte Melcher. „Ich habe auch schon mit dem Leiter der Mordkommission in Heidenheim gesprochen. Aber ich glaube, ich bin bei Ihrem Chef in Ungnade gefallen. Apropos Chef. Sie arbeiten doch eigentlich mit und für Kommissarin Nöhler?"

Der Inspektor seufzte.

„Das ist eine längere Geschichte, die ich vielleicht ein anderes Mal erzähle."

Er nahm einen kräftigen Schluck von seinem Radler.

„Was haben Sie denn angestellt, dass Sie Hauptkommissar Ehlers verärgert haben?"

„Ich habe meine Arbeit getan. Einen Artikel geschrieben, Fotos gemacht, das Übliche halt, ich bin Journalist", antwortete Melcher unschuldig.

„Kommissar Lederer erzählte etwas von einem unbefugt geschossenen Tatortfoto. Waren Sie das?"

Melcher nickte.

„Ich sehe schon, Sie haben sich nicht geändert."

Gödel leerte sein Glas und bestellte einen weiteren Radler.

„Der Fall ist jedenfalls interessant. Einen Mord an einer Sängerin hatte ich noch nie. Die Oper, die Bühne, Künstler, ein ganz eigenes Milieu, in dem ich mich, zugegebenermaßen, wenig auskenne."

„Vielleicht könnten wir einen Deal machen?", schlug Melcher

vorsichtig vor. „Sie wollen mir etwas verkaufen, Melcher?“, fragte Gödel skeptisch. „Was soll das sein und was wollen Sie dafür haben? Meine Seele?“

„Nein, das schwarze Ding interessiert mich nicht“, erwiderte Melcher lässig. „Hören Sie, Gödel. Sie sagten vorhin selbst, ich sei damals bei meinen Nachforschungen erfolgreich gewesen. Ich kenne mich im Gegensatz zu Ihnen im Opernmilieu und in der Künstlerszene gut aus. Sie haben dafür Zugang zu anderen Informationen und Fakten. Wie wär’s, ich beteilige Sie an meinem Wissen und Sie mich an Ihrem. Das ist doch fair, oder?“

„Wie Sie das darstellen, klingt es fast überzeugend“, meinte Wilhelm Gödel. „Aber wir müssten uns wirklich über alles austauschen. Keine Alleingänge!“

„Das ist selbstverständlich“, behauptete Melcher. „Sie kennen mich doch! Also, was ist? Schlagen Sie ein?“, drängte er und bot dem Oberinspektor die Rechte.

„Gut, ich hoffe, dass Sie wirklich etwas wissen oder in Erfahrung bringen“, antwortete Gödel und schlug ein.

„Sie kennen mich doch, Herr Oberinspektor“, erwiderte Melcher grinsend.

„Eben, und kein Wort zu Ehlers“, beendete Gödel die Diskussion.

Die Kellnerin brachte den Wurstsalat und Gödels zweiten Radler. Das Gespräch wandte sich dem Fußball und dem aktuellen Tabellenplatz des VfR Aalen zu.

„Heidenheim auf Platz 8 und unser VfR auf Platz 16. Dabei haben wir Heidenheim gleich zu Beginn der Saison mit 2:1 vom Platz gejagt“, ereiferte sich Gödel. „Das zweite Spiel endete allerdings 0:0 ...

„Eine Saison kann ganz schön lang sein“, meinte Melcher. „Der VfB hatte auch seine Probleme ...“

„Das ist kein Trost“, befand der Inspektor. „Absolut kein Trost.“

„Vielleicht sollten Sie Fan des Heidenheimer Fußballs werden?“

Die Proben waren zu Ende und Celine Deymrau dabei, sich abzuschminken, als es an die Tür ihres Umkleideraumes klopfte. Das war bestimmt Wolfhard. Auf ihr „Herein“ öffnete sich die Tür und ein großer, breitschultriger Mann trat ein. „Guten Tag, gnädige Frau. Ich bin Hauptkommissar Frank Ehlers“, stellte er sich vor. „Ich dachte, ich komme direkt zu Ihnen, um Ihnen die Mühen eines Besuches im Revier zu ersparen.“

„Nehmen Sie Platz, Herr Ehlers“, forderte ihn Celine Deymrau auf. „Es geht sicher um Diana Henners. Ich weiß zwar nicht, was ich mit Dianas tragischem Tod zu tun habe. Aber wenn ich Ihnen helfen kann. Ich habe allerdings in zwanzig Minuten einen Termin.“

„So lange wird es nicht dauern“, sagte Ehlers. „Es geht in der Tat um die Ermordete. Ich versuche ein Bild von ihrem Umfeld zu gewinnen. Frau Henners war Kollegin von Ihnen, Sie kannten die Dame sicher besser als andere. Gab es Streit oder Konflikte?“

„Nein, also erst einmal. Diana Henners war wie ich Sopranistin und wir sind uns da und dort begegnet. Aber wir waren keine Kolleginnen in Ihrem Sinne und auch nicht näher bekannt oder befreundet. Ich kann Ihnen daher kaum etwa über Frau Henners erzählen.“

„Aber Sie kennen doch den einen oder anderen aus Frau Henners näherem Umfeld. Herrn von Welsungen, Herrn Bottenbeg und natürlich Herrn Steinacker, der jetzt Ihr Manager ist, oder?“

„Wollen Sie damit andeuten, Herr Kommissar, ich hätte Diana Henners ermordet, um ihren Manager zu übernehmen? Das ist doch lächerlich!“

Die Operndiva lachte laut auf.

„Vielleicht wollten Sie nicht den Manager, sondern Frau Henners’ Rolle übernehmen?“, entgegnete Ehlers ruhig.

„Nein, Herr Kommissar, ich kann Sie beruhigen. Ich habe genügend Angebote und muss für eine Rolle nicht morden. Im Übrigen war ich ab Anfang November bis zum Januar in Brüssel. Genügt Ihnen das Alibi?“

„Fürs Erste“, meinte Ehlers trocken. „Aber, wenn Sie es nicht waren, wovon ich ausgehe, gnädige Frau, wer könnte Ihrer Meinung nach einen Grund gehabt haben, Diana Henners zu töten?“

Die Diva verzog ärgerlich das Gesicht.

„Hören Sie, Herr Ehlers. Ich sagte bereits, dass ich Frau Henners nicht näher kannte. Ansonsten gibt es bekanntlich für einen Mord die unterschiedlichsten Motive. Hass, Neid, Eifersucht, was weiß ich alles. Ich glaube jedenfalls nicht, dass Henry Bottenbeg oder Herr von Welsungen mit der Tat zu tun haben. Gleiches gilt für Peter Steinacker. So und jetzt darf ich Sie bitten hinauszugehen, ich möchte mich nämlich umziehen und dies ohne polizeiliche Aufsicht!“

Frank Ehlers bedankte und verabschiedete sich. Viel hatte er nicht erfahren. Deutlich war allerdings, dass Celine Deymrau über Diana Henners’ Tod nicht besonders trauerte und zudem einen Nutzen davon zog. Das angegebene Alibi würde Ehlers auf jeden Fall überprüfen. Obwohl er sich eigentlich nicht vorstellen konnte, dass die Sängerin etwas mit dem Tod Diana Henners’ zu tun hatte. Aber bei einem Mord konnte man nie wissen …

Gödel hatte sich verabschiedet und Jörg Melcher strebte dem *Ramba Zamba* zu. Das Lokal befand sich direkt an der Stadtkirche am alten Kirchplatz. Vor dem Lokal waren ebenfalls Sonnenschirme aufgespannt, auch die Grünpflanzen rankten sich noch immer in die Höhe. Carolin saß schon an einem Tisch. Melcher hatte sie seit November nicht mehr gesehen. Die Ehe schien ihr gut zu bekommen, Carolin wirkte frisch und lebendig. Wieder hatte sie ihre Haare verändert, dunkelblonde Locken fielen weit über die Schultern hinab.

„Hallo Carolin", begrüßte er sie. „Du siehst gut aus, die Heirat scheint sich positiv auszuwirken."

„Genauso fühle ich mich, Jörg", antwortete sie lachend, „und Rolf sieht das ebenso."

Da entdeckte Melcher, dass sie nicht allein gekommen war. Neben ihr saß, braungebrannt und im saloppen Einreiher, Rolf Toibert, ihr Ehemann. Die Männer begrüßten sich etwas zurückhaltend.

„Ich habe Rolf mitgebracht, weil wir nachher noch einen Besichtigungstermin haben, eine Vierzimmerwohnung in guter Lage, und da gehen wir natürlich zusammen hin."

„Natürlich bin ich auch neugierig auf Ihren neuen Fall, Herr Melcher", sagte Rolf Toibert. „Carolin hat mir erzählt, wie abenteuerlich das vor zwei Jahren ablief und was Sie alles erlebt haben. Auf solche Dinge kann sie sich heute nicht mehr einlassen, das wäre mir für Carolin zu gefährlich."

Seine Besorgnis machte Jörg den Mann fast sympathisch. Aber hatte Carolin wirklich alles erzählt, was damals geschehen war? Melcher warf ihr einen kurzen Blick zu. Eine leichte Röte zeichnete sich auf ihrem Gesicht ab und Melcher grinste in sich hinein.

„Gut, dann legen wir mal los", entgegnete er. „Was weißt du über Nicolas Stetter?"

„Ich habe dir eine Mappe mitgebracht mit Kopien der Materialien, die ich im Archiv der *SchwäPo* zu Stetter finden konnte. Mehr als das, was dort steht, kann ich dir auch nicht sagen. Aber erzähl, wie kommst du auf Nicolas Stetter?"

Melcher berichtete in Grundzügen die Erlebnisse der letzten Tage und welche Überlegungen er hinsichtlich einer möglichen Identität des Mörders angestellt hatte.

„Du siehst", fasste er zusammen, „im Eigentlichen weiß ich noch gar nichts, außer dass bereits die zweite Frau ermordet wurde."

„Sie glauben also nicht, dass Michél Rotgießer-Burger von ihrem Mann getötet wurde?", fragte Rolf Toibert.

„Ich denke, Michél wusste etwas über den Mord an Diana Henners und musste deswegen sterben", antwortete Melcher.

Die Inspektorin Wittmüller betrat das Vernehmungszimmer, in dem bereits Günther Burger saß. Bevor sie den Mann laufen ließen, sollte sie Herrn Burger noch einmal vernehmen.

„Aber sagen Sie Burger noch nicht, dass wir ihn als entlastet ansehen. Unter dem Druck, seine Unschuld zu beweisen, packt er vielleicht das eine oder andere aus, was er uns sonst nicht erzählen würde", gab ihr Ehlers mit auf den Weg.

Sie setzte sich Günther Burger gegenüber und schaltete ein Aufnahmegerät ein.

„Donnerstag, 19.Mai, 16:00 Uhr, Verhör Günther Burger, Tatverdächtiger im Mordfall Michél Rotgießer-Burger. Vernehmende Kriminalbeamtin Frau Inspektorin Wittmüller." Sie wandte sich an Burger.

„Herr Burger, Sie wissen, warum Sie hier sind. Für Ihre Behauptung, ein anderer habe Ihre Frau getötet, haben Sie bislang keinen stichhaltigen Beweis erbracht. Sie waren stark angetrunken, Sie hatten sich kurz zuvor mit Ihrer Frau gestritten, Sie hatten einen Wohnungsschlüssel, Sie lebten in Trennung und die Scheidung wäre für Sie die finanzielle Katastrophe gewesen. Die Tatsachen sprechen klar gegen Sie. Wer sonst sollte ein Interesse oder Motiv haben, Ihre Frau zu ermorden?"

Burger hatte Wittmüllers Zusammenfassung mit gesenktem Kopf angehört. Tiefe Ringe lagen um seine Augen. Er war unrasiert und das Haar strähnig.

Langsam hob er den Kopf.

„Ich war es nicht, mein Gott, glauben Sie mir doch! Ich weiß nicht, wer es war, aber ich war es nicht. Ich habe Michél geliebt!"

„Wer war es dann? Wenn Sie Ihre Frau wirklich geliebt haben und nicht der Täter sind, Herr Burger, dann nennen Sie uns Fakten, die uns helfen, den Mörder zu fassen und die Sie entlasten."

„Meine Güte, wenn ich etwas wüsste, ich hätte es längst gesagt!", rief Günther Burger verzweifelt. „Glauben Sie mir, ich zermartere mir die ganze Zeit den Kopf, wer Michél so hasste, dass er sie getötet hat."

„Kann es sein, dass Ihre Frau im Zusammenhang mit dem Tod von Diana Henners etwas wusste?"

Burger hob den Kopf.

„Michél kannte Diana Henners, das stimmt. Sie hatte die Tote bei Veronika kennen gelernt. Aber das war eine Bekanntschaft, mehr nicht. Veronika, also Frau Dr. Tauberger und Diana Henners waren wirklich gut befreundet. Wenn jemand etwas weiß, dann Veronika."

Er beugte sich vor und überlegte.

„Könnte es nicht sein, dass eine Verwechselung vorliegt? Der Mörder hat Michél und Diana Henners zusammen gesehen und gedacht ..."

Er unterbrach sich und schüttelte den Kopf.

„Nein, das ist nicht stimmig. Diana Henners wurde im November getötet. Warum sollte der Mörder jetzt Michél töten?"

„Die Leiche wurde erst letzte Woche gefunden. Parallel begannen unsere Ermittlungen. Es könnte doch sein, dass Ihre Frau etwas beobachtet hat, was erst jetzt den Täter gefährden würde."

Die Inspektorin überlegte.

„Wissen Sie vielleicht, was Ihre Frau am Abend des 22. Novembers gemacht hat? Es ist lange her und Sie lebten getrennt, aber ...."

„Am Abend des 22. Novembers?", wiederholte Günther Burger. „Aber sicher weiß ich das. Am 22. November vor zwölf Jahren haben wir uns zum ersten Mal getroffen. Daher habe ich Michél am Nachmittag besucht und ihr einen Blumenstrauß gebracht. Elf dunkelrote Rosen", fügte er mit brüchiger Stimme hinzu. „Ich lud Michél zum Essen ein, weil ich hoffte, ich könnte sie versöhnen. Doch sie wollte nicht. Sie sagte, sie habe bereits eine Verabredung mit Freunden in einem Altstadtlokal. Ich glaubte ihr nicht. Ich dachte, ein anderer Mann stecke dahinter ..."

„Und?", fragte die Inspektorin gespannt. „Was passierte dann?"

„Ich bin ihr gefolgt. Bis zu dem Lokal und schaute durch ein Fenster hinein. Aber ich hatte mich getäuscht. Es war, wie Michél gesagt hatte. An dem Tisch, zu dem sie ging, saßen wirklich nur Freunde, hauptsächlich Freundinnen."

„Sonst war da nichts?", fragte die Inspektorin enttäuscht. „Diana Henners haben Sie nicht gesehen?"

„Nein", antwortete Günther Burger.

Carina Wittmüller stoppte die Aufnahme. Das war es, der Mann wusste offenbar wirklich nichts und länger konnte sie ihn nicht festhalten.

„Gut, Herr Burger, dann können Sie gehen."

„Ich kann gehen?", fragte Burger ungläubig.

„Ja, es gibt neue Funde am Tatort, die Sie entlasten."

„Danke", stammelte er, „Danke!"

Er erhob sich langsam und ging zur Tür. Er öffnete sie und blieb plötzlich stehen.

„Frau Wittmüller. Diana Henners war doch da. Aber nicht im Lokal, sondern in der Nähe der Pauluskirche. Michél und sie sind sich kurz begegnet."

Der Inspektorin wurde es gleichzeitig heiß und kalt. Diana Henners war am späten Abend des 22. Novembers von einem Zeugen gesehen worden!

„War Frau Henners in Begleitung oder allein?", fragte sie aufgeregt.

„Allein und sie lief in Richtung Hauptstraße. Es muss gegen dreiviertel zehn gewesen sein. Ich hörte die Uhr der Pauluskirche schlagen."

Carolin und ihr Mann waren zu ihrem Termin aufgebrochen. Jörg Melcher blieb im *Ramba Zamba* und bestellte einen weiteren Kaffee. Dann blätterte er in dem Ordner, den ihm Carolin gegeben hatte. Zeitungsausschnitte und Bilder – das Material schien höchst interessant zu sein. Nicolas Stetter arbeitete als Einkäufer in der Scholz Edelstahl GmbH und wohnte in der Samlandstraße. Seine Freizeit verbrachte er mit Segeln und Golf am Bodensee. Und er gehörte dem *Lions Club Aalen Kocher-Jagst* an. Seine Ehe mit Diana Henners war wegen einer Affäre in die Brüche gegangen. Bei den letzten Clubfesten war Stetter zusammen mit einer weiblichen Begleitung aufgetreten. Ein Zeitungsausschnitt aus der *SchwäPo* vom letzten Herbst lag bei, der in einer Gruppe von Menschen Nicolas Stetter zeigte. Die Dame neben ihm war von diesem dunkelhaarig undefinierbaren Typ Frau, der sich seit einigen Jahren auf den Führungsetagen, erst der mittleren, allmählich auch der höheren Ebene, zu zeigen begann. Glatte, nach hinten gekämmte Haare im halblang modischen Schnitt. Ein ebenso falten- wie altersloses Gesicht mit dezentem Lidschatten und einer Andeutung von Rouge und hellem Lippenstift. Dazu ein taubenblaues Kostüm, das die schlanke Figur betonte und natürlich die passenden und teuren Schuhe. Ein stetes Lächeln und wache, sehr aufmerksame Augen aus blau-grünem Eis ergänzten das Bild. Die Dame war markiert und am Rand hatte Carolin den Namen *Natascha Deinzle-Pirsk* und als Beruf *Rechtsanwältin* geschrieben. Eine Anwältin – war die Verbindung geschäftlich oder privat oder beides, überlegte Melcher. Nachdenklich studierte er den Ausschnitt. Er stutzte. In der Menge, die den Raum füllte, war am Rand ein verschwommenes Gesicht zu erkennen, das ihn an jemanden erinnerte. Leider war das Zeitungsblatt an dieser Stelle verwischt, so dass er sich nicht völlig sicher war. Er würde Carolin bitten, ihm den Ausschnitt in Vergrößerung zu schicken. Ein anderer Artikel handelte von einem Auftritt Diana Henners' in Aalen anlässlich einer Gasttournee im Sommer vor zwei Jahren. Das musste zur Zeit der Brauereimorde gewesen sein. Dass Diana Henners hier gesungen hatte, war Melcher damals völlig entgangen. Vom Empfang nach dem Gesangesabend, wie es hieß, gab es ebenfalls ein Zeitungsbild. Melcher schaute es an und stieß überrascht einen Pfiff aus. Auf dem Bild waren nahezu alle irgendwie mit der Sängerin in Verbindung stehenden Persönlichkeiten gemeinsam zu sehen und verewigt. In der

Mitte das blonde Lächeln Diana Henners'. Die Diva hielt einen großen Strauß dunkler Rosen im Arm. Rechts neben ihr war Wolfhard von Welsungen und links Henry Bottenbeg abgebildet. Beide Männer standen so nah an der Sängerin, als hätte jeder von ihnen einen besonderen Anspruch auf sie. Von Bottenbeg aus gesehen folgten zwei weitere Herren, in deren Mitte wiederum eine Dame stand. Es war Veronika Tauberger. Der Herr rechts von ihr war Frau Henners' Manager Christian Steinacker. Im anderen Mann erkannte Melcher überrascht den Komponisten Travelone. Weiter hinten sah er das lachende Gesicht Michéls. Neben ihr ein Unbekannter. Auf der anderen Seite, zwischen verschiedenen Anzugträgern, Nicolas Stetter und dicht neben ihm eine Dame, die nicht Natascha Deinzle-Pirsk war. Wer sie war, wusste Melcher nicht, nur dass er sie bei der Beerdigung in Ulm gesehen hatte. Fehlte nur Celine Deymrau. Dass die Deymrau eine Veranstaltung ihrer schärfsten Konkurrentin aufgesucht hätte, lag wohl außerhalb der Vorstellung. Mit und ohne Celine Deymrau – die Geschichte wurde immer facettenreicher.

Celine Deymrau stand auf dem Schlossberg und schaute auf die Stadt. Anfang März war sie das erste Mal vor Ort gewesen. Nach sechseinviertel Stunden Fahrt von Tournai an der Schelde nach Heidenheim an der Brenz, mit 160 km/h, in Belgien eine Unmöglichkeit. Der erste Eindruck war positiv gewesen. Jetzt war sie richtig angekommen und die Proben hatten begonnen. Sie schaute sich um, das Schloss bot ein ideales Ambiente für den *Fidelio*. Sie würde ohne Mikro singen, eine interessante Herausforderung. Alles wunderbar, wäre da nicht dieser hässliche Mord gewesen. Wolfhard jedenfalls konnte nichts mit ihm zu tun haben. Obwohl, hatte er nicht in einem Interview angegeben, seine Lieblingsheldin in der Dichtung sei *Desdemona*? Hatte Wolfhard nicht einmal *Verdis Otello* gesungen? Unsinn, Wolfhard war ein fantastischer Sänger und kein Mörder; die Othello-Idee hatte sie schon einmal gehabt und dann zu Recht verworfen. Wenn einer für die Rolle des Mörders in Frage kam, dann allein Henry Bottenbeg!

Die Inspektorin Bianca Hoffer überlegte krampfhaft, wie sie an exaktere Informationen über die Geschäfte Christian Steinackers herankommen könne. Beim derzeitigen Stand der Ermittlungen war es unwahrscheinlich, dass ein Richter die Anordnung zur Einsichtnahme Steinackers geschäftlicher oder privater Konten erteilte. Trotzdem gab es sicher eine Möglichkeit, Näheres über Steinackers Geschäfte zu erfahren, zumindest herauszufinden, welche Musiker von ihm gemanagt wurden. Aus Anzahl und Bekanntheit der Künstler ließ sich durchaus ein Eindruck der geschäftlichen Bonität gewinnen. Der Werbetext auf Steinackers Homepage war vieldeutig:

Die MusikAgentur Steinacker entwickelte sich seit ihrer Gründung im Jahre 1999 zu einer auf die Veranstaltung und Vermittlung klassischer Musik und gehobener Unterhaltungsmusik (Jazz, Salon- und Weltmusik) spezialisierten Agentur. MusikAgentur Steinacker heißt, seine Leidenschaft für die Musik auf die Veranstaltungen für seine Kunden zu übertragen. Mit außergewöhnlichen Konzerten anderen genauso viel Freude machen, wie sich selbst. Die besten Künstler ihres Fachs auf die Bühne zu holen, um zu zeigen, dass es gute Musik in allen Genres gibt …

Eine breite Liste von Referenzen und ein Endlosband mit Künstlerbildern suggerierten solide Qualität. Die Inspektorin nahm das Telefon und rief eine der angeführten Referenzen an. 03393172510, die *Kammeroper Schloss Rheinsberg*. Die

Sekretärin, eine Frau Runge, verband sie gleich weiter zu Frau Schindler, die für die Öffentlichkeitsarbeit zuständig war. Die Dame versprach Frau Hoffer, sie würde nach Sichtung ihrer Unterlagen zurückrufen. Zehn Minuten später läutete das Telefon. Es sei richtig, erfuhr die Inspektorin, im Rahmen der Operngala vom 30. Juni bis 2. Juli habe Herr Steinacker über das Engagement von Frau Diana Henners mit der künstlerischen Leitung verhandelt und es sei auch zu einem Abschluss gekommen. Ein Honorarvorschuss von 5.000 Euro sei fristgerecht zum 1. Dezember überwiesen worden. Mehr gehe aus den Unterlagen nicht hervor.

„Sie wissen, dass Frau Henners tot ist und ihr Programmpunkt somit ausfällt?", hakte die Inspektorin nach.

„Das ist bekannt. Aber ich kann Ihnen nicht sagen, wie unser künstlerischer Leiter Professor Mathes damit umgeht."

„Könnte ich mit Professor Mathes sprechen?"

„Bedauere, der Professor ist auf einer mehrwöchigen Reise in Asien und wird erst Mitte Juni zurück erwartet."

Bianca Hoffer bedankte sich und legte auf. Das klang alles völlig normal und korrekt. Zur Sicherheit wollte sie noch einen der Künstler anrufen, die auf der Page angeführt waren. Beim Scrollen durch die Bilder stieß die Inspektorin auf weitere Namen, die sie kannte: Veronika Tauberger, die Freundin der getöteten Sängerin. Frau Tauberger und ihre Jazzformation *Occasional Drive* wurden ebenfalls von Christian Steinacker gemanagt. Und Wolfhard von Welsungen! Ob Hauptkommissar Ehlers von diesen Tatsachen wusste? Wahrscheinlich nicht, sonst hätte er die Fakten bei der Morgenbesprechung sicher erwähnt. Bianca Hoffer griff zum Handy, um ihren Chef zu informieren.

Kommissar Lederer lief die Heidenheimer Fußgängerzone entlang in Richtung Olgastraße. Vorm *Schuhhaus Fischer* blieb er stehen und überlegte. Wenn er schon mal hier war, konnte er, bevor er sich um Henry Bottenbegs Privatleben kümmerte, kurz nach neuen Schuhen schauen. Vielleicht die braunen dort im Schaufenster, wenn es die in seiner Größe gab. Ein Problem der Breite, nicht der Länge. Der Kommissar betrat den Laden und schaute sich suchend um. Eine junge Verkäuferin kam gleich auf ihn zu und fragte nach seinen Wünschen. Zehn Minuten später hatte Lederer verschiedene Modelle probiert und sich für ein Paar entschieden. Er war mitsamt seinem Schuhkarton auf dem Weg zur Kasse, um zu zahlen, als er überrascht stehen blieb und aus dem Fenster auf die Straße starrte. Draußen sah er Henry Bottenbeg, der gerade eine Dame begrüßte. Die Begrüßung schien Lederer innig auszufallen. Die Dame kannte er auch. Es war Frau Dr. Tauberger, um die sich eigentlich Frank Ehlers kümmerte. Frau Tauberger hakte sich bei Henry Bottenbeg ein und das Pärchen ging Arm in Arm gemeinsam die Hauptstraße hinunter. Lederer drückte der verdutzten Verkäuferin seinen Karton in die Hand und eilte den beiden hinterher. Sie bogen in die Ratsgasse ein und wandten sich zum Rathaus. Von dort liefen Henry Bottenbeg und Frau Tauberger die Grabenstraße hinunter und schwenkten dann nach links. Ihr Ziel schien das *Café Leger* oder *Jack's American Bar* zu sein, zwei obskure Lokalitäten oberhalb eines Norma-Ladens. Vor dem Gebäude schüttelte Frau Tauberger energisch den Kopf. Beide diskutierten kurz, drehten sich dann um und kehrten in die Richtung zurück, aus der sie gerade gekommen waren. Kommissar Lederer gelang es gerade noch, sich in einer Toreinfahrt zu verbergen. Das Paar kam an ihm vorbei, sie schienen zu streiten.

„... gehe ich nicht. Wenn, dann ins *Palma* oder ...“, hörte

Lederer Frau Tauberger sagen. Wieder gelangten sie auf die Hauptstraße, der Kommissar folgte so unauffällig wie möglich. Rechts lag das *Café Balzac*, der literarische Szenetreff. Sie verschwanden im Lokal. Lederer wartete kurz, dann folgte er den beiden in das Innere. Drinnen standen Rundtische, auf denen Kerzen brannten. Überall lagen Bücher. Viel Grün an den Wänden und über den Fenstern. Eine Tafel pries einen *Alpen-Cooler-Cocktail* mit Zitrone und Holundersirup für vier Euro an. Hinter der Theke das übliche Flaschensammelsurium. Claus Lederer sah sich um. Das Lokal war weitgehend leer. Ein junger Mann um die zwanzig saß am Tresen und drehte sich zu Lederer um. Er betrachtete ihn kurz mit schläfrigem Blick, dann wandte er sich wieder ab und bestellte ein frisches Pils. Henry Bottenbeg und Frau Dr. Tauberger aber waren durch den Hinterausgang verschwunden. Offenbar war Lederers Verfolgung bemerkt worden.

Oberinspektor Gödel fuhr in den östlichen Teil Aalens, genauer in die Fahrbachstraße, um sich im *Lions Club* genauer über Nicolas Stetter zu informieren. Die junge Dame vom Sekretariat, eine hübsche Dunkelblonde mit hellen Strähnchen, bestätigte Stetters Mitgliedschaft. Sie bedauerte, keine weiteren Angaben machen zu können.

„Ich bin erst seit Anfang November hier tätig und kenne die einzelnen Mitglieder kaum“, erklärte sie dem Inspektor.

„Gibt es regelmäßige Treffen oder Veranstaltungen?“, fragte Gödel.

„Der *Lions Club* engagiert sich in der Suchtprävention, hilft Waisenkindern, unterstützt den Kinderhospizdienst Ostalb und will einen Beitrag dazu leisten, die Verständigung von Menschen, Völkern und Religionen zu fördern. Dazu finden regelmäßige Veranstaltungen und Aktivitäten statt, deren Reinerlös entsprechenden Projekten zufließt. Als ich im November hier zu arbeiten begann, hatten wir zum Beispiel ein Benefizkonzert, bei dem der bekannte Komponist Peter Travelone einen Klavierabend gestaltet hat."

„Einen Klavierabend? Wann war das Konzert?", fragte Wilhelm Gödel überrascht.

„Warten Sie, ich schaue nach."

Die Sekretärin holte eine Brille hervor, setzte sie auf und blätterte in einem Ordner.

„Hier, da ist es."

Sie deutete auf ein Ankündigungsschreiben und den beigefügten Zeitungsausschnitt der *Schwäbischen Post*:

Benefizkonzert des Lions Club Aalen Kocher-Jagst
Peter Travelone
Drei Stücke aus dem
Oratorium Faustens Weheklage
Anschließend: Kleiner Empfang
Montag, 22. November 2010, 20 Uhr
Im Haus des Lions Club
Fahrbachstraße 290 73431 Aalen

Am 22. November war Peter Travelone in Aalen gewesen. Von dort war es ein knappe halbe Stunde bis Heidenheim.

„Wissen Sie, wie lange das Konzert gedauert hat?", fragte Gödel nach.

„Das kann ich Ihnen genau sagen. Wir führen eine Schließliste."

Die Dame öffnete ein weiteres Buch, blätterte kurz und reichte die Kladde Gödel.

„Konzertende 21 Uhr, Empfang bis 22 Uhr, Schließzeit 23:15 Uhr", las er halblaut.

„Wissen Sie auch, wer von den Mitgliedern alles dem Konzert beigewohnt hat?"

„Selbstverständlich", entgegnete die Blonde. „Nach dem Empfang gab es eine kurze Mitgliederversammlung." Sie schaute ihn an. „Wahrscheinlich wollen Sie wissen, ob Herr Stetter teilgenommen hat?"

„Wenn das möglich ist?", erwiderte Gödel.

„Kein Problem. Dem Protokoll nach war Herr Stetter anwesend. Er wurde zum 2. Vizepräsidenten gewählt!"

Sie lächelte Gödel an. „Haben Sie weitere Fragen, Herr Kommissar?"

Gödel ließ die Anrede stehen. Er blickte auf das Namensschild auf ihrer Brust und nickte.

„Haben Sie heute Abend schon etwas vor, Frau Kerstdorf? Wenn nicht, würde ich Sie gern als Dank für Ihre freundliche Hilfe zum Essen einladen!"

Die Clubsekretärin musterte Gödel ungeniert. Dann setzte sie ihre Brille ab und lächelte.

„Das, Herr Gödel, wäre eine Überlegung wert. Wenn nicht heute Abend, dann morgen."

Jörg Melcher rief in der Redaktion der *SchwäPo* an und hinterließ Carolin eine Nachricht, in der er sie bat, ihm den Bildausschnitt in Vergrößerung zu schicken. Dann fuhr er zurück nach Heidenheim. Das Material hatte er und es machte wenig Sinn, weiter in Aalen Nicolas Stetter hinterherzuschnüffeln. Gödel war an dem Mann dran, das reichte. Zudem hatte sich Mimi vorhin gemeldet und ihr Kommen für den Abend angekündigt. Einen Tag früher als geplant, sie schien versöhnlich gestimmt. Da sollte er sie besser nicht mit seiner Aalener „Vergangenheit" konfrontieren.

Im Hotel klärte er an der Rezeption die Zimmerfrage. Er buchte eine Residenz-Suite mit Blick auf das Schloss, die richtige Überraschung für Mimi. Mit dem Honorar Bottenbegs konnte er sich eine solche Extravaganz leisten. Mimi wollte gegen halb acht kommen. Jetzt war es sechs, genügend Zeit, um ein „Besuchsprogramm“ zusammenzustellen. Am besten gleich ein Besuch des Schlosses mit Panoramablick über die Stadt. Anschließend Abendessen in einem guten Lokal. Dabei würde Jörg ihr erzählen, wie weit er mit seinen Recherchen gekommen war. Morgen zeigte er Mimi die Stadt und die Umgebung. Am Abend konnten sie ein Konzert von Veronika Taubergers Jazzband besuchen und dann, dann würde er sehen. Wie es weitergehen würde, wusste Melcher nicht. Bislang hatte sich nichts ergeben, was ihn auf die Spur der Täter im Mordfall Henners und Michél Rotgießer-Burger führen konnte.

Melcher trat aus dem Hotel, um draußen seinem alten Laster zu frönen: die erste Zigarette seit Wochen! Er setzte sich auf einen der Stühle, öffnete ein Päckchen Lucky Strike, seine alte Marke, und zündete sich eine Zigarette an. Genussvoll zog er den Rauch ein und schaute sich um. Soeben kamen zwei Männer um die Ecke, die er beide kannte. Der eine war Herr von Welsungen, der andere der Komponist Travelone. Die beiden Herren schienen sich angeregt zu unterhalten. Sie kamen an Melcher vorbei, waren aber durch ihr Gespräch derart abgelenkt, dass sie ihn nicht zu bemerken schienen.

„Wolfhard, ich bin sicher, du warst an dem Abend mit Diana zusammen“, hörte Melcher Peter Travelone sagen.

„Ich wollte sie treffen, bin aber aufgehalten worden!“, antwortete der Sänger. „Als ich zu unserer Verabredung kam, war sie schon fort. Das musst du mir glauben, Peter. Aber was war mit dir? Warst du nicht auch ...?“

Dann waren beide vorüber und bogen ins Hotel ein.

Melcher blickte den beiden gedankenvoll nach. Wolfhard von Welsungen war mit Diana Henners verabredet gewesen und das offenbar am Abend ihres Verschwindens. Peter Travelone wusste davon, doch beide schienen die Tatsache bisher verschwiegen zu haben. Warum? Hatte Welsungen Angst, er könne für den Mörder gehalten werden? Auszuschließen war das nicht – bislang hatte es geheißen, Welsungen habe sich auf einer Tournee in Australien befunden. Wo er definitiv nicht gewesen war, denn – das wusste Melcher genau – Wolfhard von Welsungen war beim Interviewtermin als Überraschungsgast angekündigt worden. Dass er nicht eher daran gedacht hatte! Und Travelone? Woher wusste der Komponist, dass Welsungen mit Frau Henners verabredet gewesen war? Er musste mit der Toten gesprochen oder sich in der Region befunden haben. Bei der Befragung neulich hatte Travelone bestätigt, mit Diana Henners gesprochen zu haben. Aber er hatte auch behauptet, er wisse nicht mehr, worum es in dem Gespräch gegangen sei. In diesem Telefonat musste der Komponist von der Verabredung Frau Henners' mit Wolfhard von Welsungen erfahren haben. Oder war er an diesem Abend auch in Heidenheim gewesen und hatte Welsungen gesehen? Der eine Satz schien in diese Richtung zu deuten. Vielleicht hatte sich Travelone erst jetzt daran erinnert oder er hatte es von Anfang an gewusst. Möglicherweise wollte er aus seinem Wissen Kapital schlagen und versuchte, Welsungen zu erpressen?

Nein, das war reine Spekulation und führte ohne konkrete Beweise nicht weiter. Melcher warf die Zigarette weg, irgendwie schmeckte sie ihm nicht mehr. Er stand auf. Eins war sicher, das Verhalten der beiden Männer war verdächtig. Er würde an ihnen dranbleiben. Vielleicht wurde die Spur doch noch heiß!

Und jetzt musste er schauen, wo Mimi und er heute Abend essen wollten. Melcher zog das Handy hervor und wählte die Nummer von Veronika Tauberger. Sie würde ihm sicher einen Tipp geben können.

Wilhelm Gödel verließ beschwingt den *Lions-Club*. Morgen Abend würde er mit Frau Kerstdorf essen gehen. Um halb acht holte er sie ab. Wohin sie gingen, würde Gödel allerdings noch klären müssen. Er hatte erst an das *Ristorante Da Vito* gedacht. Melcher hatte ihm das Lokal eindringlich empfohlen. Aber irgendwie war Gödel von dem Angebot nicht völlig überzeugt worden. Das *Amorelli* fand er ebenso gut, doch dort war Wilhelm Gödel oft mit Claudia gewesen. Das passte jetzt nicht mehr. Eigentlich sollte er seinen Gast nach Heidenheim führen, in die Stadt seines neuen Wirkens. Am besten, er fragte die Kollegen, was die ihm empfahlen. Obwohl die Entfernung … mal sehen, wofür er sich entschied. Jedenfalls war der Tag zu Ende, er hatte Feierabend. Ein frisches Bier und ein kleiner Imbiss wären jetzt nicht schlecht. Wilhelm Gödel fuhr gerade am Galgenberg vorbei und bog spontan zur Löwenbräubrauerei ab. Die richtige Adresse für ein gutes Bier. Vor zwei Jahren hatte er hier einen Fall zu untersuchen gehabt, den Mord im Sudhaus. Der Besitzer der Brauerei, Franz Harth, war selbst in Verdacht geraten, doch dann war der wirkliche Täter gefasst worden und der Brauer wurde in Freiheit gesetzt. Harth hatte die Angelegenheit mit Humor und Sinn fürs Geschäft aufgenommen und sogleich ein neues Bier auf den Markt geworfen. *Das Mordsbier*, ein wunderbar süffiges Produkt Harthscher Braukunst, fand reißenden Absatz und ließ den Braumeister gleich doppelt strahlen.

Gödel betrat die rustikale Schankstube und setzte sich. Franz Harth entdeckte den Inspektor und kam gleich zu ihm.

„Guten Abend, Herr Gödel. Ich hoffe nicht, dass Sie mich schon wieder verhaften wollen. Wir haben zurzeit wirklich keine Leiche im Keller oder gar im Fass."

„Wenn das so ist, bringen Sie mir ein Pils und einen Leberkäs", meinte Gödel. „Ich verhafte Sie dann ein anderes Mal."

„Das ist mir lieber", entgegnete Harth lachend. „Das Bier kommt gleich."

Gödel schaute sich um. Die Gaststube war gut besucht, Harths Kegelbahn hob nach wie vor den Umsatz. Unter den Gästen sah Gödel eine Gestalt, die er hier nicht erwartet hätte. Dort drüben saß zwischen zwei ziemlich kurz berockten Endzwanzigerinnen Nicolas Stetter und schien sich prächtig zu unterhalten. Sein rechter Arm trug Gips. Offenbar hatte der Mann einen Unfall gehabt. Wilhelm Gödel stand auf und setzte sich zwei Tische näher an die fröhliche Runde. Vielleicht erfuhr er das eine oder andere, lauschen machte sich mitunter bezahlt.

Hauptkommissar Ehlers las das Vernehmungsprotokoll Günther Burgers zum zweiten Mal. Dann legte er die Papiere zur Seite und nickte anerkennend.

„Ausgezeichnet, Frau Wittmüller. Die Aussage Gunther Burgers bedeutet einen großen Schritt nach vorne. Wir wissen jetzt, dass Michél Rotgießer-Burger Diana Henners begegnet ist. Höchstwahrscheinlich hat sie auch den Mörder gesehen oder hat mitbekommen, mit wem die Sängerin verabredet war."

Er blätterte in der Akte. Günther Burger hatte auf nähere Befragung durch die Inspektorin eingeräumt, es könne durchaus sein, dass Frau Henners telefoniert habe, sicher sei er sich aber nicht.

„Wenn Frau Henners wirklich telefonierte, könnte Michél Rotgießer-Burger einen Namen gehört haben“, überlegte Ehlers.

„Sie spricht denjenigen an und er bringt sie ebenfalls um, damit sie ihn nicht verrät“, spekulierte die Inspektorin weiter.

„Das wäre denkbar, nur wissen wir nicht, wer dies gewesen sein könnte“, sagte Ehlers. „Allerdings gibt es weitere Hinweise. Was ist zum Beispiel mit dem Manager der Toten Christian Steinacker? Er betreut jetzt Celine Deymrau und die Kollegin Hoffer informierte mich, dass auch Frau Taubergers Jazzband *Occasional Drive* von Steinacker gemanagt wird.“

„Macht ihn das verdächtig?“, fragte die Inspektorin.

„Nicht auf den ersten Blick. Aber die Verbindung halte ich für sehr interessant“, entgegnete Ehlers.

Die Tür ging auf und Kommissar Lederer trat ein. Er hatte Ehlers‘ letzten Satz mitbekommen und sah ihn fragend an.

„Um welche Verbindung geht es?“

Ehlers erklärte kurz, was Frau Wittmüller und Frau Hoffer herausgefunden hatten.

„Dass Michél Rotgießer-Burger Diana Henners begegnet sein soll, ist wirklich etwas Neues und könnte uns weiterhelfen“, meinte Lederer. „Das andere, na ja. Ich habe zum Beispiel vorhin Henry Bottenbeg und Frau Dr. Tauberger in bester Eintracht gesehen. Das kann alles und nichts heißen. Ehrlich gesagt, Kollegen, ich habe den Eindruck, wir drehen uns im Kreis.“

„Ich glaube, Claus, du siehst die Sachlage zu schwarz“, meinte der Hauptkommissar. „Wir sind in der Sammelphase. Wenn wir genügend Puzzleteile haben, kommen wir sicher zu einem klaren Bild.“

„Hoffentlich hält sich der Täter so lange zurück“, sagte Lederer. „Ein weiterer Mord stellt uns vor Probleme.“

„Da sind wir uns alle einig", erwiderte der Hauptkommissar. „Genau deswegen müssen wir rasch weiterkommen. Was ist mit diesen Postkarten aus Indien und Bali?"

„Keiner unserer Kandidaten war im besagten Zeitraum in Indien oder Bali", erklärte Claus Lederer. „Ich habe das überprüft. Die Kontoabhebungen sind schwieriger zu klären. Die Identität des Abhebenden ist ungeklärt. Lediglich bei einer Abbuchung von einem Geldautomaten in Ulm gibt es ein Foto des betreffenden Kunden. Aber mehr als eine Kapuzengestalt mittlerer Größe ist nicht zu erkennen."

„Damit wäre Wolfhard von Welsungen mit seinen guten 1,95 Meter aus dem Schneider", sagte die Inspektorin.

„Als Geldabheber käme er jedenfalls nicht in Frage", bestätigte Frank Ehlers. „Was gibt es sonst noch Neues?"

„Ich habe die Internetkontakte Diana Henners' überprüft", meldete sich Carina Wittmüller. „Die Henners war bei *Facebook* und *Myspace*. Zu ihren Freunden auf Facebook zählten hauptsächlich unser Verdächtigenkreis und einige Kollegen sowie andere Menschen aus Henners' Jugendzeit. Bei *Myspace* handelt es sich um primär Unbekannte, die mit der Kunstszene im Allgemeinen zu tun haben. Das Netzwerk dort ist international ausgerichtet. Es gibt einige Crossoverfälle. Wolfhard von Welsungen, Christian Steinacker und Peter Travelone und Veronika Tauberger sind in beiden Netzwerken vertreten."

„Henry Bottenbeg nicht?", fragte Ehlers.

„Bottenbeg ist lediglich bei *Facebook* angemeldet. Bei ihm zeigt sich eine weitere Merkwürdigkeit. Er hat nur drei ‚Freunde'. Neben der Ermordeten waren und sind das Michél Rotgießer-Burger und Veronika Tauberger. Und", sagte die Inspektorin. „Nicolas Stetter gehört keinem der Netzwerke an."

„Danke, Frau Wittmüller, eine gute Arbeit", lobte Ehlers. „Wenn Sie gerade Nicolas Stetter erwähnen. Wo steckt Inspektor Gödel, der sollte sich doch um den Mann kümmern?"

„Kann ich dir nicht sagen, Frank", antwortete Claus Lederer. „Vielleicht hat der Kollege bereits Feierabend gemacht."

Jörg Melcher und Frau Dr. Miriam Köppen, Mimi genannt, saßen in der Weinstube *Zum Pfauen* und studierten die Speisekarte. Jörg hatte sich heute Abend regelrecht in Schale geworfen. Er trug einen gestreiften grauen Sommeranzug und dazu ein passendes Hemd. Nur die Schuhe, leichte Slipper, fielen etwas aus dem Rahmen. Aber die sah Miriam nicht.

„Wenn Sie eine Altheidenheimer Gaststätte kennen lernen wollen, sind Sie im *Pfauen* richtig", hatte Veronika Tauberger das Restaurant empfohlen. „1891 kaufte der Braumeister Johann Georg Bühr vom Schäfer Bacher in der Schloss Gasse eine Wiese und ließ darauf im selben Jahr die Gastwirtschaft *Zum Pfauen* bauen, mit der Absicht eine Brauerei anzugliedern. Er selbst hatte jahrelang die Brauerei *Zum Rad* geleitet."

„Ich dachte eher an ein Speiselokal, nicht an eine Brauerei", entgegnete Jörg Melcher.

„Die Speisekarte ist ordentlich und der Wein gut. Ansonsten gibt es noch das *Bäuchle* in der Friedensstraße. Vom Angebot gut bürgerlich. Und die seit 1897 bestehende *Linde* in der St.-Pöltener-Straße, ebenfalls von einem Brauer begründet. Dort ist der Rehbraten sehr zu empfehlen. Jetzt ist Spargelzeit, da wäre Spargel angebracht, der ist dort ebenfalls gut."

Melcher schaute im Netz nach Restaurantkritiken. Die *Linde* wurde sehr empfohlen, einen Versuch war es wert. Jörg fuhr hin, um sich das Gasthaus anzuschauen. Die Lage, direkt hinter den Fabrikanlagen der Heidenheimer Gießerei, würde Mimi nicht gefallen, bei ihr aß das Auge mit. Natürlich konnte er sie auch zum „romantischen Twingle-Menü" ins Parkhotel selbst einladen. Aber Melcher wollte ein bisschen Stadtflair präsentieren. Ein „Candle-Light-Dinner" war vielleicht für den Freitag nach der Konzertprobe denkbar. Er entschied sich für den *Pfauen*, die interaktive Gourmetgalerie, die er anklickte, hatte sehr appetitanregend gewirkt.

„Die Entenkeule mit Entencannelloni, das klingt gut. Das nehme ich", entschied sich Mimi. „Oder vielleicht doch den ‚Roten Kaiserfisch'?"

„Ich nehme den Kalbsrücken mit frischer Ananas gebraten auf Portweinsauce", erklärte Melcher, „und dazu ein Bier." Er legte die Karte zur Seite.

„Also, ich glaube, ich wähle dann lieber die Grillentenbrust auf Orangensauce", sagte Mimi. „Dazu trinke ich einen leichten Weißwein." Sie schloss ihre Speisekarte und lächelte Melcher an. „Erzähl, was ist in Heidenheim los? Wie viele Morde gab es bereits? Und, am wichtigsten, wen hältst du für den Täter?"

Melcher zuckte die Schultern. „Wenn das so einfach wäre, liebe Mimi."

Die Kellnerin kam und nahm die Bestellung auf. Kurz darauf brachte sie die Getränke und als Gruß aus der Küche eine halbe Garnele mit Sahnedipp und Sellerie. Jörg Melcher nahm einen Schluck und begann Mimi von den letzten Tagen zu berichten. Er bemühte sich um eine vorsichtige Darstellung, konnte es aber nicht vermeiden, das Essen mit Michél Rotgießer-Burger und den abendlichen Besuch bei Veronika Tauberger zu erwähnen.

„Das heißt, kaum warst du in Heidenheim, musstest du mit einer attraktiven Dame essen gehen. Die wird am nächsten Tag ermordet – und es folgt die nächste Einladung, diesmal bei einer Musikerin. Sag mal“, Mimi unterstrich ihre Frage durch eine deutliche Geste, „warst du vielleicht auch in Aalen und hast dort deine alte Sommerliebe Carolin getroffen?“

„Natürlich“, antwortete Melcher grinsend. „Carolin und ihren Ehemann, ein netter, attraktiver Erfolgsmensch.“

Das Essen kam und zog Mimis Aufmerksamkeit erst einmal von ihm ab. Sie probierte und nickte. „Gut, wirklich schmackhaft. Aber zurück zum Thema. Diese Michél ist also ermordet worden. Ihr Mann wurde sozusagen auf frischer Tat ertappt und verhaftet, doch es könnte durchaus sein, dass ein Zusammenhang mit dem Mord an Diana Henners besteht. Wie viele Verdächtige gibt es?“

„Eigentlich alle Männer um Diana Henners, das sind fünf. Dazu eventuell ihre ‚Nachfolgerin‘ Celine Deymrau.“

„Was ist mit der Musikerin, dieser Frau Tauberger?“, fragte Mimi.

„Ich kann kein Motiv sehen“, entgegnete Melcher. „Außerdem war sie nach eigener Aussage Frau Henners’ beste Freundin.“

„Nach eigener Aussage. Wer weiß, was alles in der Vergangenheit geschehen ist“, meinte Mimi. „Wir dürfen nicht betriebsblind sein.“

„Gut, fügen wir der Vollständigkeit halber Veronika Tauberger hinzu“, gab Melcher nach. „Du wirst sie morgen beim Konzert kennen lernen. Das Ganze wird jedenfalls nicht übersichtlicher. Und, ehrlich gesagt, ich weiß eigentlich nicht, wo ich ansetzen soll. Zumal der erste Mord lang her ist und meine Polizeikontakte durch Hauptkommissar Ehlers eingefroren sind.“

„Und dein alter Bekannter Inspektor Gödel?“

„Wenn unser Deal klappt, dann ist Wilhelm sozusagen die fünfte Kolonne in der Mordkommission. Aber ganz sicher bin ich mir nicht.“

„Gut, wir werden also zusammen den Fällen nachgehen, keine Alleingänge, Jörg. Und denk daran, ich könnte am Wochenende zu einem Kongress nach Zürich fliegen. Kollege Euler wäre sehr erfreut, wenn ich ihn begleiten würde. Stattdessen bin ich bei dir in Heidenheim. Also keine Weibergeschichten und ähnlichen Blödsinn, sonst bin ich schneller in Zürich als du *Indianer Jones* sagen kannst!"

Jörg nickte gottergeben.

Günther Burger war entlassen worden, offenbar hatte die Polizei gemerkt, dass er nicht der Mörder seiner Frau sein konnte. Ärgerlich, aber letztlich war klar gewesen, dass, trotz aller Vorsicht, nur eine geringe Chance bestand, die Spurensicherung zu täuschen. Michél war jedenfalls ausgeschaltet und erledigt. Sie würde nie wieder reden können. Konnte sonst jemand Bescheid wissen? Möglicherweise hatte Diana noch weiteren Personen etwas von ihren Kontakten erzählt? Aber dann hätten diese sich längst gemeldet. Vielleicht aber war dem einen oder anderen bislang nicht klar geworden, was die jeweilige Information bedeutete. Durfte man riskieren, dass irgendwann doch jemand merkte, welche Verbindungen es gab? Was war mit Veronika? Sie hatte mehrfach mit diesem Journalisten gesprochen. Es war der gleiche neugierige Reporter, mit dem auch Michél zusammen gewesen war. Aber wie hieß es so schön in Mozarts *Don Giovanni*: „Still, sonst kenn' ich kein Erbarmen!"

Wilhelm Gödel nahm, ob er wollte oder nicht, intensiv teil an der Unterhaltung, die Nicolas Stetter lautstark führte. Er und seine Begleiterinnen tranken ein Bier nach dem anderen und schienen immer mehr in Stimmung zu geraten. Stetter erzählte von seiner letzten Afrikasafari und seiner Jagdbeute. Von

Segeltörns in rauer See und Wanderungen in den Dschungeln Ostasiens. Allmählich hatte der Inspektor genug von seinen Münchhausiaden. Außer der „Tatsache", dass Stetter „der Held per se" war, gab es nichts Neues zu erfahren. Wenn er länger blieb, würde Gödel sicher noch einige weitere Gläser Bier trinken und da er mit dem Auto unterwegs war, ließ er solche Eskapaden lieber. Wilhelm Gödel zahlte und brach auf. Er setzte sich in seinen alten Ford und fuhr zurück nach Heidenheim. Bis auf die Tatsache des Konzertes hatte er in Aalen nicht viel erfahren und dazu mit Jörg Melcher einen etwas dubiosen Handel abgeschlossen. Im Nachhinein bekam Wilhelm Gödel Zweifel, ob das so gut gewesen war. Er sollte Melcher unter der Hand über alles informieren, ohne zu wissen, was er dafür erhalten würde. Nein, so einfach würde er es dem Journalisten nicht machen. Ware gegen Ware, sonst behielt jeder sein Wissen für sich. Ein Positives hatte der Besuch in Aalen auf jeden Fall gebracht, das Date morgen Abend. Einfach nett, diese Frau Kerstdorf und ganz nach Gödels Geschmack. Wer weiß, was daraus werden konnte … Der Inspektor schaltete beschwingt das Radio an:

L'amour, l'amour, l'amour, l'amour
L'amour est enfant de boheme
Il n'a jamais jamais connu de lois …

Carmen, er liebte *Carmen*. Gödel summte mit. *L'amour, l'amour* … Er hatte gerade Königsbronn hinter sich gelassen und fuhr durch die Kurve in Höhe des Itzelberger Sees, da kam ihm mit hoher Geschwindigkeit ein Wagen entgegen. Das Fahrzeug, eine blaue Limousine, schnitt derart die Kurve, dass Gödel zum Rand gedrängt wurde. Er schaffte es noch, an einer Baumgruppe vorbeizulenken, dann krachte sein Ford gegen die Leitplanke und schoss, mit einem Schlenker nach links, die Böschung hoch. Der Wagen hielt, irgendetwas zischte. Fast automatisch stellte Gödel die Zündung ab, dann sackte er ohnmächtig zusammen. Kurz darauf hielt ein anderer Wagen, Menschen sprangen heraus und liefen zum Ford, um zu helfen. Von der Limousine war nichts mehr zu sehen.

Ein regnerischer Tag. Das Kalenderblatt in Ehlers' Büro zeigte Freitag, den 20. Mai. Nach seinem Empfinden hätte es auch Freitag, der 13. sein können. Am späten Abend hatte ihn der Anruf ereilt, dass Wilhelm Gödel mit seinem Ford einen schweren Unfall erlitten hatte. Was genau passiert war, konnte bislang nicht geklärt werden. Die Verkehrspolizei ermittelte noch, Unfallzeugen gab es keine. Kollege Gödel jedenfalls lag im Krankenhaus und war nicht ansprechbar. Die Ärzte hüllten sich in Schweigen. Bei Gödels Unterlagen hatte Ehlers eine Karte des *Lions Club Aalen Kocher-Jagst* gefunden mit einem Namen darauf: *Frau Ursula Kerstdorf.* Er rief im Club an und erfuhr, dass es sich bei Kerstdorf um die Clubsekretärin handelte. Die Dame war ganz bestürzt von Gödels Unfall und gab bereitwillig Auskunft, was der Inspektor bei ihr gewollt hatte. Am Schluss bat sie Ehlers noch, ihm die Anschrift des Krankenhauses zu geben, in dem Gödel lag. Er tat ihr den Gefallen und legte auf. Sein Inspektor schien bei der Frau Kerstdorf Eindruck gemacht zu haben. Und was er herausgefunden hatte, war durchaus aufschlussreich. An diesem bewussten 22. November war Peter Travelone in Aalen gewesen und nicht, wie er behauptet hatte, auf einer privaten Einladung. Sein Konzert hatte bis neun gedauert. Von Aalen war es eine knappe halbe Stunde bis Heidenheim. Wenn Diana Henners wirklich an diesem Abend ermordet worden war, hätte Travelone Gelegenheit gehabt, die Tat auf seiner Rückfahrt nach Ulm zu begehen. Natürlich konnte auch Nicolas Stetter nach Heidenheim gefahren sein, obwohl Stetter mindestens bis 22 Uhr im Club gewesen sein musste. Aber irgendwie konnte sich Ehlers Stetter als Mörder nicht vorstellen. Ganz gleich, was er sich vorstellen konnte. Wenn der Tod Michél Rotgießer-Burgers mit dem Mord an der Diva zusammenhing, mussten sie die Alibis ihrer Verdächtigten für den 17. Mai schnellstens überprüfen. Und das bei ihrer Personalknappheit!

5. Im gelblichen Schein einer Laterne sah er eine Gestalt

An einem dieser Abende, an dem graue Schleier in die Stadt zogen, besuchte Joseph mit Freunden eine Konzertpremiere. Anschließend ging die Gruppe in das Café Balzac. Sie bestellten Wein und unterhielten sich über die Inszenierung. Zufällig schaute Joseph durch ein Fenster auf die Straße. Er stutzte. Im gelblichen Schein einer Laterne sah er auf der gegenüberliegenden Seite eine Gestalt stehen. Eine Frau mit langem Haar, dessen Farbe er im diffusen Licht nur schlecht ausmachen konnte. Etwas an der Gestalt kam ihm vertraut vor. Plötzlich durchfuhr es ihn, sie war es, die Frau mit den Krawatten! Diesmal würde und musste er handeln. Joseph zahlte, verabschiedete sich von den erstaunten Freunden und eilte nach draußen. Der Nebel hatte sich verdichtet. Kaum, dass er die Frau unter der Laterne erkennen konnte. Sie hob die rechte Hand wie zum Gruß, fast schien es, als habe sie auf ihn gewartet. Aber ehe Joseph sie erreichte, drehte sie sich um und glitt im Nebel davon. Joseph folgte ihr auf dem Fuße. Doch so sehr er sich eilte, er konnte nicht zu ihr aufschließen oder den Abstand verringern. Stets blieb sie knapp vor ihm, immer hart am Rande des Sichtfelds.

Am Morgen machten Jörg und Mimi einen kleinen Stadtrundgang. Mimi betrachtete prüfend die Einkaufslage. „Fritz Rager. Korsett“, las sie laut die Schrift auf dem Sims eines Erkerschaufensters vor. Daneben lagen ein Schuhladen und das *Café Sonnleitner* und weiter runter gab es die üblichen Geschäfte einer Einkaufsstraße. Ein Goldschmied, ein Optiker, die Telekom, über allem hoch oben am Berg das Schloss. Ganz am Ende der Straße erreichten sie das imposante Gebäude des

Konzerthauses. Sie liefen zurück, passierten weitere Bürgerhäuser. Ein Durchgang mit einer Leuchtschrift *Casino am Türmle.* In einer anderen Seitengasse zum Schloss hin wies eine Tafel auf das Geburtshaus des Theologieprofessors Tobias Wagner. Unten an einer Wand die Aufschrift *SchattenDaSein. Theater.* „Das klingt ganz nach *Steppenwolf*“, meinte Mimi. „Ob das Theater auch magisch ist?“

„Kann sein, dass es in Heidenheim magische Theater gibt“, entgegnete Jörg. „Das *SchattenDaSein* ist allerdings eine Kleinkunstbühne. Ich kann es dir nachher zeigen.“

„Jedenfalls gibt es magische Schaufenster“, sagte Mimi und zeigte mit der Hand auf den Laden vor ihnen: *Kurioses und Antikes.* Im Schaufenster waren in einem undurchschaubaren System seltsam kostümierte Puppen, riesige Muscheln, Modelschiffe und alte Seekarten angeordnet.

„Wer das wohl kauft?“, überlegte Mimi.

Sie liefen den grünen Weg zur Burg hoch, vorbei an dösenden Katzen und mit einem schönen Blick auf das Stadtpanorama. Das rote Dächermeer, die Turmspitze der Pauluskirche, davor der Rathausklotz. Die grünen Hügel ringsherum vermittelten eine beschauliche Ruhe, die allerdings im Westen durch das riesige Areal der Firma Voith aufgerissen wurde.

Später tranken sie einen Kaffee im *Café Schwarz.* Drinnen, denn es nieselte gerade. Jörg hatte Mimi vorher das *SchattenDaSein* gezeigt. Aktuell stand ein Kinderstück auf dem Programm, in dem es um Raben ging. Im Café trafen sie Manfred Bauk. Melcher stellte Mimi den Kollegen vor. Sie sprachen über das anlaufende Festival und Bauk befragte Mimi nach ihren ersten Heidenheimer Eindrücken.

„Es gibt in der Altstadt einige wirklich nette Gassen“, antwortete Mimi, „aber das Rathaus ist grässlich.“

„Das Rathaus ist eine typische Bausünde der 70er Jahre“, gab Bauk zu. „Doch sonst hat Heidenheim viel zu bieten. Hier lebten zum Teil außergewöhnliche Persönlichkeiten. So der 1717 in Heidenheim geborene Johann Jakob von Wunsch, der ein preußischer General und eine Romanfigur war. Oder der Theologieprofessor Tobias Wagner. Der Leiter der Stadtbibliothek, Herr Beußer, könnte Ihnen sicher noch mehr Namen nennen und Knöpfleswäscher-Geschichten erzählen.“

„*Wagner*“, wiederholte Mimi, „den Namen haben wir auf einer Tafel an einem Haus in der Altstadt auf dem Weg zum Schloss gesehen. Das Schloss Hellenstein gefällt mir übrigens sehr.“

„Wir haben sogar eine eigene Schlossblume“, erwiderte Bauk lächelnd, „die *Orlaya grandiflora*, eine Blume, die auf der Roten Liste der verschollenen und gefährdeten Pflanzen Baden-Württembergs steht. In Heidenheim wird sie *Schlossblume* gerufen. Diese gelangte per Zufall nach Heidenheim. Eine Prinzessin aus Italien war zu Gast bei Herzog Karl Eugen und besuchte auch das Schloss Hellenstein. Um ihre Schönheit noch zu steigern, führte sie einen herrlichen Blumenstrauß mit sich, in dem sich Exemplare der *Orlaya grandiflora* befanden. Als er verblüht war, warf ihn eine Magd über die Mauer. Der Strauß samte aus – und der ganze östliche Schlosshang färbte sich mit weißen Blüten der Schlossblume.“

„Eine romantische Geschichte“, sagte Miriam Köppen. „Fast zu schön, um wahr zu sein.“

„Was ist schon wahr?“, entgegnete Bauk.

Er nahm einen Schluck aus seiner Tasse.

„Was machen Ihre kriminellen Nachforschungen?“, wandte er sich dann an Melcher. „Sind Sie immer noch auf Mördersuche?“

„Jetzt sind es schon zwei Morde, denen ich nachgehe“, antwortete Melcher.

„Zwei Morde?“, hakte Bauk nach. „Sie meinen den Steinstraßenmord? Sehen Sie einen Zusammenhang zum Tod von Diana Henners? Meines Wissens geht die Polizei beim Steinstraßenmord von einer Beziehungstat aus.“

„Vielleicht gibt es dennoch eine Verbindung?“, erwiderte Melcher.

„Da bin ich skeptisch. Aber wenn wir gerade von ‚Mord‘ sprechen: Im Fall Bögerl scheint es Fortschritte zu geben. Es sind bisher unbekannte Fotos von dem inhaftierten 55-jährigen Verdächtigen M. R. aufgetaucht, die dem seit fast einem Jahr im Zusammenhang mit dem Mordfall Bögerl per Phantombild gesuchten ‚Zopfmann‘ ähneln. R. wurde Anfang April in Tschechien festgenommen. Ihm wird vorgeworfen, gemeinsam mit einem Komplizen versucht zu haben, eine österreichische Bankiersfrau aus ihrem Wohnhaus zu entführen. Er hat die Tat mittlerweile gestanden.“

„Sie meinen, der Mann war auch in Heidenheim aktiv?“, forschte Mimi.

„Es würde mich nicht wundern. Dahinter steckt aus meiner Sicht das organisierte Verbrechen. Aber entschuldigen Sie mich, mein eigentliches Gebiet ist die Kultur und ich habe noch ein Interview mit Herrn Moser aus dem Kuratorium der Festspiele zu führen.“

Am Mittag nahmen beide an der Führung durch das Schloss Hellenstein teil. „1096 begann der Burgbau durch Gozpert de Halensteine“, eröffnete nach einer Begrüßung die Dame vom Touristikbüro, ihrem Namensschild nach Frau Neumann, die Führung. „1503 gelangte die Burg unter die Herrschaft des

Hauses Württemberg. 1530 brannte sie bis auf die Grundmauern nieder, der Wiederaufbau durch Herzog Ulrich von Württemberg fand in den Jahren bis 1544 statt. Herzog Friedrich I. von Württemberg entschloss sich, östlich an die Burg ein Schloss anzubauen. Durch Türme und Basteien wurde der Schlossbereich vergrößert. Zwei mit reichem Säulen- und Wappenschmuck versehene Türme bildeten den Zugang. Zur Stadt hin wurden sie von Geschütztürmen flankiert. Das Schloss war somit zu einem ansehnlichen Fürstensitz geworden."

Die Gruppe wanderte durch die beeindruckende Anlage. „Und hier soll der Mord passiert sein?", fragte Mimi im Flüsterton Melcher und schoss mit ihrer Digitalkamera ein paar Fotos.

„Hier im Schloss? Wie kommst darauf?", erwiderte Jörg überrascht.

„Hast du nicht so etwas erzählt?", fragte Mimi.

„Nein, ich habe lediglich erzählt, dass ich damals im November am Abend hoch zur Burg gelaufen bin. Es war ein hässlicher Abend, nasskalt und grau."

Mimis Interesse eilte weiter. Sie betrachtete mit skeptischem Blick die Tourführerin.

„Hast du die Dame ausgesucht? Eine Blondine, das war ja klar!"

Jörg Melcher achtete nicht auf ihre Neckereien. Mimi hatte recht. Der beste Ort, um in Heidenheim in einer Novembernacht jemanden ungesehen umzubringen war das Schlossareal. Und da war irgendetwas in seiner Erinnerung …

Die „Blonde" nahm wieder ihren Vortrag auf: „Im südlichen Teil der Burg befindet sich das Brunnengärtle mit dem 78 Meter tiefen *Kindlesbrunnen*. Denn in Heidenheim, meine Damen und Herren, werden die Neugeborenen nicht vom Storch gebracht, sondern – so eine Sage – aus diesem Brunnen geholt."

Das Publikum lachte pflichtgemäß.

„Ab etwa 1762 gab die herzogliche Kameralverwaltung kein Geld mehr für die Renovierung aus", plauderte sie weiter. „Herzog Carl Eugen investierte lieber in andere Objekte, Sie wissen schon, in Schloss Ludwigsburg und vor allem in Franziska von Hohenheim. Die Anlage hier verfiel zusehends zur Ruine und wurde 1797 zum Abbruch freigegeben. Mit der Zeit verschwand Stein für Stein, die originalen Buckelquader aus der Zeit der Staufer und auch der mit Ornamenten verzierte Aufsatz des Südportals. 1837 verbot die königliche Bauverwaltung schließlich, weitere Steine aus den Mauern herauszubrechen. 1901 wurde in der ehemaligen Schlosskirche das Heimatmuseum des Heimat- und Altertumsvereins eröffnet. In der Ruine des Rittersaals von Schloss Hellenstein finden jährlich die Open-Air-Aufführungen der Opernfestspiele Heidenheim statt. Am 8. Juli wird hier die Fidelio-Premiere stattfinden. Die Festspiele entstanden aus den früheren Schlossserenaden. Auf Schloss Hellenstein befindet sich auch eine Sendeanlage des Südwestrundfunks."

Nach einem Mittagsimbiss nach Stauferart gab es eine weitere Führung in der Galluskirche. Dann fuhren sie im Bus nach Katzenstein. Erst in Richtung Schnaitheim, dann auf der B 466 über die Autobahn nach Nattheim, Fleinheim und Dischingen. Dort bog der Bus in Höhe Marienapotheke nach links. Sie passierten den idyllisch gelegenen Härtsfeldsee und erreichten nach einer halben Stunde Fahrt die Burg Katzenstein. Während der ganzen Fahrt versuchte Melcher herauszufinden, was für ein Bild seine Erinnerung vor ihm verbarg.

Kurz verzogen sich die Wolken, die Burg Katzenstein lag im hellen Sonnenlicht und schien fest in der Landschaft verwurzelt. Die Ringmauer, der Palas und der Bergfried erhoben sich zu einem mächtigen Gesamtbild. Vor allem der Bergfried wirkte mit seinen gewaltigen Buckelquadern wie mit dem Fels verwachsen. Auch zu dieser Burg wusste die Führerin viel zu berichten.

Am Anfang entstand ein reiner Zweckbau zum Schutz eines rauen, kampfgewohnten Geschlechts. Den höchsten Punkt markierte der Bergfried, der sogenannte Katzenturm. Der ursprüngliche Eingang zur Burg lag heute sieben Meter über dem Boden. Im Jahre 1099 wurden die Herren von Cazzenstein erstmals genannt. Sie waren Lehensleute der Grafen von Dillingen. 1262 wurden die Herren von Hürnheim Besitzer der Burg, denen 1354 die Grafen von Oettingen folgten. Verschiedene andere Geschlechter erhielten in der Folge die Burg als Lehen. Im letzten Jahr des Dreißigjährigen Krieges erschienen die vereinten Franzosen und Schweden vor der Burg und beschossen sie zwei Tage lang mit schwerem Geschütz. Bald brannten die Dächer, und der Vogt sah sich zur Übergabe gezwungen. Bis 1834 unterhielt das Fürstliche Haus Oettingen ein Forstamt in der Burg, dann waren die Gebäude bis 1939 unbewohnt. Die romanische Burgkapelle, dem Heiligen Laurentius geweiht, gab bei einer Restauration eine bis zu drei Schichten umfassende Ausmalung frei, die unter einer dicken Tünche verborgen gewesen war. Unter dieser Schicht kamen spätgotische Wandbilder von außerordentlicher Güte und künstlerischer Qualität zutage. Auf der Burg selbst war munteres, mittelalterliches Treiben, am Abend sollte ein Rittergelage stattfinden. Ein Blick in den tiefen Brunnen, zwölf vom Geist Baldrian bewachte Schatztruhen sollten hier irgendwo versteckt sein. Melcher folgte den Vorträgen und der Führung nur mit halbem Ohr. Wie war das Ganze damals gewesen? Der 22. November war ein hässlicher Tag, nicht warm wie heute, sondern gänzlich ohne Sonne. Er war im Regen den Burgberg hinauf gewandert. War er in die Burg gegangen? Nein – oder doch, er war in das Schloss gegangen und innen hoch zur Bastion. Von der Bastion aus hatte er einen Blick über die Stadt und ihre Lichter gehabt. Es war eine kalte Nacht gewesen, der Regen fiel stärker und stärker. Melchers Mantel und Hut sogen die Feuchtigkeit immer mehr auf, er fror und er war gegangen. Zurück führte der Weg durch das zweite Burgtor. Da war es gewesen, dort hatte er etwas gesehen, als er die Burg wieder verließ. Ein Wagen stand etwa zehn Meter links neben dem Tor. Der Motor war gerade angelassen worden. Ein dunkles Fahrzeug, eine Limousine, glaubte er erkannt zu haben. Einen Mercedes oder BMW, wobei er sich mit der Marke nicht sicher war. Das Verhalten des Fahrers war ihm jedenfalls aufgefallen. Er fuhr plötzlich und mit quietschenden Reifen, vor allem ohne Licht, davon. Ein Betrunkener? Oder hatte der Fahrer etwas mit dem Mord zu tun gehabt und wollte nicht gesehen werden? Doch für den Zusammenhang mit dem Mord an der Sängerin gab es keinerlei Indizien. Nichts und auch gar nichts sprach dafür, dass Diana Henners dort oben ermordet worden war. Selbst der Zeitpunkt des Tatgeschehens war nach wie vor unklar. Aber nehmen wir an, bemühte sich Melcher, eine gedankliche Hypothese aufzustellen. „Nehmen wir an, Diana Henners wurde am 22. November abends auf Schloss Hellenstein ermordet …“

„Jörg, was murmelst du da in deinen Bart?“, stieß ihn Mimi an. „Wir sind hier auf einer höchst imposanten Burg und du bist mit deinen Gedanken bei dieser Mordgeschichte. Kannst du nicht einmal loslassen?“

Melcher antwortete nicht, obwohl ihn Mimi streng anblickte. Aber er stellte sich brav vor eine Mauer, da Mimi ein paar Fotos schießen wollte. Noch eines von ihnen beiden, das eine Dame aus der Gruppe machte, dann packte Mimi die Kamera weg.

Die Führung und das örtliche Ritterprogramm kamen zu einem Ende. Kurz vor sieben kehrten sie nach Heidenheim zurück. In ihrer Suite im Hotel, während sich Mimi und Jörg frisch machten und für die Konzertprobe umzogen, kam Mimi auf ihre Frage zurück. Jörg stand mit dem Rasierer am Fenster und fuhr gedankenverloren mit dem Scherkopf am Kinn auf und ab. Mimi selbst widmete sich in aller Ruhe der malerischen Ergänzung weiblicher Schönheit. Sie zog mit dem Kajalstift eine zarte Linie entlang des oberen und unteren Wimpernrandes von außen nach innen. Mimi hielt inne und betrachtete kritisch ihr Werk. Dann drehte sie sich um.

„Mach mal den Apparat aus und erzähl. Dir ist doch etwas eingefallen, oder?"

Melcher legte den Rasierer zur Seite und setzte sich in einen der Sessel. Er überlegte kurz, dann begann er seine Theorie über den „Schlossmord" darzulegen.

„Der Mörder packte nach der Tat Diana Henners in Plastiksäcke und transportierte die Leiche in seinem Auto ab, um sich der Toten später in Ruhe entledigen zu können."

„Warum? Warum der Umstand? Warum hat er die Tote nicht einfach liegen lassen?"

„Es ging ihm um die Zeit. Er wollte vermeiden, dass er mit dem genauen Todeszeitpunkt in Verbindung gebracht werden konnte", erklärte Melcher.

„Das scheint geklappt zu haben, denn die Tote wurde erst ein halbes Jahr später gefunden. Dennoch glaubst du und glaubt dein Kommissar, Diana Henners wäre am 22. November ermordet worden“, wandte Mimi ein. „Entweder ihr irrt euch oder die ganze Aktion war für die Katz.“

„Tatsache ist, Frau Henners wurde an diesem Abend zuletzt lebend gesehen“, erklärte Melcher geduldig. „Es könnte sein, dass damals der Täter hoffte, dass der Zeitpunkt des Verschwindens ein oder zwei Tage später angesetzt werden würde.“

„Oder er hoffte, die Leiche würde nie entdeckt werden“, meinte Mimi, jetzt mit einer Creme beschäftigt.

„Auch das ist denkbar“, gab Melcher zu.

„Gut, ich verstehe nicht, wie dich deine Hypothese auf die Spur des Täters bringen soll.“

„Ich war gegen elf in meinem Hotel, das heißt, ich habe den Wagen etwa gegen viertel vor elf dort wegfahren sehen. Ich glaube sogar, irgendwo schlug eine Uhr. Wenn der Täter die Leiche eingehüllt und in das Auto gepackt hat, vielleicht dann noch den Tatort nach Spuren absuchte und alles beseitigte, hat er dafür maximal eine halbe Stunde verwendet.“

„Der muss Nerven gehabt haben“, sagte Mimi.

„Die hatte und hat er zweifellos, wenn er so lange dichthalten konnte. Eine halbe Stunde, das würde die Tatzeit auf etwa 22:00 – 22:15 Uhr eingrenzen. Jetzt müssen wir nur nach den Alibis unserer Hauptverdächtigen für diese Uhrzeit schauen. Und natürlich auch, ob sie einen dunklen Wagen fahren oder fuhren, eine Limousine, einen Mercedes oder BMW.“

„Wenn ein Zusammenhang mit den Mord an deiner Freundin Michél besteht, dann wäre das Alibi für diese Tatzeit sicher auch wichtig“, ergänzte Mimi. Ein letzter Tupfen auf die Stirn. „Fertig, Jörg, wir können los!“

Hauptkommissar Frank Ehlers machte endlich Feierabend. Der Tag hatte sich doch noch einigermaßen entwickelt. Kollege Gödel war am späten Vormittag aus seiner Ohnmacht erwacht und die Ärzte stellten eine deutlich bessere Prognose für ihn aus als am Morgen. Eventuell würde man Gödel nur übers Wochenende zur Beobachtung behalten. Unter Umständen stand er Inspektor Ehlers schon nächste Woche wieder zur Verfügung. Bei der Besprechung seines Teams war die Nachricht mit großer Erleichterung aufgenommen worden. Ehlers ging gleich auf die neue Fallsituation ein.

„Liebe Kolleginnen, lieber Claus. Aufgrund der Ermittlungsergebnisse von Frau Wittmüller müssen wir davon ausgehen, dass der Tod Michél Rotgießer-Burgers mit dem Mord an der Diva zusammenhängt. Das bedeutet, dass wir die Alibis unserer Verdächtigten für den Abend des 17. Mai mit Vorrang überprüfen. Die Tatzeit ist absolut einzugrenzen. Günther Burger und Michél Rotgießer-Burger standen nach den Aussagen mehrerer Zeugen um zehn Uhr zusammen vor dem Haus in der Steinstraße. Die Schreie und Hilferufe des Opfers wurden um 22:07 Uhr gehört. In diesen fünf Minuten erfolgte die Mordtat. Also Kollegen, die Klärung dieser fünf Minuten dürfte unseren Täterkreis rasch verkleinern, wenn nicht zu einer punktgenauen Bestimmung führen! Es gilt die gleiche Aufteilung wie beim letzten Mal. Inspektor Gödel hatte Nicolas Stetter, den übernimmt Frau Hoffer. Wir treffen uns wieder um fünf. Noch Fragen?“

Es gab keine Fragen und sie waren aufgebrochen.

Um 17 Uhr versammelte sich das Team erneut im Besprechungsraum der Mordkommission.

Ehlers begann mit seinen Ergebnissen. „Ich mache es kurz. Celine Deymrau hatte am Abend des 17. Mai nachweislich einen Probetermin, der bis nach 23 Uhr ging. Für ihre Teilnahme gibt es die Aussage von rund ein Dutzend Personen. Frau Deymrau wäre damit, unserer Theorie nach, aus dem Schneider, zumal sie sich zum mutmaßlichen Zeitpunkt des ersten Mordes in Brüssel aufhielt. Die andere Kandidatin, Frau Dr. Tauberger, will zu Hause gewesen sein und ist angeblich früh zu Bett gegangen. Zeugen gibt es für ihre Behauptungen keine."

„Für Henry Bottenbeg gilt das Gleiche", berichtete Kommissar Lederer. „Allerdings erzählt er eine interessante Variante. Er behauptet, Michél Rotgießer-Burger sei an diesem Abend bis etwa neun Uhr bei ihm zu Besuch gewesen. Sie hätten über Diana Henners gesprochen und Frau Rotgießer-Burger habe ihm versichert, sie wisse absolut nichts über den Fall."

„Ich denke, das macht den Mann zu einem Hauptverdächtigen, denn Michél Rotgießer-Burger kannte womöglich den Täter und hat diesem natürlich nichts von ihrem Wissen erzählt", meinte Bianca Hoffer spontan.

„Er hat etwas gemerkt, folgte ihr und nutzte die Gelegenheit, dass Günther Burger vor Ort war, um diesen als Täter zu präsentieren", ergänzte Carina Wittmüller.

„Das ist durchaus denkbar", gab Ehlers zu. „Aber Bottenbeg als Täter überzeugt mich nicht völlig. Doch machen wir erst einmal weiter. Wie sieht es mit Peter Travelone aus, Frau Wittmüller?"

„Travelone erinnert sich an Ihren Besuch."

„Der war am Mittag."

„Genau, ansonsten konnte er keine Angaben machen."

„Dass ist wenig", meinte Ehlers. „Zu wenig."

„Christian Steinacker gibt an, er sei den ganzen Abend in Ulm auf Kneipentour gewesen. Er hat einige Stammlokale, in denen er bekannt ist. Aber ob er am 17. abends wirklich dort war, konnte mir keiner der Wirte hundertprozentig bestätigen", berichtete Inspektorin Hoffer.

„Wolfhard von Welsungen will den Abend in stiller Trauerarbeit verbracht haben", ergänzte Claus Lederer das Bild.

„Fehlt uns noch Nicolas Stetter", wandte sich Ehlers wieder an Frau Hoffer.

„Stetter war den ganzen Tag nicht erreichbar", sagte die Inspektorin.

„Tja, viel ist das nicht. Ein Ausschluss, ansonsten haben wir nach wie vor sechs Verdächtige. Und es gibt vom Tatort Steinstraße keine verwertbare Täter-DNA!"

„Wohin führst du mich eigentlich, Jörg?", fragte Mimi, als sie ins Auto stiegen und losfuhren.

„Wir fahren ein Stück durch die Stadt bis zum Brenz-Park und dort zum *Lokschuppen.* Das ist ein ehemaliger Eisenbahnschuppen, der während der Landesgartenschau als Treffpunkt Baden-Württemberg genutzt wurde. Ein idealer Ort für Ausstellungen, Konzerte, Kleinkunst und Empfänge. Bis vor kurzem war der Schuppen allerdings geschlossen. Es hatte sich ein Hausschwamm eingenistet. Der Holzbodenaufbau wurde entfernt und alle Leitungen mussten durchtrennt werden; ein Riesenaufwand."

„Und was ist heute im Schuppen los?"

Veronika Tauberger spielt mit ihren *Occasional Drive* zusammen mit der Band *Mardi Gras.bb* in einer Art Generalprobe für die morgige Veranstaltung."

„*Mardi Gras.bb* heißt die Gruppe? Ist das nicht etwas außerhalb der Jahreszeit?"

„Damit liegst du nicht ganz falsch. Mardi Gras.bb wurde Anfang der 90er Jahre vom ehemaligen *Guru Guru* Bassisten

Uli Krug gegründet, der die Idee dazu aus New Orleans mitbrachte. Seitdem hat sich die Band mehrfach verändert. Veronika Tauberger sprach von einem herrlichen, musikalischen Chaos."

„Dann lass ich mich am besten überraschen", meinte Mimi skeptisch. Der Name Veronika Tauberger fiel ihr in letzter Zeit etwas zu häufig.

Die Bahnhofsgegend, links Hügel, weiter oben am Hang der „rundeckige" Betonklotz der Waldorfschule, rechts die Brenz und der Brenzpark.

Um den *Lokschuppen* lag Bahngelände, überall standen rostige Waggons, dazwischen wuchs Grün in Form von Bäumen. Auf der anderen Seite ein Hochhaus. Sie schlüpften durch einen schmalen Einlass im Bereich der großen Flügeltüren und betraten den *Lokschuppen*. Drinnen war der Raum bereits für den kommenden Abend aufgestuhlt. Das Publikum würde erst morgen kommen, heute waren nur Freunde der Musiker da oder speziell geladene Gäste. In der vorderen Reihe saßen ein paar Besucher, von denen im Gegenlicht der Bühnenscheinwerfer lediglich die Silhouetten erkennbar waren. Mimi sah sich neugierig im Saal um. Oben an der Decke zog sich ein hölzernes Gitterwerk, durchflutet vom Licht der Scheinwerfer und vielfach durchbrochen, quer durch den Raum. Links und rechts leuchteten hohe, bogenförmige Fenster im gelblichen Licht. Vorn war natürlich die Bühne aufgebaut, fast überfüllt wirkend, so viele Musiker sprangen dort hin und her und bliesen, was das Zeug hielt. Blechbläser vor allem, Melcher sah und hörte Saxophone, Posaunen, Klarinetten, Trompeten, ein Sousaphon – dazu röhrten E-Gitarren und eine Orgel tönte, alles unterlegt mit dem Klang einer breit besetzten Rhythmustruppe mit jeder Menge Trommeln und Percussions. Das alles füllte den Raum mit einem Sound irgendwo zwischen Voodoo und Bluesrock. Und mitten drin, in roten Strumpfhosen und einem gelben Obergewand, die wohlgeformten Beine angewinkelt wie einst *Ian Anderson* von *Jethro Tull*, stand Veronika Tauberger und spielte auf ihrer Querflöte.

„Du meine Güte“, sagte Mimi und ließ sich in einen Stuhl in der zweiten Reihe fallen. „Da geht wirklich etwas ab! Aber warum muss deine Bekannte sich derart in Pose werfen?“

Melcher antwortete nicht, sondern konzentrierte sich auf das Bühnengeschehen. Er schoss spontan ein Dutzend Fotos und setzte sich dann ebenfalls. Die Performance war wirklich fantastisch. Jörg starrte wie gebannt auf die Show und vor allem auf die schlanke Gestalt der Querflötistin, die wie ein elfisches Wesen über die Bühne wirbelte. Der Sound erfüllte den Raum in wogendem Wirbeln und Drehen. Das Gemisch der verschiedenen Töne und Rhythmen ließ alles im Saale vibrieren und erfüllte Körper wie Geist mit einer schier unerträglichen Spannung. Dann, auf einmal und ohne Vorwarnung, verstummte abrupt die Musik.

Eine blecherne Stimme dröhnte über die Anlage.

„Zehn Minuten Einstellpause!“

Die Musiker senkten ihre Instrumente und legten sie sorgsam beiseite. Veronika Tauberger lief nach vorne zum Bühnenrand und winkte. Ein schönes Bild, Melcher betätigte erneut den Auslöser.

„Ich komme gleich zu euch, ich muss nur kurz etwas wegen der Einstellung regeln!“, rief Veronika, dann wandte sie sich nach links, wo der Verstärkerpark und die Mischpulte aufgebaut waren.

Plötzlich krachte etwas mit dumpfem Schlag zur Erde. Melcher hatte den Eindruck einer stürzenden Masse im hinteren Teil der Bühne. Er sprang auf, um zu schauen, was passiert wäre, und in eben diesem Augenblick erloschen sämtliche Scheinwerfer und alles Licht, gänzlich, absolut und vollständig. Schwarze Dunkelheit senkte sich schlagartig über alles. Menschen riefen, erneut krachte etwas zu Boden. Dann folgte der entsetzte, schreckliche Schrei eine Frau, der alles übertönte und mit einem grässlichen Laut der Angst und des Schmerzes jäh verstummte. Dunkelheit und laute Rufe.

Endlich leuchtete das Licht wieder auf und mitten auf der verlassenen Bühne, zwischen einem Gewirr von Kabeln und Leitungen, lag die gekrümmte Gestalt von Veronika Tauberger. In ihrer Brust steckte eine silberne Spitze, der abgebrochene Schaft eines Scheinwerferstativs. Ein dunkler, roter Fleck breitete sich auf ihrem gelben Oberteil aus. Ihre Augen blickten starr nach oben – die Querflötistin war tot, daran gab es keinen Zweifel.

Die Besucher waren aufgesprungen und drängten, wie die Musiker, auf die Bühne. Melcher zückte die Kamera und schoss eine Serie von Fotos.

„Halt“, rief eine laute Stimme gebieterisch. „Wir dürfen, bis die Polizei kommt, den Tatort nicht betreten. Am besten, alle gehen in den Zuschauerraum und warten dort!“

Es war Christian Steinacker, der Manager. Er hatte auch Veronika Tauberger gemanagt, wie Jörg wusste. Dass Steinacker heute Abend vor Ort sein würde, hatte Melcher nicht gewusst. Er sah sich um. Überrascht stellte er fest, dass weitere Personen vor Ort waren, die er kannte und mit denen er sich in letzter Zeit wegen Diana Henners' Tod intensiv beschäftigt hatte: Henry Bottenbeg, Wolfhard von Welsungen und Nicolas Stetter. Unauffällig machte Melcher weitere Bilder, da drehte sich plötzlich von Welsungen zu ihm um.

„Hören Sie mit Ihrer verdammten Kamera auf, das ist die reinste Aasgeierei!"

Welsungen machte Anstalten, sich auf Jörg zu stürzen.

„Lassen Sie das, Wolfhard, der Mann macht nur seine Arbeit!", schaltete sich Bottenbeg ein.

Für einen kurzen Augenblick sah es aus, als ob Wolfhard von Welsungen statt Melcher Bottenbeg angreifen würde, dann winkte der Sänger resigniert ab und ließ sich schwer in einen der Stühle fallen. Auch die Übrigen setzten sich und warteten auf die Dinge, die kommen würden.

Eine halbe Stunde später waren Frank Ehlers und seine gesamte Mannschaft sowie die Spurensicherung vor Ort und mitten in ihrer Arbeit.

Der Hauptkommissar sah Melcher und nahm sich den Reporter gleich persönlich vor.

„Herr Melcher, ich kann nicht sagen, dass mich Ihre Anwesenheit hier besonders erfreut. Was um alles in der Welt hatten Sie hier suchen?"

„Frau Dr. Tauberger hat uns zu ihrer Generalprobe eingeladen", sagte Melcher. „Mit einem erneuten Todesfall konnte ich beim besten Willen nicht rechnen."

„‚Wir', wer hat Sie begleitet?", hakte Ehlers nach. „Etwa eine journalistische Kollegin?"

„Frau Dr. Miriam Köppen, eine sehr gute Freundin von mir, die gestern aus Stuttgart gekommen ist", antwortete Melcher ruhig und wies auf Mimi, die, in einem Stuhl sitzend, auf die Befragung durch die Polizei wartete.

Frank Ehlers blickte zu Mimi hinüber und nickte.

„Gut, mit der Dame werde ich anschließend reden. Jetzt erzählen Sie mir den Hergang des Geschehens. Was haben Sie gesehen?"

Melcher erzählte in knappen Worten, was er erlebt hatte.

„Das heißt, als das Licht anging, war niemand mehr auf der Bühne?"

„Niemand", bestätigte Jörg. „Nur Frau Tauberger lag inmitten von Kabeln und war tot."

„Und vor dem Lichtausfall, was war da? Wen alles haben Sie da auf der Bühne gesehen?"

„Frau Tauberger, die zu den Mischpulten lief, und zwei oder drei Musiker, die hinten von der Bühne gingen."

„Saß jemand am Pult?"

„Das habe ich nicht gesehen."

Der Hauptkommissar notierte etwas.

„Sie saßen rechts in der zweiten Reihe. Wie viele Zuschauer waren da?"

„Vorne links meine ich vier oder fünf Personen gesehen zu haben", antwortete Jörg. „Wer da im Einzelnen war, kann ich nicht sagen. Nachher sah ich die Herren Steinacker, Bottenbeg, von Welsungen und Nicolas Stetter."

„Das scheint zu stimmen", meinte der Kommissar. „Wolfhard von Welsungen hat sich beschwert, Sie hätten ihn ohne seine Einwilligung fotografiert. Es handelt sich auf jeden Fall um Tatortfotos. Ich muss Sie auffordern, mir Ihre Kamera zwecks Auswertung zu überlassen. Sie bekommen sie natürlich zu gegebener Zeit wieder."

„Selbstverständlich, Herr Ehlers", erwiderte Melcher. „Dafür habe ich volles Verständnis."

Er reichte dem Polizisten seine Kamera. Nachdem Ehlers auch Mimi vernommen hatte, die Jörgs Aussagen in den Grundzügen bestätigte, konnten sie endlich aufbrechen. Am Parkplatz trafen sie auf Henry Bottenbeg, der an seinem Wagen lehnte und nervös an einer Zigarette zog.

„Sagen Sie, Herr Melcher“, sprach er Jörg an. „Haben Sie eine Ahnung, was dieser neue Mord soll? Erst Diana, dann Michél und jetzt Veronika, haben wir es mit einem Serienmörder zu tun?“

„Es gibt sicher Zusammenhänge zwischen den Morden. Ich denke aber, dass der Mörder mit der Tötung von Veronika Tauberger einen schweren Fehler begangen hat. Das dürfte ihm früher oder später das Genick brechen“, entgegnete Jörg.

„Das mag sein, aber das macht Diana und Veronika nicht wieder lebendig. Sind Sie mit Ihren Forschungen wenigstens etwas weiter gekommen oder haben Sie konkrete Anhaltspunkte entdeckt?“, wollte der Pianist wissen.

„Das eine oder andere Detail ist mir schon aufgefallen“, sagte Jörg vorsichtig. Ansonsten ist das nur eine Frage der Zeit, bis wir den Mörder eingekreist haben. Warum waren Sie eigentlich heute Abend im *Lokschuppen*?“

„Veronika hat uns alle eingeladen, zur Probe zu kommen. Im Anschluss sollte es ein kleines Fest geben. Sie sagte, es gäbe sensationelle Neuigkeiten …“, antwortete Bottenbeg. „Vielleicht wusste sie etwas über die ersten Morde und musste deshalb sterben“, fügte er düster hinzu.

„Wer war alles eingeladen?“, fragte Mimi.

„Die übliche Runde. Christian Steinacker, Wolfhard von Welsungen, Peter Travelone und ich.“

„Und warum war Nicolas Stetter vor Ort?“, forschte Melcher. „Und wo ist Peter Travelone abgeblieben?“

„Das weiß ich nicht“, antwortete Bottenbeg. „Ich habe keine Ahnung, wo Peter hin ist. Stetter ist ebenfalls verschwunden.“

Sie erreichten das Hotel. Ohne großen Appetit aßen Mimi und Jörg eine Kleinigkeit im Hotelrestaurant. Anschließend wechselten sie in die Bar. Ihre Martinis kamen, Mimi trank einen Schluck, dann griff sie in ihre Handtasche und holte Jörgs Kamera hervor, die sie ihm zuschob.

„Da hast du deine Kamera wieder. Ehlers scheint nichts gemerkt zu haben."

„Gut, dass du ebenfalls Aufnahmen gemacht hast, sonst dürfte der Kommissar unseren Trick bald bemerken", entgegnete Melcher grinsend.

Er nahm die Kamera und ließ die Bilder durchlaufen. Mimi lehnte sich an seine Schulter und betrachtete aufmerksam die einzelnen Szenen.

„Du hast eine Menge Bilder von dieser Veronika geschossen, Jörg."

Melcher ging auf die Bemerkung nicht näher ein und klickte sich weiter durch die Aufnahmen.

„Stopp!", rief Mimi. „Da ist die Bühne, kurz bevor das Licht ausging. Dort steht deine Freundin und da hinten, zoom mal ins Bild. Da ist ein Schatten neben dem Scheinwerfer. Dort verbirgt sich jemand!"

„Du hast Recht. Aber ich kann nicht erkennen, wer es ist."

Jörg Melcher zog den Chip aus der Kamera.

„Ich sende das ganze Material an den Kollegen Labrenz. Soll der sehen, was er aus dem Bild herausholt."

Jemand betrat die Bar und sah sich forschend um. Er spähte zu ihnen hinüber und kam mit großen Schritten auf sie zu. Es war Hauptkommissar Frank Ehlers und er schien in keiner guten Stimmung zu sein. Mimi fühlte, wie Jörg ihr den Chip in die Hand drückte. Reflexartig steckte sie ihn ein. Dann war der Kommissar bei ihnen.

„Herr Melcher, ich muss Sie bitten, mir zu folgen. Die Kamera dort können Sie gleich mitnehmen."

„Warum sollte ich Ihnen folgen?“, fragte Melcher ruhig.

„Sie haben meine Ermittlungen behindert, Mann!“, brüllte Ehlers los. „Denken Sie, Sie können mich hinters Licht führen? Es reicht mir, Sie sind vorläufig festgenommen!“

Ehlers beugte sich vor.

„Kommen Sie freiwillig mit oder muss ich Ihnen Handschellen anlegen?“

„Aber Herr Kommissar“, flötete Mimi mit aufgerissenen Augen. „Was machen Sie mit Herrn Melcher?“

„Es tut mir leid, gnädige Frau, aber Ihr Bekannter zwingt mich zu dieser Maßnahme“, entschuldigte sich Ehlers. „Wenn wir alles geklärt haben, bekommen Sie Herrn Melcher wohlbehalten zurück!“

Er und Jörg verließen die Bar. Mimi wartete, bis die beiden draußen waren, dann eilte sie auf ihr Zimmer und schickte die Bilddaten an Labrenz von den *Nachrichten*. Anschließend holte sie sich einen Drink aus der Minibar und trat auf den Balkon. Eine warme, mondhelle Nacht und drüben die beleuchtete Silhouette der Burg – richtig romantisch. Mimi seufzte. Halb zwölf, Jörg verhaftet – was fing sie mit dem angebrochenen Abend an? Sie trat zurück ins Zimmer und schloss die Tür. Ein Handy klingelte, der Melodie nach das von Jörg. Er hatte es auf dem Tisch liegen lassen.

„Ja?”, meldete sich Mimi.

„Hier Wolfhard von Welsungen. Entschuldigen Sie die Störung, aber Herr Melcher gab mir diese Nummer. Ich muss unbedingt mit ihm sprechen.“

„Jörg ist im Augenblick leider verhindert“, entgegnete Mimi. „Aber vielleicht kann ich Ihnen helfen. Worum geht es denn?“

„Das ist am Telefon schlecht zu erklären …“, antwortete von Welsungen zögernd. „Es geht … es geht um Diana Henners.“

„Ich bin mit dem Thema und den Hintergründen vertraut. Wir können uns genauso gut treffen und darüber sprechen", schlug Mimi vor.

„Gut", meinte der Anrufer nach kurzem Überlegen. „Ich wohne im Schlosshotel. Vielleicht ist die Lounge-Bar ein guter Treffpunkt, wenn Ihnen das nicht zu weit ist?"

„Nein, das ist in Ordnung, die Lounge-Bar passt mir ausgezeichnet", antwortete Mimi. „Sagen wir in einer halben Stunde."

Sie beendete das Gespräch und ging ins Bad. Ein Treffen mit Wolfhard von Welsungen, dem Opernstar, eine durchaus anregende Begegnung. Und vielleicht war der Mann sogar ein Mörder.

Wenn nicht – Mimi würde sich überraschen lassen. Jörg hatte ziemlich viele Bilder von Veronika Tauberger geschossen – und einige von einer anderen Frau, wie die Chipkarte verraten hatte. Ein kleiner Ausgleich war da mehr als gerecht.

Mimi betrat die Lounge und sah Wolfhard von Welsungen an der Bar sitzen. Er hatte sich umgezogen und trug jetzt einen einfachen, aber eleganten, grauen Anzug. Als er Mimi sah, erhob er sich rasch.

„Frau Dr. Köppen, guten Abend! Schön, dass Sie Zeit für mich haben und mit mir sprechen, trotz der späten Stunde und allem, was heute geschehen ist."

Miriam Köppen setzte sich.

„Was darf ich Ihnen bestellen?"

„Einen Martini."

Von Welsungen winkte dem Barmann. „Zwei Martini!"

„Warum wollten Sie mit Herrn Melcher sprechen?", fragte Mimi direkt. „Geht es um die Morde?"

Die Martini kamen und gaben Welsungen einen kurzen Besinnungsmoment. Beide tranken einen Schluck, dann stellte Welsungen sein Glas ab und blickte in eine unbestimmte Ferne.

„Dieser neue Mord lässt mir keine Ruhe. Ich, ich fühle mich irgendwie schuldig an dem Ganzen, aber ich weiß nicht, wie ich das klären kann."

Er schwieg einen Augenblick. Mimi schaute ihn mit großen Augen an. Hatte Wolfhard von Welsungen persönlich mit den drei Morden zu tun? Hatte er eine der Frauen oder gar alle drei umgebracht? Und wollte er etwa seine Taten gestehen, hier am Tresen einer Hotelbar? Sie hatte schon viele absurde Situationen erlebt, aber dieser war Miriam Köppen noch nie begegnet.

„Es ist so", setzte Welsungen neu an. „Ich bin wohl der Letzte, der in dieser schrecklichen Novembernacht Diana Henners gesehen hat. Allerdings nicht lebendig, sondern als Tote!"

Mimi zuckte unwillkürlich zusammen, also doch ein Mordgeständnis. Sie sah sich unauffällig in der Bar um. Bis auf den Barmann waren sie allein und dieser verschwand gerade durch eine Tür nach hinten. Wenn Welsungens Geständnis der Auftakt zu einem neuen Mord war …

„Aber ich habe Diana nicht getötet, ich habe Diana geliebt! Ich habe auch nicht Michél ermordet oder heute Abend Veronika Tauberger", schob der Sänger nach.

„Dann verstehe ich nicht ganz, was Sie meinen, Herr von Welsungen …"

„Wolfhard, sagen Sie bitte Wolfhard zu mir."

Zu jedem anderen Zeitpunkt wäre Miriam über das Angebot des Opernstars erfreut gewesen, doch im Augenblick war sie von seinem Geständnis zu sehr überrascht, so dass Mimi nicht reagierte und schwieg. Herr von Welsungen schien ihr Schweigen als Zustimmung zu deuten und sprach weiter.

„Ich war mit Diana verabredet. Ursprünglich wollten wir uns um halb zehn an der Pauluskirche treffen, aber ich wurde aufgehalten. Ich rief Diana an und fragte sie, ob es ihr auch um zehn oben am Schloss auf der Südbastion passen würde. Sie stimmte zu. Das Gespräch, das ich führte, dauerte erneut länger und ich kam wieder zu spät. Es schlug viertel nach zehn, als ich das untere Tor erreichte – und da sah ich Diana liegen. Auf ihrem Pelzmantel war ein riesiger Blutfleck. Ich kniete mich nieder, fühlte den Puls, sie schien noch zu atmen. Ich riss den Pelz auseinander und versuchte mit meinem Schal das Blut zu stillen. Vergeblich, der Atem stockte plötzlich und Diana war tot. Ich hatte sie nicht retten können ...“

Von Welsungen stockte und er schwieg einen Augenblick. Schließlich sprach er mit belegter Stimme weiter.

„Als ich mich aufrichtete und nach dem Handy griff, um die Polizei zu benachrichtigen, sah ich links etwas im Licht einer Laterne blinken. Unwillkürlich bückte ich mich danach und hob es auf. Es war ein Messer und seine Schneide war blutüberströmt: die Tatwaffe!“

„Sie haben das Messer angefasst? Ohne Handschuhe?“, fragte Mimi ungläubig.

„Ich habe das Messer in der Hand gehalten und dann merkte ich, was gerade geschehen war. Mein Schal und mein Mantel waren voller Blut, ich hielt die Mordwaffe in der Hand und Diana war soeben verstorben. Wir waren hier verabredet gewesen, die Polizei würde mich für den Mörder halten! Ich geriet in Panik, nahm das Messer und rannte davon. Ich lief zum Parkplatz, stieg in meinen Wagen und fuhr die halbe Nacht ziellos umher. Schließlich hielt ich irgendwo an einer Wiese und stieg aus. Dort übergoss ich meinen blutbefleckten Mantel sowie den Schal mit Benzin und verbrannte alles. Das Messer landete später in der Brenz, wo, weiß ich nicht mehr. Am nächsten Morgen kehrte ich zur Burg zurück und erwartete, dass dort die Polizei sein würde. Ich wollte mich stellen und alles erzählen – aber da war niemand. Keine Polizei, keine Tote, nichts. Ich dachte, ich hätte mir alles nur eingebildet. Ein Fieberwahn. Doch als ich versuchte, Diana zu erreichen, meldete sie sich nicht."

Wolfhard von Welsungen schwieg.

„Und das haben Sie ausgehalten? Zu wissen, dass die Frau, die Sie lieben, tot und verschwunden war und Sie allein wussten, was sich wirklich ereignet hatte?"

„Ich habe immer gehofft ...", von Welsungen ließ den Kopf auf die Brust sinken und schwieg. Mimi wartete geduldig, sie spürte, wie es in dem Mann arbeitete und welche schmerzhaften Kämpfe er in sich ausfocht. Aber der Prozess war notwendig, um Welsungen klar zu machen, was er mit seinem Tun angerichtet hatte. Wichtige Hinweise und Spuren waren vernichtet und dem Täter war Zeit gegeben worden, seinerseits alle Hinweise zu beseitigen. Von Welsungen hob den Kopf und wollte gerade zu sprechen beginnen, da trat eine Person in die Bar-Lounge, mit der Mimi heute Abend nicht mehr gerechnet hatte; Jörg Melcher!

Melcher sah Welsungen und grinste breit.

„N´Abend, Herr von Welsungen. Hallo Mimi! Kaum bin ich mal für ein paar Stunden weg, schon findest du Tröstung, echt beruhigend!"

„Jörg", setzte Mimi zur Gegenrede an, da erhob sich von Welsungen schwerfällig.

„Ich, ich muss über alles nachdenken. Ich weiß, ich habe ungeheuren Blödsinn gebaut. Am besten“, er stockte, „am besten, ich gehe gleich morgen zur Polizei …“

Er verbeugte sich vor Miriam, nickte Melcher kurz zu und verließ die Bar mit schleppenden Schritten.

„Was ist dem denn über die Leber gelaufen?“, fragte Melcher überrascht. „So melancholisch habe ich unseren Sänger noch nie trällern gehört.“

„Manchmal, Jörg Melcher“, erwiderte Mimi verärgert, „hast du ein Gemüt wie ein Droschkengaul. Wieso bist du eigentlich hier? Ich dachte, Kommissar Ehlers hätte dich zumindest für heute Nacht weggesperrt.“

Melcher winkte dem Barmann und bestellte einen Jim Beam, dann wandte er sich Mimi zu.

„Ich bin wegen guter Führung früher herausgekommen. Im Übrigen herzlichen Dank für deine freundliche Begrüßung. Ich konnte doch nicht wissen, dass ich dich bei einem trauten Tête-à-tête stören würde.“

Der Whisky kam, Melcher hob das Glas und prostete Mimi zu.

„Skoll, auf deinen Liebhaber!“

Er trank das Glas in einem Zug aus und streckte es dem Mixer zu, damit dieser es nachfüllte.

„Jörg, hör auf zu trinken und hör mir zu, bevor du dummes Zeug von dir gibst“, rief Mimi und fasste ihn am Arm. „Das ist nicht so gewesen, wie du denkst.“

„Wie sonst? Kaum bin ich weg, von den Schergen der Staatsmacht von deiner Seite gerissen“, fügte er theatralisch hinzu, „vergnügt sich die Gnädigste mit einem Sangeskünstler, der für seine Affären allgemein bekannt ist und der vielleicht einen oder mehrere Morde auf dem Gewissen hat.“

„Als ob du ein Kind von Traurigkeit wärest“, empörte sich

Mimi. „Du findest doch immer schnell wieder weiblichen Anschluss, ganz gleich, wohin du kommst. Ich kenne dich, Jörg Melcher, und ich habe diese Michéls, Veronikas, Carolins und wie die Damen alle heißen, satt. Bis hier oben hin, wenn du es genau wissen willst!"

Zornig sprang Mimi auf und ging mit raschen Schritten zur Tür. Dort blieb sie stehen und drehte sich noch einmal zu Melcher um.

„Heute Nacht, mein Lieber, kannst du dir jedenfalls eine eigene Schlafstätte suchen. Mein Bett ist belegt!"

Mimi verschwand und ließ Jörg Melcher allein zurück.

„Noch einen Whisky, der Herr?", fragte unbeteiligt der Barmann.

Melcher nickte resigniert. Irgendetwas hatte er wieder falsch gemacht.

Es hatte sein müssen, die Lage war einfach unhaltbar gewesen. Obwohl nicht sicher war, was Veronika wirklich gewusst hatte. Nur, die Ankündigung, sie habe etwas mitzuteilen, hatte derart befremdlich geklungen, dass ein Handeln unabdingbar gewesen war. Ein hässlicher Abend. Auf der Habenseite stand, fast alle hatten sich im *Lokschuppen* befunden, die auch sonst mit den Geschehnissen in Verbindung gebracht werden konnten. Unter *Soll*, eigentlich besser unter *Negativ* musste die Anwesenheit des Reporters und seiner Begleiterin verbucht werden. Melcher war erfahrener und geschulter Beobachter. Der Mann hatte zudem wild herumfotografiert; wer konnte wissen, was alles auf den Aufnahmen zu sehen war? Dann gab es noch die Alibifrage; der Kreis der Verdächtigen, der bislang Schutz geboten hatte, war deutlich geschrumpft. Jetzt hieß es aufpassen, dass nicht durch einen dummen Zufall alles ans Licht kam. Aber nur die Ruhe, vielleicht war ihm das Glück erneut hold. Wie damals im November, als Diana spurlos verschwunden war. Bislang hatte er nicht erfahren können, wer die Leiche entsorgt hatte und vor allem warum. Eine Zeitlang hatte er Wolfhard von Welsungen im Verdacht. Der Sänger war mit Diana eng liiert und an dem Abend, wie er von ihm selbst wusste, mit Diana verabredet gewesen. Dann waren ihm Zweifel an seiner Theorie gekommen. Warum in aller Welt hätte Welsungen Diana in einen Plastiksack stecken und in die Brenz werfen sollen? Eher hätte Veronika ein Motiv gehabt, die Freundinnen waren ziemlich zerstritten gewesen und Veronika glaubte, Diana habe sie bei der Stadt wegen ihrer Finanzplanung angeschwärzt. Doch Veronika war tot, bevor sie ihre Tat hatte gestehen können. Zu schade, dass er nicht die Blicke der anderen hatte sehen können, wenn Veronika mit theatralischer Stimme gebeichtet hätte: „Ich war diejenige, die Dianas Leichnam in den Fluss geworfen hat!“ Obwohl, wieso sollte Veronika oben am Burgtor gewesen sein? Aus Eifersucht? Und warum, um alles in der Welt, sollte sie sich um den toten Körper Diana Henners’ gekümmert haben? Nein, auch diese Spekulation führte in eine Sackgasse. Der Mann warf einen Blick auf seine Armbanduhr. Mitternacht war längst vorüber, es war an der Zeit, zu Bett zu gehen.

Hauptkommissar Frank Ehlers schaute zum Wecker, der auf dem Nachttisch die Zeit vertickte. Ein Uhr nachts, er fand einfach keinen Schlaf. Kein Wunder, vor wenigen Stunden erst war der dritte Mord geschehen und noch immer hatte er den Mörder nicht fassen können und, noch schlimmer, er hatte nicht einmal einen wirklich Verdächtigen. Der Täter, Ehlers war sicher, dass es sich um einen Mann handelte, spielte seine üblen Spiele mit ihnen. Ein Mord auf offener Bühne, jede Menge Zeugen, jede Menge Verdächtige; u.a. waren Peter Travelone und Nicolas Stetter einfach vom Tatort verschwunden. Doch es gab Bilder vom Tatgeschehen, denn dieser Melcher war mal wieder rein zufällig vor Ort gewesen. Der Fotograf hatte ebenfalls ein Spiel bei ihm versucht und ihm die Bilder vorenthalten wollen; aber diesmal hatte er dem Kerl gründlich auf die Pfoten gehauen. Eine Nacht hinter schwedischen, besser schwäbischen Gardinen tat dem Burschen sicher gut. Vielleicht würde er morgen früh ganz vergessen, Melcher auf freien Fuß setzen zu lassen. Eine längere Buße konnte möglicherweise eine nachhaltigere Wirkung zeigen. Unter diesen und ähnlich freudvollen Gedanken schlief Ehlers endlich ein.

Samstag, 21. Mai.

Miriam Köppen erwachte gegen halb sechs aus unruhigen Träumen. Sie tastete neben sich, die andere Bettseite war leer. Miriam richtete sich halb auf und sah sich verwirrt im Zimmer um. Jörg war nicht da; dann fiel ihr ein, was am Vorabend geschehen war und dass Jörg den Bogen wieder einmal überspannt und sie ihn ausquartiert hatte. Gut, er brauchte eben ab und zu eine Lektion. Vielleicht sollte sie auch zu dem Kongress fliegen, der heute Abend in Zürich begann. Mal sehen, wie ihre Stimmung sich entwickelte. Mimi erhob sich, zog das Nachthemd über den Kopf, streckte sich und ging gähnend ins Bad. Ein Blick in den Spiegel. Das Gesicht war müde, der Körper aber soweit in Ordnung: eine glatte, makellose Haut, feste Rundungen an den richtigen Stellen und keine überflüssigen Pölsterchen – so gut wie keine … Sie schlüpfte unter die Dusche und drehte das Wasser auf. Heiß, kalt, heiß, kalt und kräftig geschrubbt, das förderte die Durchblutung und sorgte für eine straffe Frische.

Zwanzig Minuten später verließ sie das Bad und zog sich an. Ein wenig Make Up, erneut ein Blick in den Spiegel, das Bild dort sprach klar für „Zürich"! Entschlossen packte Miriam ihre Kleidung in die Koffer. Anschließend schrieb sie Jörg Melcher einen Brief, in dem sie in Umrissen Welsungens Geschichte schilderte. Dann fuhr sie mit dem Lift nach unten, trank einen Kaffee und checkte exakt um 7:25 Uhr aus. Draußen stieg Frau Dr. Köppen in ihren Wagen und fuhr in Richtung Stuttgart davon. „Zürich" schien wirklich die richtige Entscheidung zu sein.

Die Nacht war sehr warm gewesen, wenigstens hatte Melcher auf seiner harten Bank nicht gefroren. Ansonsten hatte er kaum geschlafen. Fast wäre es besser gewesen, in der Zelle zu bleiben, obwohl ihm die irrtümliche Entlassung gestern Abend gelegen gekommen war. Ehlers würde dem wachhabenden Polizisten gehörig Dampf machen, doch das war zum Glück nicht Melchers Problem. Jörg streckte sich gähnend und kehrte, unrasiert und zerknittert, ins Hotel zurück. Dort erfuhr er von Mimis Abreise; den Zimmerschlüssel hatte sie beim Portier hinterlegt. Diese Launen, typisch Mimi! Immer musste sie alles auf die Spitze treiben. Verärgert fuhr Jörg aufs Zimmer, rasierte und duschte sich, zog frische Klamotten an und ging zum Frühstück. Er schaufelte sich den Teller voll Eier mit Speck und trank dazu etwa einen Liter Kaffee. Nach der zweiten Portion ging es ihm allmählich besser und Melcher überlegte sich, was er eigentlich tun konnte, um dem wahren Mörder auf die Spur zu kommen und das Honorar, das ihm Henry Bottenbeg zahlte, zu verdienen. Auf dem Bett hatte ein Brief von Mimi gelegen, den er zuerst wütend in den Papierkorb geworfen und schließlich doch, ungelesen, eingesteckt hatte. Er zog langsam das fliederfarbene

Couvert hervor, betrachtete es einen Augenblick und öffnete es schließlich. Dann las er, was Mimi ihm geschrieben hatte, las von Welsungens vernebelnden Novembertaten, las zweimal und ein drittes Mal. Jörg erinnerte sich, er hatte eine Gestalt aus dem Tor kommen sehen, das musste Welsungen gewesen sein. Welsungen hatte in seiner Panik die Tatwaffe angefasst – wie dämlich konnte ein Mensch nur sein? Und jetzt wollte der Mann auch noch zur Polizei gehen. Kommissar Ehlers würde ihm kein Wort glauben, sondern Wolfhard von Welsungen sofort in Haft nehmen. Es sah auch wirklich schlecht aus für den Mann. Die direkte „Beteiligung“ am ersten Mord. Kein Alibi für die Tatzeit des zweiten Mordes, wie Melcher von Wilhelm Gödel wusste. Und beim gestrigen Mordfall war Welsungen ebenfalls am Tatort gewesen. Da war nichts mehr zu machen, es sei denn, er würde Welsungen abfangen, bevor dieser die Polizei informierte. Melcher musste handeln, sonst konnten die Heidenheimer ihren *Fidelio* abschreiben. Diesmal endgültig! Doch es blieb die Frage, wer den Leichnam hatte verschwinden lassen? Wer war der Fahrer des Wagens gewesen, den er an jenem Abend gesehen hatte? Nicht Wolfhard von Welsungen, aber wer sonst? Doch für Überlegungen war jetzt keine Zeit, er musste den Sänger finden und vor einem weiteren unüberlegten Schritt bewahren.

Wo konnte der Mann hingegangen sein, überlegte Melcher. Aus einem Instinkt heraus verließ er das Hotel und wandte sich zum Schloss. Dort, am Ort des Geschehens, saß Wolfhard von Welsungen, direkt unter dem Torbogen, durch den die Besucher in den Schlosshof gelangten. Der Sänger schaute kurz hoch, als er Jörgs Schritte hörte. Dann senkte er wieder den Kopf und starrte auf den Boden, als habe er etwas verloren.

„Guten Morgen, Herr von Welsungen“, begrüßte ihn Melcher. „Kann ich Ihnen helfen?“

„Mir kann keiner mehr helfen. Ich habe einen Riesenfehler gemacht, Herr Melcher, und dafür muss ich bezahlen. Diana ist tot, an dieser Stelle wurde sie ermordet. Ich habe mir die Markierung genau gemerkt. Sehen Sie dort an der Wand!"

W. SCHARPPF entzifferte Melcher, links darüber waren drei hässliche rotbraune Flecken zu erkennen.

„Hier habe ich sie gefunden", wiederholte der Sänger, „und dann – aber was ich dann tat, das hat Ihnen sicher schon Frau Dr. Köppen erzählt."

Melcher nickte.

Wolfhard von Welsungen erhob sich. Er blickte auf die Uhr.

„Halb zehn, ich fahr jetzt zur Polizei und stelle mich."

„Unsinn, Herr von Welsungen, Sie haben doch Diana nicht getötet, oder?"

„Nein, natürlich nicht. Ich liebte Diana und sie wollte sich endlich von Henry Bottenbeg trennen ..."

„Diana Henners wollte sich von ihrem Partner trennen?"

„Das sagte sie mir noch am Mittag und ich rief sie deswegen an, weil ich mir Sorgen machte, wie Bottenbeg reagieren würde. Ich wollte sie unbedingt vorher nochmals treffen; aber ich kam zu spät."

„Das heißt, Diana Henners wollte am Abend ihres Todes Henry Bottenbeg eröffnen, dass sie sich von ihm trennen würde?", fragte Melcher nach. Wenn Welsungens Aussage stimmte, warf das ein völlig anderes Licht auf den Fall. Jörg fiel das Foto des Konzerts in Aalen ein; Diana Henners und links und rechts von ihr Bottenbeg und von Welsungen: das alte Motiv der Menage á trois? Bottenbeg hatte das Gegenteil versichert!

„Diana sagte mir, sie sei mit Henry verabredet", bestätigte Wolfhard von Welsungen. „Ich bin mir aber nicht sicher, ob das Treffen wirklich stattgefunden hat. Henry war auf einem

Konzert in Dublin, sein Flugzeug landete erst am späten Nachmittag in Frankfurt, ich glaube, gegen halb sechs. Von dort bis nach Heidenheim wäre er gut zweieinhalb bis drei Stunden unterwegs gewesen."

„Er hätte also um neun oder halb zehn in Heidenheim sein können. Genug Zeit, Diana zu treffen und sie zu töten", überlegte Jörg.

„Ich habe Diana gegen viertel nach zehn aufgefunden ...", sagte Welsungen nachdenklich.

„Ich gehe der Angelegenheit nach", versprach Melcher. „Aber nur, wenn Sie mit Ihrer Selbstbezichtigung noch bis nach der Premiere warten. Bis dahin ist der Mörder sicher gefunden. Wenn Sie jetzt der Polizei erzählen, was Sie für einen Blödsinn angestellt haben, wird Kommissar Ehlers Sie umgehend festsetzen, was keinem hilft. Also, was ist?"

Der Sänger überlegte. „Gut, ich warte", sagte er dann. „Aber ich warte nur bis nach der Premiere. Dann werde ich alles gestehen!"

Jörg Melcher fuhr nach Stuttgart. Heidenheim und seine Mörder mussten vorerst warten; jetzt ging es um Mimi und um die geplatzte Versöhnung.

Am Nachmittag läutete er mit einem Blumenstrauß in der Hand an Mimis Tür – und ihm öffnete Betty. Betty, eigentlich Elisabeth, war eine Cousine von Miriam und offenbar zu Besuch.

„Tag, Jörg, Mimi hat dich schon angekündigt."

„Angekündigt?", wiederholte Melcher. „Wieso, ist Mimi nicht zu Hause?"

„Sie sagte, du würdest im Laufe des Tages mit Blumen in der Hand an der Tür läuten und dich sicher wundern, dass sie nicht mehr da sei."

„Was heißt das, nicht mehr da – wo ist Mimi?“

„Sie ist vor einer halben Stunde mit der Swissair zum Kongress nach Zürich abgeflogen und dürfte“, Betty blickte auf ihre Uhr, „in zehn Minuten dort landen.“

Jörg Melcher schwieg betroffen. Ging das alte Spiel schon wieder los? Mimi auf einem Medizinerkongress, er konnte sich lebhaft vorstellen, was dort ablief. Stumm drückte er Betty die Rosen in die Hand, drehte sich um und stieg die Treppen nach unten. Jörg verließ das Haus und wanderte eine Weile ziellos und gedankenverloren durch die Gegend; schließlich machte er kehrt und lief in Richtung seiner Wohnung in der Augustenstraße. Zu Hause überprüfte er umgehend am PC die von Betty genannten Fakten. *Abflug Stuttgart 15:25, Ankunft Zürich 16:10 Flug LX 1169 mit SWISS.* Es stimmte also, Mimi war auf und davon.

Schön, dachte Melcher, war sie eben unterwegs, daran ändern konnte er nichts. So hatte er wenigstens genug Zeit, sich systematisch dem Heidenheimer Geschehen zu widmen.

Er begann, die Namen aller Beteiligten einzugeben, das heißt die Namen der Personen im Umfeld Diana Henners’, die noch am Leben waren. Von Welsungen, Stetter, Bottenbeg, Steinacker und der Komponist Travelone sowie Celine Deymrau. Sechs Personen, sechs Verdächtige; was wusste er über sie, in welchem Verhältnis hatten sie zu den drei Mordopfern gestanden? Wie sah ihr Alibi für die jeweiligen Taten aus? Wenn alle drei Morde von einem Täter begangen worden waren, schied die Operndiva aus dem Kreise der Verdächtigen aus. Gestern Abend war sie nicht vor Ort gewesen und am Tag der Ermordung Michéls hatte sie, nach Auskunft Inspektor Gödels, eine große Probe mit mehreren Auftritten gehabt. Wolfhard von Welsungen schied für Jörg ebenfalls aus. Natürlich konnte er den Mord an Diana und an Michél und Veronika begangen haben, aber sein Verhalten gestern und sein „Geständnis“ sprachen nach Melchers Gefühl gegen seine Täterschaft. Henry Bottenbeg hingegen konnte aus Eifersucht gehandelt haben und sein Auftrag, den Mörder zu finden, war einfach eine Finte. Auch Nicolas Stetter schien seinen Emotionen nach zu vielem fähig zu sein. Von Christian Steinacker und Peter Travelone wusste Jörg zu wenig, um ein begründetes Urteil abgeben zu können. Steinacker hatte eine Musikagentur und hatte angegeben, am 22. November in Heidenheim gewesen zu sein. Travelone hatte Melcher vor Jahren in München getroffen; er hielt den Komponisten für eine seltsame Persönlichkeit, was aber nichts bewies oder widerlegte. Am Abend des 22. Novembers war Travelone angeblich eingeladen gewesen. Mehr Fakten hatte Melcher nicht. Er wandte sich der Freitagssituation zu. Die im *Lokschuppen* gemachten Aufnahmen, die ihm der Kollege Labrenz zugeschickt hatte, zeigten scharf und präzise das Geschehen, halfen ihm aber nicht weiter. Auf den meisten Bildern war Veronika auf der Bühne zu sehen. Grazil stand sie da, das Bein abgewinkelt und die Querflöte an den Lippen. Drei oder vier zeigten das Publikum und auf einem Foto war wieder Veronika – tot! Der Metallstab in ihrer Brust glitzerte im Scheinwerferlicht, ringsherum ein roter Fleck von Blut. Doch kein Bild ließ erkennen, wer Veronika ermordet hatte; auch das mit der Schattengestalt hinter dem Scheinwerfer trug nichts zur Wahrheitsfindung bei. Wahrscheinlich hatte dort ein Kameramann gestanden. Jörg Melcher schob die Bilder zur Seite und wühlte weiter in seinen Unterlagen. Dabei stieß er auf den Zeitungsartikel über das Konzert vor zwei Jahren, den ihm Carolin gegeben hatte. Auf dem dazugehörenden Foto war Diana Henners im Kreise ihrer Freunde zu sehen. Jörg prüfte die Aufnahme akribisch mit der Lupe, fand aber nichts, was auffällig gewesen wäre. Doch irgendwie war er sicher, dass das Foto einen wichtigen Hinweis enthielt, den er nur richtig lesen und verstehen musste, um der Lösung des Falles entscheidend näher zu kommen. Er legte Artikel und Foto zur Seite und wandte sich wieder den anderen Papieren zu. Aber er kam bei seinen Recherchen nicht weiter.

Manchmal, wenn auch selten, gab es angenehme Überraschungen im Leben von Frank Ehlers. Nach dem gestrigen Stress hatte er sich vorgenommen, einen geruhsamen Samstagabend zu verbringen. Er saß im *La Strada* in der Hauptstraße und bestellte eben beim Kellner, als die Tür aufging und die neue Kollegin Bianca Hoffer hereinkam. Sie trug ein leichtes, kurzes Kleid, das ihre langen Beine noch länger aussehen ließ. Das Haar war kunstvoll frisiert und um den Hals hing an einer schmalen Kette ein in Gold gefasster Edelstein; Frau Hoffer schien heute Abend etwas vorzuhaben. Die Inspektorin sah sich im Lokal um, bemerkte Ehlers, winkte ihm zu und kam dann direkt an seinen Tisch.

„Hallo, Herr Ehlers, darf ich mich zu Ihnen setzen?"

„Guten Abend, Frau Hoffer, gern", antwortete Frank Ehlers verblüfft. „Ich bin aber nicht im Dienst", fügte er, im lahmen Versuch zu scherzen, hinzu.

„Es muss auch Privates geben", entgegnete Frau Hoffer und lächelte, wobei ihr Lächeln angestrengt wirkte.

Sie nahm Platz und bestellte beim Kellner einen halben Liter Frascati und eine *Diavolo*.

„Ist das Ihr Stammlokal?", fragte sie den Hauptkommissar.

Ehlers schüttelte den Kopf.

„Nein, ich esse hier nur ab und zu eine Pizza. Und Sie? Sie wirken, als wollten Sie heute noch etwas unternehmen, tanzen gehen oder auf eine Party fahren."

„Wie kommen Sie darauf?", erwiderte Bianca Hoffer und schlug ihre Beine übereinander.

„Nun", sagte Ehlers, wobei er sich bemühte, sie nicht allzu sehr anzustarren „das Kleid und Ihr Äußeres ..."

„Gefällt Ihnen", ergänzte sie und zeigte wieder ihr trauriges Lächeln.

Frau Hoffers Direktheit verblüffte Ehlers erneut, doch er nickte.

„Ja, ich finde, Sie sehen sehr anziehend aus", sagte er mutig.

„Leider gibt es jemand, der nicht Ihrer Meinung ist", entgegnete sie mit Bitternis in der Stimme. „Aber lassen Sie uns über andere Themen sprechen."

Die Getränke kamen und später ihre Pizzen. Bianca Hoffer plauderte über dies und das und ehe es sich Ehlers versah, erzählte er ihr von seinem Junggesellenleben und der alltäglichen Routine seines Daseins. Sie hörte zu, nickte und fragte ab und zu nach, dennoch hatte Ehlers das Gefühl, als wäre die junge Kollegin mit ihren Gedanken ganz woanders. Das Gespräch stockte, Frau Hoffer blickte auf ihre Armbanduhr.

„Sie müssen weiter", stellte Frank Ehlers fest.

Bianca Hoffer nickte und überlegte einen Moment. „Wie wäre es", fragte sie den Hauptkommissar, wenn Sie mit mir kommen? Ich will ins *Cream*."

„Ich soll Sie in eine Disco begleiten?", sagte Ehlers ungläubig.

„Das wäre nett", meinte Bianca Hoffer kurz und legte ihre Hand auf die seine.

Am späten Abend stopfte Melcher alles in den Schreibtisch zurück und brach zur lang entbehrten Samstagstour auf. Es war einige Zeit vergangen, seit er seine zahlreichen Freunde und Bekannten getroffen hatte – und für einen Journalisten war es unabdingbar, auf dem Laufenden zu bleiben. Melcher landete nach einigen Zwischenstationen im Leonard- und Bohnenviertel im *Schlesinger* in der Schloßstraße, wo eine Punk-Rock-Pop-Karaoke-Show ablief. Das Ganze war laut und relativ langweilig, sodass Melcher sich schließlich in Begleitung des Kollegen Schwollau in die *Tahiti-Bar* in der Königsstraße verzog. Schwollau, eine abgewrackt wirkende Type in Jörgs Alter, ein Schreibtischtäter aus dem Pressehaus, schwadronierte von seinen Beziehungen zur Szene und was er alles letzten Herbst dem Mappus an den Kopf geworfen habe, als dieser noch in Amt und Würden gewesen sei. Jörg, der auf das Geschwätz Schwollaus kaum achtete, ließ seinen Blick durch den schummrigen Barraum schweifen. Auf der Bühne stellte eine gewisse Valentina in Begleitung zweier Köter irgendwelchen Unsinn an. Ihr folgte eine Dame namens Rosi, die sich an einer Stange in allerlei Turnübungen versuchte. Melcher gähnte, heute Abend war einfach nichts los. Diese nackten Leiber und das infantile Geschwafel seines angetrunkenen Kollegen langweilten ihn tödlich. Er wollte schon aufstehen und Schwollau allein zurücklassen, da fiel sein Blick auf eine Gruppe Männer an einem Ecktisch an der Bühne, die lachend Rosi oder Ribana oder wie die „Tänzerin" auch heißen mochte, Geldscheine in den Slip steckten. Zwei der Anzugträger kannte Melcher. Der eine war Hermann, ein früherer Mathematiklehrer, dessen Spielsucht ihn vor einigen Jahren um Amt, Frau und Geld gebracht hatte. Nachdem er einige Zeit in Kneipen todsichere Roulettesysteme verkauft hatte, war er plötzlich wieder zu Vermögen gekommen und verkehrte aktuell nur noch mit den „Oberen" der Spielerszene. Die Übrigen am Tisch schienen vom Gehabe und Auftreten Profispieler zu sein – und mitten unter ihnen befand sich Nicolas Stetter! Wenn Stetter mit ihnen zusammen am gleichen Tisch saß, hatte er sehr wahrscheinlich auch sonst mit ihnen zu tun. Melcher stieß Schwollau an.

„Wolf, schau mal unauffällig zu dem Tisch an der Bühne. Kennst du die Typen?"

„Klar, kenn ich", meinte Schwollau. „Kennt doch jeder. Das sind Jacky, Enzo und Ludo, ausgebuffte Spielertypen. Dann dieser Mathematiker und der fünfte ... Warte, den habe ich ein paar Mal mit Enzo und Ludo im *Merkur* gesehen. Nicht an den Automaten, die waren im *Black Jack* Bereich. Aber, entschuldige Jörg, ich muss mal raus."

Wolf Schwollau erhob sich schwankend und stolperte nach hinten zu den Toiletten. Melcher wartete eine Weile, doch Schwollau blieb verschwunden. Er schob die dunkle Juana, die sich gerade auf seinem Schoss niederlassen wollte, zur Seite, steckte ihr und dem Mann an der Theke je einen Zehner zu und verließ das *Tahiti*. *Black Jack* mit Profispielern, das bedeutete einen hohen Einsatz. Stetters Profil bekam neue Konturen. Der Mann trank zu viel und wenn er trank, wurde er gewalttätig, und Stetter war auch ein Spieler. Konnte es sein, dass er zu viel verspielt und Geld gebraucht hatte? Aber wie hing das mit dem Tod Dianas und der übrigen Frauen zusammen? Und überhaupt, Stetter leitete eine Abteilung der Scholz Edelstahl GmbH im Bereich Einkauf. Geld musste der Mann genug haben. Konnte ein Spieler jemals genug Geld haben? Melcher brauchte einen Einblick in Stetters Finanzen, ohne Kenntnisse darüber, wie es auf seinen Konten aussah, blieben seine Überlegungen pure Spekulation. Für solche Auskünfte war Peter Ahlers in

Kronberg der richtige Mann. Peter hatte ihm schon im letzten Jahr bei der Bergstraßengeschichte wichtige Hinweise geben können, vielleicht wusste er auch im Falle Nicolas Stetter, wo Melcher an Informationen herankam. Er würde ihn morgen anrufen.

Im *Cream* war heute Oldie-Nacht mit 60er, 70er und 80er Hits. Es war ewig her, dass Frank Ehlers einen derartigen Schuppen betreten, geschweige getanzt hatte. Der große Raum war angefüllt mit Menschen, die im Blitzen der Scheinwerfer und im Dröhnen der Rhythmen wild abtanzten. Nur widerstrebend ließ er sich von Bianca auf die Tanzfläche ziehen. Aber die junge Kollegin war nicht zu bremsen, sie nahm seine Hand, zog ihn mit und Ehlers folgte. Sound folgte auf Sound, *Sunshine of your love*, *Hotel California*, etwas *Boston*, dann jede Menge *Abba* und schließlich eine Bluesrunde. Wie selbstverständlich legte seine Tänzerin ihre Arme um ihn und ihren Kopf an Ehlers Schulter. Er fühlte ihre Wärme, spürte unter dem dünnen Stoff ihres Kleides mehr und anderes – da fiel Frank Ehlers' Blick auf eine Gestalt am Rande der Tanzfläche, deren Blick über ihn und Bianca Hoffer hinwegglitt und an jemandem hinter Ehlers hängen zu bleiben schien. Im Halbdunkel konnte er nicht richtig erkennen, wer da stand. Die andere Person aber, das war doch Nicolas Stetter, der eng umschlungen mit einer Rothaarigen tanzte.

„Bianca“, flüsterte Ehlers seiner Partnerin zu. „Haben Sie gesehen? Der Mann dort sieht aus wie Nicolas Stetter.“

Die Inspektorin hob langsam den Kopf.

„Gestern Abend war der Mann doch nicht aufzufinden, oder?“

„Stimmt und der Kollege Lederer hat heute Vormittag und

heute Mittag mehrfach versucht, den Burschen zu erreichen. Kommen Sie, wir kaufen uns den Kerl!"

Ehe Ehlers dazu kam, den angeblichen Stetter anzusprechen, schob ihn ein anderer Mann grob zur Seite und drang auf den Tänzer ein.

„Du Scheißkerl, lass die Finger von meiner Frau!", rief der blonde Hüne und packte Stetters Schulter. Der streifte den Griff mit einer plötzlichen Drehung ab und schlug dem Blonden die Faust mitten ins Gesicht, sodass der Mann zurücktaumelte und dabei Bianca und eine weitere Frau zu Boden stieß.

„Halt, aufhören", brüllte Ehlers, half Bianca auf und stürzte dann zwischen die beiden Kämpfer. „Aufhören, Polizei!"

Doch sein Befehl ging im Sound unter; dafür fühlten sich andere bemüßigt, im Streit mitzumischen und im Nu entstand auf der Tanzfläche ein Riesentumult. Menschen drängten zur Seite, Frauen schrien auf. Ehlers selbst wurde kräftig gestoßen. Er griff nach dem Stoßenden, worauf dieser ihm einen rechten Haken verpasste, dass Ehlers fast zu Boden ging. Parallel entwickelte sich, trotz der Security, eine allgemeine Schlägerei, bei der es keine klaren Fronten mehr gab und sich jeder mit jedem zu prügeln schien. Ehlers rappelte sich auf und teilte voller Zorn selbst kräftig nach links und rechts aus – bis ihn jemand am Arm packte und fest zur Seite zog. Es war Bianca Hoffer.

„Kommen Sie, Frank, die Kollegen von der Streife dürften jeden Augenblick auf der Bildfläche erscheinen. Dieser Stetter haut ab und wir sollten ihm folgen; wir haben keine Zeit für Erklärungen und Formalien."

Beide schlüpften durch eine Seitentür hinter der Bar nach draußen. Der Ausgang führte zur Marienstraße. Dort sahen sie, wie ein Mercedes in der Nacht verschwand – am Steuer saß der vermeintliche Nicolas Stetter!

„Das war Stetter, der hat uns abgehängt“, meinte Ehlers. „Und jetzt? Gehen wir zu den Kollegen?“ Von vorn waren Polizeisirenen zu hören.

„Jetzt werde ich mich erst einmal um dein Auge kümmern, mein wilder Kämpfer“, sagte Bianca Hoffer. „Komm, Frank, wir fahren zu mir!“

Frank Ehlers merkte, dass es seinem Auge auf einmal viel, viel besser ging. Und das fühlte sich verdammt gut an.

6. Sie waren eine schiere Ewigkeit unterwegs

Sie liefen und liefen. Durch diese nebligen, grauen Straßen. Eine schiere Ewigkeit schienen sie unterwegs zu sein. Schließlich bog die Frau in eine Toreinfahrt. Im schwachen Licht der Hauslampe sah Joseph für einen kurzen Augenblick ihr Gesicht. Er täuschte sich nicht, sie war es. Ihr langes, blondes Haar beseitigte letzte Zweifel. Die Frau schlüpfte ins Haus. Ihm gelang es gerade noch hineinzukommen, bevor sich das Eingangstor krachend schloss.

Die Absätze der Frau klapperten mehrere Treppen empor. Vorsichtig folgte er ihr. Oben im zweiten oder dritten Stock endeten die Geräusche. Eine Tür quietschte. Dann wurde es still.

Sonntagmorgen, 22. Mai.

Keinen Tag länger hielt er es hier noch aus, trotz des Besuchs von Frau Kerstdorf gestern Abend. Kurz entschlossen stand Wilhelm Gödel auf, zog sich an und trat vorsichtig aus dem Krankenzimmer. Die Stationsschwestern waren beim Kaffeetrinken, sodass er ungesehen das Krankenhaus verlassen konnte. Draußen griff er zum Handy und rief Kommissar Lederer an.

„Hallo, Herr Kollege, ich bin es, Wilhelm Gödel, können Sie mich von der Klinik abholen?"

Eine halbe Stunde später hielt Lederer auf dem Besucherparkplatz des Klinikums oben in der Schlosshausstraße und Inspektor Gödel stieg zu ihm ins Fahrzeug. „Tag, Claus, ich muss euch einiges berichten", begann er und erzählte, was er in Aalen erfahren hatte. Kommissar Lederer hörte geduldig zu. Zwar kannte er den Inhalt von Gödels Aalener Ermittlung bereits zum Teil, da Hauptkommissar Ehlers im *Lions Club* angerufen hatte, aber das eine oder andere war doch neu. Nicolas Stetter schien jedenfalls ein Frauenheld zu sein, doch diese Tatsache machte ihn nicht automatisch zu einem Mörder. Dann erzählte Lederer Gödel, was am Freitagabend im *Lokschuppen* passiert war.

„Hallo Peter!"

„Tag, Jörg. Dass es dich noch gibt. Was verschafft mir die Ehre deines Anrufs? Bist du einer neuen Affäre auf der Spur?"

„So ungefähr", antwortete Jörg. „Es geht mal wieder ums Geld."

„Es geht immer um Geld, um was sonst", erwiderte Peter Ahlers. „Schieß los, was willst du wissen?"

„Sagt dir der Name Nicolas Stetter etwas? Der Mann ist Abteilungsleiter in der Scholz Edelstahl GmbH Aalen."

„Die Scholz Edelstahl GmbH? Das ist ein Tochterunternehmen der Scholz AG. Die Scholz Edelstahl-Gruppe beschäftigt an die tausend Mitarbeiter an zehn oder mehr Standorten. Der Umsatz beläuft sich auf rund 400 Millionen Euro", sagte Ahlers. „Aber den Namen Nicolas Stetter habe ich noch nie gehört. Wann brauchst du denn die Information?"

„Möglichst bald."

„Ich schau, was ich finde und schicke dir dann das Material per Mail."

Eine Stunde später ging Peters Mail ein.

Nicolas Stetters Name taucht im Zusammenhang mit der Credit Suisse Affäre auf, dem größten Fall von Steuerhinterziehung in Deutschland. Nach einschlägigen Berichten haben deutsche Großanleger ihr Vermögen unversteuert bei der Schweizer Credit Suisse angelegt. Stetter soll dort ebenfalls ein Konto gehabt haben und ließ dies über eine Stuttgarter Adresse laufen. Anscheinend hat er sein Tun rechtzeitig beendet und die fälligen Steuern nachgezahlt, denn die Ermittlungen gegen ihn wurden eingestellt. Nach anderen Quellen hatte Stetter einen Informanten in der Finanzbehörde oder im Ministerium selbst, der oder die ihn warnte. Ansonsten soll er rege Kontakte zum osteuropäischen Immobilienmarkt haben.

Grüße Peter

Eine Steuergeschichte, aufschlussreich und langweilig zugleich. Der Kampf gegen die fiskalischen Begehrlichkeiten war allgemeiner Bürgerbrauch, nur bei den Größenordnungen schieden sich die Geister. Mit den Geldmengen eines Klaus Zumwinkels, Boris Beckers oder Patrick Lindners konnte Otto Normalverbraucher nicht mithalten. Erst vor kurzem waren im Steuerfall Würth Vorwürfe aufgetaucht, Reiche könnten sich in Baden-Württemberg bei der Justiz freikaufen. Der Künzelsauer Schrauben-Milliardär war vom Amtsgericht Heilbronn wegen Steuerhinterziehung in zweistelliger Millionenhöhe zu einer Geldstrafe in Höhe von lediglich 700 Tagessätzen, also etwa dreieinhalb Millionen Euro, verurteilt worden. Das war viel Geld, für einen Milliardär allerdings weit weniger problematisch als für andere Menschen. Vor allem aber belastete dieser Strafbefehl Reinhold Würth weit weniger als eine Haftstrafe – denn ein normaler Bürger, der seine Strafe nicht bezahlen konnte, durfte für diese 700 Tagessätze tatsächlich ins Gefängnis gehen. Auch Nicolas Stetter schien mit einem blauen Auge davongekommen zu sein. Es wäre allerdings lohnend zu wissen, wer Stetter gewarnt hatte, Amigokontakte waren immer eine spannende Angelegenheit. Das Gleiche galt für seine Verbindungen nach Osteuropa. Was Osteuropa anging, kannte sich sein Freund Watzlav am besten aus. Wilhelm Gödel sollte er ebenfalls anrufen; Jörg Melcher griff erneut zum Telefon, doch das Klingeln kam ihm zuvor.

Frank Ehlers erwachte vom Duft gebratener Eier. Verschlafen blickte er um sich. Er lag auf einem Sofa in einem kleinen Wohnzimmer. Durch ein Fenster fiel helles Sonnenlicht, es musste später Vormittag sein. Vorsichtig erhob er sich; er hatte in Kleidern geschlafen und fühlte sich ziemlich zerknittert. Bianca Hoffer streckte den Kopf zur Tür herein.

„Morgen Frank. Das Bad ist über den Flur die vorletzte Tür links. Ich habe dir ein Handtuch und eine Zahnbürste hingelegt, mit einem Rasierer kann ich allerdings nicht dienen."

Eine halbe Stunde später saßen Frank Ehlers und seine junge Kollegin am Frühstückstisch und tranken Kaffee.

„Das war lieb von dir, dass du gestern Abend mitgekommen bist. Als Axel gestern mit mir Schluss gemacht hat, war ich ziemlich fertig ..."

Ehlers nickte, er konnte sich nur dunkel an den weiteren Verlauf des Abends erinnern. Sie waren in die kleine Wohnung von Bianca Hoffer gefahren. Dort hatte sie sich um sein Auge gekümmert. Dann saßen sie im Wohnzimmer, Bianca hatte eine Flasche aufgemacht und dann noch eine und sie hatten über das Geschehen im *Cream* gesprochen.

„Zu dumm, dass uns dieser Stetter entkommen ist. Aber früher oder später wird der Mann in seiner Wohnung auftauchen. Glaubst du, dass er der Mörder ist?"

„Für den ersten Mord hätte er Zeit wie auch Gelegenheit gehabt", antwortete Ehlers. „Aber das gilt für so ziemlich alle Verdächtigen."

„Am Freitag waren fast die gleichen Leute wieder am Tatort", meinte die Inspektorin.

„Mich interessiert vor allem, wo sich Stetter am Abend des 17. Mai aufgehalten hat", entgegnete Ehlers. „Vielleicht geben uns auch die Fotos, die Herr Melcher aufgenommen hat, einen Hinweis. Apropos Melcher, ich habe ganz vergessen, den Herrn wieder auf freien Fuß setzen zu lassen. Na, die beiden Nächte werden ihm nicht geschadet haben."

Hauptkommissar Frank Ehlers zückte sein Handy.

Jörg nahm den Hörer ab, es war Carolin, die anrief und ihn fragte, ob er ihr etwas vom Mord an Veronika Tauberger erzählen könne. Melcher gab Carolin einen groben Überblick.

„Ich schicke dir weiteres Material", versprach er. „Was ist eigentlich mit dem Bild, das du mir senden wolltest?"

„Du müsstest die Mail gestern erhalten haben."

„Gut, dann schaue ich mal nach. Hat es mit der Wohnung geklappt?"

„Nein, die war nichts, aber wir haben etwas Besseres gefunden. Ein kleines Haus in bester Lage mit Garten und nicht so teuer."

Nach dem Gespräch fuhr Melcher den PC hoch und checkte seine Post. Im Anhang von Carolins Mail fand sich das versprochene Bild von der Veranstaltung im letzten Herbst. In einem breiten Format waren die Gäste gut zu erkennen und einer von ihnen, im Artikel abgeschnitten und verschwommen, stand in aller Klarheit vor Melcher. Es war Andrej Bolkonskij, sein alter „Bekannter" aus Baden-Baden! Was hatte der russische Spekulant und mutmaßliche Mörder Bolkonskij, der im letzten Herbst der Polizei und ihm entkommen war, mit Aalen bzw. Heidenheim zu tun? Stand Nicolas Stetter mit ihm in Kontakt? Dann bekam der Fall ganz andere und ziemlich gefährliche Dimensionen. Er musste sofort nach Heidenheim fahren und mit Inspektor Gödel sprechen. Die Sache wurde heiß, verdammt heiß.

Frank Ehlers war auf dem Weg ins Präsidium. Eine Streife hatte Nicolas Stetter in seiner Wohnung angetroffen und zur Vernehmung ins Revier gebracht. Gut, dann würde er dem Mann noch heute auf den Zahn fühlen. Peter Travelone hatte sich übrigens auch gemeldet; ihn hatte Ehlers für Montag vorgeladen. Es blieb das Problem Melcher. Hatte es der Kerl doch wirklich geschafft, noch am Freitag entlassen zu werden. Die Kollegen waren nicht gerade wach gewesen. Andererseits, der Mann lief ihm nicht weg, der kam von allein zu ihm, wenn er neue Informationen witterte. Die Bilder hatten sie jedenfalls, das reichte fürs Erste. Ehlers dachte an den letzten Abend mit Bianca Hoffer. Offenbar hatte er wirklich nur als Seelentröster fungiert. Das war auch gut so; er war ihr Vorgesetzter und rund doppelt so alt, was anderes wäre undenkbar. Schade eigentlich, Bianca Hoffer war eine sehr attraktive Frau. Frank Ehlers seufzte.

Peter Travelone saß am Flügel und spielte freie Variationen zu Charles Gounods *Faust. O Nacht verbreite hier dein schattiges Reich, ihr Blumen all‘ verschwendet süßen Duft, mit heißer Wollust tränkt die Luft den Zweifel stillt – wohin sie immer trete.* Dann wechselte er zu den dumpfen Molltönen seines Oratoriums *Faustens Weheklage* und brach mitten im Spiel ab. Diana war tot, Michél und jetzt Veronika. Tot und ermordet. Es war etwas Eigenes mit der Welt, in der er sich befand. Verführung, Tod, Trauer, Schmerz und morbides Träumen: *Nichts! Umsonst befrage ich der lichten Sterne Chor, dem Sinn ist stumm das Weltenall, und keine Stimme flüstert in mein Ohr des Trostes sanften Schall! Schmachtend träum' ich wie zuvor, irdische Pein verhüllt den Glanz der Wahrheit dir, o armer Thor! Ich zweifle stets und zweifle ganz.*

Der Komponist klappte die Tastatur zu und senkte den Kopf. Dann begann er hemmungslos zu schluchzen.

Erst nach vielem Hin und Her hatte Wilhelm Gödel zugestimmt, Jörg Melcher zu treffen. Aber in Aalen, nicht in Heidenheim, dort sei die Gefahr zu groß, miteinander gesehen zu werden, hatte er gesagt. Sie trafen sich um acht in der *Havannabar*. Gödel war mit Claudia Nöhler vor zwei Jahren hier gewesen und hatte mit ihr einen Mojito getrunken. Später – aber das waren alte Geschichten.

Die beiden Männer saßen in einer Ecke und nippten an einem Whisky sour. „Hören Sie, Melcher", sagte Gödel. „Ich kann Ihnen nichts erzählen. Wenn ich Ihnen etwas erzähle, gehen Sie damit hausieren und Hauptkommissar Ehlers reißt mir den Kopf ab."

„Ich habe etwas im Angebot, was Sie brennend interessiert."

„Was soll das sein? Sie wissen doch auch nicht mehr als wir!"

„Ich weiß, wann der Mord an Diana Henners geschehen ist."

„Was?", Gödel verschluckte sich an seinem Whiskey und bekam einen Hustenanfall. Als er sich beruhigt hatte, erzählte ihm Melcher Welsungens Geschichte.

„Also ist Wolfhard von Welsungen der Täter. Der Mann muss sofort verhaftet werden."

„Nein!", rief Melcher aus. „Mensch, Gödel, manchmal sind Sie schon begriffsstutzig. Wenn Welsungen der Mörder wäre, hätte er doch nie erzählt, was er mit der Tatwaffe getan hat. Lassen Sie den Mann vorerst aus dem Spiel, Sie können ihm später immer noch die Hölle heiß machen. Der Mann kocht gern, der ist bestimmt kein Mörder! Jetzt gehen Sie erst einmal von seinen Zeitangaben aus. Welsungen behauptet, er habe die Tote um viertel nach zehn entdeckt."

„Und Günther Burger, der Mann der ermordeten Michél Rotgießer-Burger, gab zu Protokoll, er habe Diana Henners Punkt dreiviertel zehn in der Nähe der Pauluskirche gesehen. Rund zehn, maximal fünfzehn Minuten braucht man von dort hoch zur Burg; das engt die Tatzeit auf einen Zeitraum von einer knappen Viertelstunde ein!"

Wilhelm Gödel leerte sein Glas und bestellte eine neue Runde.

„Damit wäre Nicolas Stetter aus dem Schneider", meinte er und erzählte Melcher von seinen Ermittlungen im *Lions Club*.

„Peter Travelone gab dort ein Konzert", sagte Melcher nachdenklich. „Als wir in Ulm waren, behauptete er, abends sei er eingeladen gewesen. Wenn er um neun Uhr fertig war, könnte er im Anschluss nach Heidenheim gefahren sein."

„Am bequemsten hätte es aber der Manager Christian Steinacker gehabt. Er wohnte oben im Schlosshotel, keine fünf Minuten vom Tatort entfernt", warf Gödel ein. „Für mich ist Steinacker der Hauptverdächtige!"

„Henry Bottenbeg hätte ebenfalls Gelegenheit gehabt, zumal Diana Henners erzählte, sie habe ihn am gleichen Abend treffen wollen", gab Melcher zu bedenken.

„Für diese geplante Begegnung gibt es nur die Aussage Welsungens, der Bottenbeg vielleicht bewusst belasten möchte."

„Das könnte sein", räumte Melcher ein. „Nicolas Stetter fällt jedenfalls als Täter aus. Ich möchte trotzdem wissen, ob er mit Andrej Bolkonskij in Verbindung stand oder steht."

„Das ist im Moment uninteressant", erwiderte Gödel. „Wenn von Welsungen die Wahrheit sagt, haben wir nur drei mögliche Täter. Das ist ein Fortschritt! Bloß, wie erkläre ich die Welsungengeschichte Frank Ehlers?"

„Ich habe eine Idee", sagte Jörg Melcher.

Fidelio, erster Akt, vierte Szene – Celine Deymrau stand auf der Bühne, sang: *Ich habe Mut! Mit kaltem Blut, mit kaltem Blut will ich hinab mich wagen; für hohen Lohn kann Liebe schon auch hohe Leiden, hohe Leiden tragen ....*

Wenn sie es genau betrachtete, verspürte sie das krasse Gegenteil von Mut, nämlich die nackte Angst. Am Freitag war während eines Konzertes erneut ein Mord geschehen. Auch dieses Opfer, die Musikerin Veronika Tauberger, hatte Celine gekannt. Ein Schauder lief ihr den Rücken hinunter. Der Täter musste ein Wahnsinniger sein, der seine Opfer im Umfeld der Musik sucht. Vielleicht würde sie das nächste Opfer sein? Sie fühlte, wie sich ihr Körper mit kaltem Schweiß überzog. Angst, sie hatte Angst!

Celine Deymrau brach mitten im Text ab und eilte von der Bühne.

Nicolas Stetter protestierte verärgert gegen die Vorführung im Präsidium. Hauptkommissar Ehlers ließ ihn zunächst eine halbe Stunde im Vernehmungsraum schmoren, bis er zu ihm ging, Stetter mit einem knappen Nicken grüßte, in aller Ruhe seine Papiere ordnete und endlich das Aufnahmegerät anschaltete.

„Sonntag, 22. Mai 2011, 14:35 Uhr. Vernehmung Nicolas Stetter, Vernehmender Hauptkommissar Frank Ehlers", begann er die Ansage, dann erst wandte er sich Stetter zu. „Sie wissen, Herr Stetter, warum Sie hier sind?"

„Nein, das weiß ich nicht", fauchte der Angesprochene. „Ich

protestiere gegen Ihre polizeistaatliche Willkür und will sofort meinen Anwalt sprechen."

„Es geht", fuhr Ehlers ungerührt fort, „darum, dass Sie am Freitag, den 22. Mai im Lokschuppen im Brenz-Park bei einem Konzert der *Occasional Drive,* der Band Ihrer Bekannten Veronika Tauberger waren."

„Das ist wohl nicht verboten oder?", erwiderte Stetter patzig.

„Nein, das ist es nicht. Aber wir sehen es hier gar nicht gern, wenn sich Zeugen eines Mordes absetzen und über Tage verschwunden bleiben. So etwas gilt bei uns als verdächtig, Herr Stetter!"

„Ich weiß von keinem Mord. Ich habe am Freitag kurz im *Lokschuppen* hereingeschaut, weil ich das Veronika versprochen habe, bin aber gleich weiter, da ich noch eine geschäftliche Verabredung hatte. War's das?"

„Nein, das war es nicht, Herr Stetter. Wann war Ihre Geschäftsverabredung und mit wem waren Sie verabredet?"

„Ich war um halb zehn mit Andreas von Balkosk, einem unserer Osteuropakunden verabredet. Balkosk ist ein respektabler Geschäftsmann aus Talin, der sich für ein Joint-Venture-Geschäft interessiert."

„Wo finde ich Herrn von Balkosk?", fragte Ehlers.

„Herr von Balkosk wohnt im Schlosshotel. Er wird allerdings morgen abreisen. Sie müssen sich also beeilen, wenn er Ihnen Auskunft geben soll", grinste Stetter.

„Das werden wir", meinte Ehlers. „Keine Sorge. Aber wenn Sie das alles so gut erklären können, dann verraten Sie mir doch auch, warum Sie gestern Abend das *Cream* so fluchtartig verlassen haben?"

„Gestern Abend war ich mit einigen Freunden in Stuttgart", erwiderte Nicolas Stetter. „Ich weiß nicht, wer mich im *Cream* gesehen haben will. Wahrscheinlich eine Verwechselung oder Ihr Informant war betrunken. Aber, damit ich verstehe, was das hier soll. Wer ist denn eigentlich ermordet worden?“

„Frau Tauberger ist das Opfer“, sagte Ehlers ruhig und beobachtete Stetters Gesicht.

„Veronika? Das kann nicht sein, nicht Veronika!“, rief Stetter blass werdend. „Das muss ein Irrtum sein!“

„Leider nicht, Herr Stetter“, erwiderte Ehlers.

„Wenn ich den Kerl erwische, dann gnade ihm Gott“, stieß Nicolas Stetter hervor und ballte die Fäuste.

Melchers Handy zeigte zwei neue SMS an. Die erste war von Mimi, die ihm mitteilte, der Kongress in Zürich sei „angenehm“, was immer das heißen mochte. Die zweite war von seinem Steuerberater, einem freundlichen Herrn namens Brünter, der darum bat, angerufen zu werden. Brünter lebte in einem kleinen Ort in Richtung Reutlingen und erarbeitete seit Jahren Melchers Steuererklärung, eine Angelegenheit, die Melcher selbst absolut verhasst war. Es musste etwas Dringliches sein, dass Brünter ihm eine SMS schickte. Jörg rief Brünter umgehend an. Dieser teilte ihm mit, er müsse unbedingt mit dem zuständigen Finanzbeamten Kontakt aufnehmen. Es gebe Ärger wegen seines Arbeitszimmers und der Wagennutzung. Man wolle nur Teile beziehungsweise einen kleineren Grundbetrag anerkennen und das könne für Melcher teuer werden.

„Haben die dort nichts Besseres zu tun, als einfache Freiberufler zu verfolgen?“, schimpfte Melcher. „Die Großen lässt man offenbar in Ruhe, denen auf die Füße zu treten macht zu viel Arbeit.“

Stefan Brünter stimmte ihm zu, riet ihm aber, trotz aller Kritik, sich umgehend mit dem Finanzamt in Verbindung zu setzen und die entsprechenden Papiere über die Größe seines

Arbeitszimmer, die Raumausstattung, die tägliche und nächtliche Nutzung sowie die Belege über den Wagenanschaffungspreis, Reparaturen, Versicherungen und jeweils eine Geburtsurkunde der Urgroßeltern mitzubringen und vorzulegen. Letzteres sei übrigens ein Scherz, wie Brünter zu Melchers Beruhigung erklärte.

„Gehen Sie unbedingt hin", mahnte er, „Finanzbeamte können eine ungeheure Penetranz entwickeln."

Gut, würde er also am Montagmorgen dem Finanzamt seine Aufwartung machen, entschied Melcher. Für den Rest des Sonntags nahm er sich Ulm vor, um dort den Spuren der Herren Steinacker, Bottenbeg und Travelone zu folgen – einer der drei musste der Mörder sein, obwohl ihm Nicolas Stetter lieber gewesen wäre. Jörg Melcher stieg in seinen Wagen und fuhr nach Ulm.

Hauptkommissar Ehlers erreichte Nicolas Stetters Geschäftspartner im Schlosshotel und besagter Herr von Balkosk bestätigte dessen freitägliches Alibi und ihren gestrigen Aufenthalt in Stuttgart. Ehlers blieb nichts weiter übrig, als sich zu entschuldigen und Stetter zu entlassen. Der Mann wirkte geknickt, der Tod Frau Taubergers schien ihn wirklich berührt zu haben. Ehlers sah ihm nach. Die Angaben des Balten mochten stimmen, stimmten sicher, wer aber war der Mann gewesen, den Ehlers gestern im *Cream* gesehen und für Stetter gehalten hatte? Der Geschäftsmann hatte keinen Bruder, ein Zwilling oder Verwandter konnte nicht an seiner Stelle aufgetreten sein. Wahrscheinlich hatten Bianca Hoffer und er sich getäuscht oder waren auf eine Ähnlichkeit hereingefallen.

Ehlers wollte gerade das Büro verlassen, als Wilhelm Gödel erschien und ihm eine schier unglaubliche Geschichte erzählte. Er habe, so Gödel, einen absolut sicheren Hinweis, dass Diana

Henners am 22. November zwischen 21:55 und 22:10 Uhr oben auf der Burg ermordet worden sei. Besagter Zeuge wolle noch anonym bleiben und sei erst dann bereit, seine Aussage zu Protokoll zu geben, wenn der wahre Mörder gefasst wäre. Frank Ehlers versuchte Näheres zu erfahren, doch Gödel berief sich darauf, dem Zeugen zugesichert zu haben, dass dieser vorerst nicht aussagen müsse.

„Mensch, Gödel, Sie machen Sachen“, rief Ehlers verärgert. „Andererseits, wenn die Angaben und das Protokollbuch des *Lions Clubs* stimmen, ist Nicolas Stetter endgültig aus dem Schneider. Es bleiben noch der Manager Christian Steinacker, der Komponist Peter Travelone, der Partner von Diana Henners Henry Bottenbeg und dieser Sänger Wolfhard von Welsungen übrig. Drei Personen sind immer noch zu viel, aber wir kommen dem Täter näher.“

„Ich halte Steinacker für den Verdächtigsten“, legte sich Gödel fest.

„Der Mann hat nach den Recherchen von Frau Hoffer Geschäftsprobleme en masse. Es könnte sein, dass die Operndiva sich von ihm trennen wollte oder irgendwelche Betrügereien entdeckt hat“, meinte Ehlers. „Warten wir ab, was die KTU aus Melchers Bildern herausholt, Steinackers Alibi für den 17. ist nicht berauschend, aber das gilt auch für unseren anderen Kandidaten. So, Herr Gödel, für heute machen wir Schluss, schließlich ist Sonntag. Wir sehen uns morgen früh um acht zur Dienstbesprechung.“

Jörg Melcher fuhr direkt zum Haus von Christian Steinacker im Steubenweg. Er hatte ihm am Mittag eine kurze Nachricht auf Band gesprochen. Der Manager öffnete persönlich, Melchers Besuch schien ihn nicht zu überraschen.

„Guten Abend, Herr Melcher. Ihre Nachricht kam an. Ich habe eigentlich die ganze Zeit damit gerechnet, dass Sie hier nochmals erscheinen würden. Ich kenne euch Presseleute zur Genüge. Kommen Sie herein."

Wie beim ersten Besuch führte der Hausherr Melcher in sein Büro. Sie setzten sich, Steinacker holte aus seiner Hausbar Gläser und eine Flasche Bourbon und goss beiden ein. Er nahm einen tiefen Schluck und dann, ohne dass Melcher fragte oder etwas sagte, begann Steinacker zu reden.

„Ich stelle mir seit Tagen die Frage, welches die Gründe für die drei Morde sind. Natürlich liegt die Ursache in der Vorgeschichte der Ermordung Dianas verborgen. Ich weiß, die Polizei verdächtigt mich, weil ich im Herbst letzten Jahres ziemliche Geldprobleme hatte, doch Diana war davon nicht betroffen und ich habe das finanzielle Tief überwinden können. Glauben Sie mir, ich bin nicht der Mörder, von keiner der drei Frauen. Aber ich habe einen ziemlichen Blödsinn angestellt."

Er nahm einen weiteren Schluck und füllte dann sein Glas nach.

„Was für einen Blödsinn?", fragte Melcher vorsichtig.

„Ich habe Dianas Leiche in die Brenz geworfen!"

„Sie haben was getan?"

„Ich habe Dianas Leiche entkleidet, in einen Mühlsack gesteckt und in die Brenz geworfen. Aber ich habe sie nicht getötet, das müssen Sie mir glauben!"

„Am besten, Sie erzählen mir von Anfang an, was passiert ist", entgegnete Melcher ruhig.

„Am 22. November war ich, wie ich gegenüber der Polizei wahrheitsgemäß ausgesagt habe, ebenfalls in Heidenheim und im Schlosshotel. Ich war mit Diana noch an der Bar verabredet. Wir wollten uns gegen halb zehn Uhr treffen. Um 9 Uhr rief sie an und sagte mir, ihr sei etwas dazwischengekommen und es könne zehn oder etwas später werden. Ich kannte Diana, wenn sie sagte, sie komme später, konnte das eine halbe oder auch eine ganze Stunde bedeuten."

„Warum waren Sie mit Diana Henners verabredet?", fragte Melcher.

„Es ging um ein Engagement in der *Kammeroper Schloss Rheinsberg*. Diana hatte ihre eigenen Vorstellungen. Jedenfalls wartete ich bis etwa viertel nach zehn und als sie immer noch nicht gekommen war, entschloss ich mich, nochmals runter in die Stadt zu fahren. Ich hatte am Abend nichts gegessen und wollte mir ein nettes Lokal suchen. Ich nahm den Wagen und bin irgendwie falsch abgebogen, denn ich landete auf der falschen Burgseite. Ich wollte gerade wenden, da sah ich am Tor eine Gestalt, deren Verhalten mir merkwürdig vorkam. Ich stoppte, stieg aus und lief zum Tor. Dort lag Diana und über ihr kauerte eine Gestalt, die sich aufrichtete und dann fortlief. Ich bin mir nicht sicher, aber ich glaube, sie hatte ein Messer in der Hand."

„Haben Sie erkannt, wer es war?", hakte Melcher nach.

„Ich dachte, es wäre Wolfhard von Welsungen. Deswegen handelte ich auch so, wie ich gehandelt habe. Wolfhard stand bei mir frisch unter Kontrakt, für Diana hatte ich verschiedene lukrative Verträge mit der *Oper Rheinsberg*, mit den *Höfischen Festspielen Potsdam* und anderen Festspielorten abgeschlossen. Wenn die Verträge zum damaligen Zeitpunkt geplatzt wären, hätte ich Konkurs anmelden können. Also holte ich meinen Wagen heran. Im Kofferraum lagen Plastiksäcke und Klebeband, Dinge, die ich kurz zuvor aus Ulm mitgenommen hatte. Ich hüllte Diana, so wie sie war, in die Säcke und legte sie in den Kofferraum meines Wagens. Es regnete, regnete immer stärker, sodass ich hoffte, die Spuren würden bis zum anderen Morgen verwaschen sein. Dann fuhr ich mit Dianas Leiche ins Industriegebiet. Ich entkleidete die Tote, packte sie mit Metallteilen, die dort herumlagen, in einen Plastiksack und verklebte alles sorgfältig, wobei ich darauf achtete, Handschuhe zu tragen. Ich brachte den Sack zur Eisenbahnbrücke in der Nähe des Bahnhofs und ließ diesen in die Brenz gleiten. Ich hatte Glück, der Sack versank sofort. Die Kleidung verbrannte ich. Dann fuhr ich zurück ins Hotel. Das Ganze hatte etwas mehr als eine Stunde gedauert und ich war von niemandem gesehen worden. Tage später gab ich eine Vermisstenanzeige auf. Im Januar oder Februar ließ ich über eine Bekannte Postkarten versenden, sodass es aussah, als wäre Diana noch am Leben. Dadurch musste die Versicherung die Konzertausfälle zahlen. In den nächsten Wochen und Monaten beobachtete ich Wolfhard von Welsungen genau und ich bekam Zweifel an seiner Täterschaft und auch daran, ob ich ihn wirklich gesehen hatte."

„Das hat Ihnen nichts ausgemacht, dass Diana Henners in einem Plastiksack in der Brenz vermoderte?", bohrte Melcher nach.

„Daran wollte ich nicht denken", erwiderte Steinacker leise und schwieg.

„Wenn Welsungen nicht der Mörder ist, wer ist Ihrer Meinung nach sonst der Täter?", fragte Melcher nach einer Weile.

„Ich habe erst an eine Beziehungstat gedacht. Wolfhard und Henry waren bei Diana Konkurrenten gewesen. Wolfhard glaubte ich gesehen zu haben, Henry schien mir durch sein Verhalten verdächtig, das galt natürlich auch für Nicolas Stetter. Aber heute glaube ich nicht mehr, dass Stetter oder Henry etwas mit dem Mord zu tun haben. Auch Wolfhard halte ich für unschuldig."

„Warum?"

„Nun, ich habe am Freitag im *Lokschuppen* etwas beobachtet, was mir eine gänzlich neue Variante zeigte."

„Was war das?"

„Das möchte ich noch für mich behalten, denn ich könnte mich wieder irren und jemand falsch zu beschuldigen, wäre fatal."

Es klingelte an der Haustür. Steinacker stand auf, um zu öffnen und kam wenig später mit Peter Travelone zurück.

„Peter, du kennst Herrn Melcher bereits, nimm bitte Platz. Kann ich dir etwas zu trinken anbieten?"

Der Komponist nickte.

„Christian erzählte, Sie seien hier und würden über die Morde spekulieren", wandte er sich an Jörg. „Da dachte ich, ich könnte meinerseits zur Aufklärung beitragen."

„Können Sie das?", fragte Melcher.

„Nun ja, ich meine, ich kann auch spekulieren."

„Wer ist denn deiner Meinung nach der Täter?", fragte Christian Steinacker, während er Travelone ebenfalls vom Bourbon einschenkte.

„Wolfhard", sagte Travelone mit Nachdruck. „Wolfhard steckt hinter allem, davon bin ich überzeugt. Ich glaube sogar, dass ich ihn am Freitag bei dem Konzert, kurz bevor das Licht ausging, nach hinten habe gehen sehen!"

„Haben Sie Ihre Beobachtung schon der Polizei erzählt?", fragte Melcher neugierig.

„Nein, ich war zunächst von allem viel zu geschockt. Erst heute Morgen erinnerte ich mich an die Szene. Morgen früh bin ich in Heidenheim im Kommissariat, da werde ich alles berichten."

Während Peter Travelone erzählte, sah Steinacker ihn prüfend von der Seite an. Etwas schien ihn zu beschäftigen, schließlich öffnete er den Mund, sagte aber dann doch nichts.

„Herr von Welsungen stand, als das Licht wieder anging, sofort auf der Bühne", meinte Jörg Melcher nachdenklich. „Ihre Wahrnehmung könnte richtig sein. Kommissar Ehlers wird sich freuen. Aber ob Herr von Welsungen auch der Mörder ist ..."

„Wenn es nicht Wolfhard ist, kann es nur Henry sein", sagte Peter Travelone. „Sonst bleibt niemand übrig, wenn Sie nicht mich oder Christian verdächtigen!"

Die Männer schwiegen und betrachteten einander forschend. Jörg fühlte sich auf einmal sehr müde, es war Zeit, sich auf den Weg zu machen, die letzte Nacht steckte ihm noch in den Knochen. Er stand auf und verabschiedete sich von Peter Travelone, der noch blieb. Sein Gastgeber Steinacker brachte ihn zur Tür. „Fahren Sie noch nach Stuttgart?", fragte er, was Melcher bestätigte. „Dann kommen Sie gut heim."

„Danke, was ist mit Ihrer Beobachtung?"

„Die muss ich, wie gesagt, erst einmal gründlich prüfen."

Christian Steinacker schloss die Tür. Jörg stieg in seinen Wagen und fuhr zur Autobahn. Am Himmel blitzte es, der ganze Tag war gewittrig gewesen. Rund anderthalb Stunden später, es war kurz nach halb elf, hielt er in der Augustenstraße an. Als er in seine Wohnung trat, läutete das Telefon. Es war Miriam, die ihm eine gute Nacht wünschen wollte. Sie werde noch einen Ball besuchen. Natürlich in Begleitung, was Jörg sich vorstelle!

„Gute Nacht, Jörg. Träum etwas Gutes!", flötete sie und legte auf. Jörg starrte aufs Telefon. Er legte es hin und ging in die Küche, sich ein Bier holen – das erste, aber, trotz seiner Müdigkeit, nicht das letzte des Abends.

Montag, 23. Mai, ein Tag ohne Fenstersturz, dafür gab es anderes. Hauptkommissar Frank Ehlers und seine Truppe saßen im Besprechungszimmer der Mordkommission in der Polizeidirektion in der Kurt-Bittel-Straße. Ehlers ließ seinen Blick über die Runde gleiten. Ihm gegenüber war Claus Lederer, neben ihm Wilhelm Gödel. Auf der linken Seite Bianca Hoffer und rechts von ihm putzte Inspektorin Wittmüller ihre Brille. Ruhig gab er einen Überblick zur aktuellen Lage und schilderte, was ihm Wilhelm Gödel berichtet hatte. Anschließend bat er um Wortmeldungen und Vorschläge, wie weiter vorzugehen sei. Die Inspektorin Wittmüller meldete sich als Erste.

„Ich kann mich nur dem Kollegen Gödel anschließen, für mich ist der Manager der Hauptverdächtige. Wir sollten uns auf ihn konzentrieren. Ich habe übrigens die Fotos von der KTU mitgebracht. Die sind von Herrn Melcher, stimmt's? Jedenfalls sind er und seine Begleitung gut zu erkennen. Sehen Sie selbst!"

Frau Wittmüller schob dem Kommissar die Bilder zu.

Frank Ehlers nahm sie, betrachtete sie eingehend und fluchte. „Diesmal ist der Kerl dran, das, Freundchen, bringt das Fass endgültig zum Überlaufen!"

Das Läuten des Telefons unterbrach ihn; der Hauptkommissar hob den Hörer ab und meldete sich.

Sybille Mayer öffnete mit ihrem Schlüssel die Eingangstür des Hauses im Ulmer Steubenweg. Sie ging durch den breiten Flur, wandte sich nach links und betrat das Büro ihres Chefs, Herrn Steinacker. Der Empfangsraum sah ziemlich wüst aus. Überall lagen Papiere herum und auf dem Tisch der Sitzecke standen eine leere Whiskeyflasche sowie zwei Gläser. Was für ein Chaos, dachte sie, Christian scheint eine längere Sitzung gehabt zu haben. Sie bückte sich, um einen Aktenordner vom

Boden aufzuheben und erstarrte in der Bewegung. Hinter dem Sessel ragte ein Bein mit einem Schuh hervor. Vorsichtig richtete sie sich auf und warf einen Blick hinter den Sessel. Dort lag in einer Blutlache ihr Chef Christian Steinacker. In seiner Brust steckte ein Brieföffner, der gleiche, den sie sonst für die Post verwendet hatte. Langsam wich Frau Mayer zurück. Sie griff zum Telefon und wollte schon die 110 wählen, als ihr Blick auf eine Visitenkarte fiel. *Hauptkommissar Frank Ehlers* stand da, *Mordkommission Heidenheim* und eine Nummer. Mit zitternden Händen tippte Frau Mayer die angegebene Zahlenfolge ein, da fiel ihr ein, dass der Mörder noch im Haus sein könne. Sie ließ das Telefon fallen und rannte aus dem Haus. Draußen zückte sie ihr Handy.

„Frank Ehlers ... Was ist geschehen? ... Was? ... Sie haben die Tür verschlossen? ... Gut, klingeln Sie bei Nachbarn und bleiben dort. Es kommt gleich eine Streife. Ich kümmere mich um alles und wir sind spätestens in einer Stunde da."

Der Hauptkommissar beendete das Gespräch und informierte sofort die Ulmer Kollegen. Dann wandte er sich langsam zu seinen Mitarbeitern um.

„Es sieht so aus, als sei uns heute Nacht ein Verdächtiger abhanden gekommen. Frau Mayer, die Privatsekretärin Christian Steinackers hat soeben ihren Chef tot im Haus aufgefunden – er wurde offenbar ermordet!"

Jörg Melcher trat durch die Glastür des Finanzamtes in der Rotebühlstraße. Für die frühe Vormittagssituation herrschte großer Andrang, offenbar wurden noch mehr Bürger von der Steuerbehörde behelligt. Er zog eine Nummer und wartete gottergeben. Bereits nach einer halben Stunde blinkte auf der

Anzeigetafel seine Nummer auf, Schalter vier. Melcher begab sich dorthin, eine bebrillte Dame undefinierbaren Alters saß hinter der Absperrung und begrüßte ihn durchaus freundlich. Jörg Melcher begann, sein Anliegen zu erklären und legte eine Vielzahl von Unterlagen vor. Die Dame, dem Schild nach eine Frau Döseke, blätterte in den Papieren. Sie schüttelte den Kopf und meinte, sie müsse kurz etwas klären, stand dann auf und verschwand in der Tiefe des Gebäudes. Die Zeit verging, Melcher warf einen gelangweilten Blick auf den Arbeitsplatz der Finanzangestellten. Ein Foto in einem Rahmen zeigte eine bebrillte, jüngere Ausgabe Frau Dösekes. Daneben lagen Papiere, ein zugeklapptes Kreuzworträtselheft, Stifte, Spitzer und andere Arbeitsutensilien. Unterm Schreibtisch standen eine Thermoskanne und eine graue Damenhandtasche. Am PC hingen verschiedene Notizzettel. Neugierig beugte sich Jörg vor, um lesen zu können, was auf ihnen notiert war. Auf einem gelben Klebeblatt standen eine Telefonnummer und ein Name. *0736172941 Nicolas S. anrufen.* Eine Aalener Vorwahl und Nicolas S., Jörg notierte rasch die Nummer. Im Hintergrund öffnete sich eine Türe und Frau Döseke kehrte zurück. Melcher nahm wieder seine alte Position ein. Ob das S. für Stetter stand? Der Mann hatte sich in Steuerproblemen befunden und war angeblich gewarnt worden. Von Frau Döseke? Die Steuerdame nahm wieder an ihrem Schreibtisch Platz, Melcher betrachtete sie unauffällig. Eine Frau Anfang vierzig oder fünfzig, mit einem glatten, ungeschminkten und nichtssagenden Allerweltsgesicht. Gekleidet war sie in einen graublauen Rock, darüber trug sie etwas Grünes, dazu eine Aldilesebrille. Das braune, schlecht gefärbte Haar war zu einem Dutt frisiert – die Frau sollte eine moderne Finanz-Mata-Hari sein? Das war nicht zu glauben, nein, das mit *Nicolas S.* und der Nummer musste ein Zufall sein.

Frau Döseke klappte die Unterlagen zu und wandte sich an Jörg.

„Ich bedauere, Herr Melcher, es tut mir leid, wir können Ihren Einwendungen nicht folgen. Ich habe die Unterlagen geprüft und einen Kollegen befragt. Ich sehe absolut keine Möglichkeit, einer Vollanrechnung Ihres Arbeitszimmers zuzustimmen. Gemäß § 36, a Abschnitt B. GewStG sowie § 45,3 EStG tritt hier die sogenannte Eigenvorbehaltsklausel in Kraft …“, begann sie eine weitschweifige Erklärung.

Melcher ließ die Erläuterungen und Paragrafen an sich vorübergleiten. Er war kein Steuerfachmann und man konnte ihm viel erzählen. Dann kam ihm plötzlich eine Idee; *Mata Hari* oder nicht, er probierte es.

„Mein Freund Nicolas, Sie wissen, Herr Stetter, hat mir gesagt, es gäbe trotz des § 36 eine Lösung.“

Überrascht, vielleicht auch ein wenig erschrocken hielt Frau Döseke in ihrem Sermon inne. „Herr Stetter, sagten Sie?“

„Genau, Nicolas Stetter, er kennt Sie gut, sagte er.“

„Richtig, Herr Stetter“, wiederholte Frau Döseke den Namen. Sie schlug erneut die Unterlagen auf und blätterte eine Weile in ihnen. Dann hielt sie abrupt inne.

„Das ist interessant, Herr Melcher“, sagte sie und deutete auf eine Stelle in der Mitte der Seite. „Die von Ihnen hier angegebene Größe wurde offenbar nicht genügend berücksichtigt. Ich glaube, Herr Melcher, in Ihrem Fall lässt sich vielleicht doch etwas machen. Rufen Sie mich morgen früh nochmals an.“

Kommissar Georg Kleidermann aus Ulm begrüßte Hauptkommissar Ehlers und sein Team.

„Tag Frank, sehe ich das richtig, ihr wollt hier übernehmen?“

Ehlers erklärte Kleidermann die Zusammenhänge, der Kollege nickte.

„Dann war Christian Steinacker also euer Hauptverdächtiger und jetzt ist er tot; so schnell ändern sich die Dinge. Zu den Fakten: Der Todeszeitpunkt ist zwischen 21:45 und 22:30 Uhr anzusetzen, die Todesursache ist ein Stich ins Herz. Wir haben jede Menge Fingerabdrücke, eine leere Whiskeyflasche und zwei Gläser. Wahrscheinlich gibt es auch genügend DNA-Spuren. Die Kollegen befragen die Nachbarschaft, ob jemand etwas gesehen hat. Der Tote lebte allein im Haus, das ist sein Büro, Frau Mayer, die Sekretärin, kommt täglich um halb neun, um die Papiere durchzugehen und so weiter. Aber das wisst ihr sicherlich."

Ein junger Polizist kam herein.

„Ich habe einen Zeugen", meldete er aufgeregt. „Eine Frau vom Haus gegenüber hat einen dunklen Wagen mit einem Stuttgarter Kennzeichen vor dem Haus stehen sehn. S-MJ, an mehr kann sie sich nicht erinnern. Ein Mann um die fünfzig habe den Wagen gefahren und der habe gegen halb neun an der Haustür geklingelt und sei ins Haus gegangen."

„Hat die Zeugin gesehen, wann der Mann das Haus wieder verlassen hat?", fragte Hauptkommissar Ehlers.

„Nein, das konnte sie nicht sagen. Aber ein anderer Zeuge, ein Rentner, der seinen Hund ausführte, will um kurz nach zehn Licht gesehen haben. Als er eine viertel Stunde später wieder am Haus vorbeikam, sei alles dunkel gewesen."

„Das sind eine Menge Angaben, sogar ein Autokennzeichen haben wir", meinte Ehlers zufrieden. „Diesmal geht uns der Bursche ins Netz. Bottenbeg, Travelone oder Wolfhard von Welsungen. Die Auswahl ist wirklich nicht mehr groß. Frau Wittmüller", wandte er sich an die Inspektorin, „überprüfen Sie bitte die Telefonanrufe, die der Tote in den letzten Tagen geführt oder bekommen hat. Herr Gödel, Sie befragen weiter die Nachbarschaft. Frau Hoffer, Sie gehen bitte dem KFZ-Kennzeichen nach. Claus und ich werden uns im Hause intensiv umschauen. Danke für eure Hilfe, Georg."

Jörg Melcher war mit sich uneins, wie er die Situation bewerten sollte. Gut, seine Steuerangelegenheit nahm eine positive Wendung, die Methode allerdings war fragwürdig. Die Sache schien oberfaul zu sein; mochte Nicolas Stetter auch als Täter ausscheiden, Melcher würde dennoch an ihm dranbleiben, der Kerl hatte jede Menge Dreck am Stecken.

Mittagszeit, Jörg ging in die Markthalle, um eine Kleinigkeit zu essen. Er setzte sich an einen Tisch, von dem aus er einen guten Blick auf die Halle hatte, dann sah er sich im Lokal um. Melcher erstarrte. Schräg gegenüber, nur drei Tische entfernt, saßen Andrej Bolkonski und eine Frau mit rötlichbraunen Haaren, die er ebenfalls kannte. Das war die Dame aus dem Immobilienbüro Breider in Baden-Baden, sogar der Name fiel ihm ein: Frau Kanze-Lösch. Die Zusammenarbeit der Firma Breider mit den Russen schien intensiver gewesen zu sein, als er im letzten Sommer gedacht hatte. Das erklärte das eine oder andere, was damals in Baden-Baden passiert war. Jetzt fehlte nur noch, dass Nicolas Stetter auftauchte. Doch den Gefallen tat ihm der Mann nicht. Melcher bestellte einen Kaffee und beobachtete das Pärchen. Der Kaffee kam, er trank einen Schluck, am anderen Tisch wurden Papiere ausgetauscht. Dann stand Andrej Bolkonski auf, schaute zu Melcher und ihre Blicke kreuzten sich. Der Russe stutzte einen Augenblick, grinste breit und kam dann zu Melchers Tisch geschlendert.

„Guten Tag, Herr Melcher. Das ist aber eine nette Überraschung. Wir haben uns lange nicht mehr gesehen."

„Ich weiß, zuletzt bei der Achterbahnfahrt im Europa-Park", entgegnete Jörg ruhig. „Dafür konnte ich hören, wie Sie in Basel Inspektor Stirke erschossen."

Bolkonski runzelte die Stirn, diese Information überraschte ihn sichtlich.

„Vielleicht ein akustisches Missverständnis?", meinte er langsam.

„Ich glaube nicht", erwiderte Melcher kühl.

„Tja", überlegte Bolkonski. „Könnte Geld Ihren Gehöreindruck korrigieren?", fragte er dann. „Nein? Das habe ich mir fast gedacht. Schade, aber möglicherweise lockt Sie etwas Anderes. Was halten Sie davon, wenn ich Ihnen die Rechte an meiner Begleiterin abtrete? Lydia ist eine schöne Frau. Sie zögern? Ach ja, ich vergaß, Sie sind bereits mit Frau Dr. Köppen verbunden. Dr. Köppen ist auch eine schöne Frau – und das sollte auch so bleiben, meinen Sie nicht?"

Andrej Bolkonski lachte, als er Melchers zornigen Blick wahrnahm.

„Machen Sie sich keine Gedanken, Herr Melcher, es wird Frau Dr. Köppen schon nichts passieren. Sie wissen, ich mag Ihre Art, an Probleme heranzugehen. Sorgen Sie einfach dafür, dass die Dinge bleiben, wie sie sind. Es kann sogar sein, dass ich ein paar Infos über den Europa-Park habe, die ich Ihnen, wenn ich meine aktuellen Geschäfte beendet habe, gratis zukommen lasse."

„Informationen sind immer gut", meinte Melcher trocken. „Haben Sie in Ihrem Angebot auch etwas über Nicolas Stetter?", fragte er harmlos.

„Stetter und seine Geschäfte gehen Sie nichts an!", fauchte der Russe sichtlich verärgert. „Merken Sie sich das!"

Andrej Bolkonski blickte auf seine Uhr. „Ich muss weiter,

denken Sie über das Gesagte nach", sagte er, jetzt wieder ruhig. „Ich weiß, Sie sind ein vernünftiger Mann, Melcher."

Bolkonski ging, ohne sich weiter um Lydia Kanze-Lösch zu kümmern. Jörg Melcher sah ihm nach, dann erhob er sich ebenfalls. Er wollte gerade die Treppe hinuntergehen, als sich ihm eine Hand auf die Schulter legte. Er drehte sich um, vor ihm stand Lydia Kanze-Lösch

„Was haben Sie mit Herrn Bolkonski zu schaffen? Und warum ist Andrej gegangen?"

„Das erkläre ich Ihnen gerne, Frau Kanze-Lösch", antwortete Melcher. „Vielleicht suchen wir uns ein anderes Café."

„Es gibt in Stuttgart sieben Fahrzeuge mit dunkler Lackierung, die das Kennzeichen *S-MJ* besitzen. Einer der Halter ist ein gewisser Jörg Melcher", berichtete Bianca Hoffer.

„Herr Melcher hat auch gestern Nachmittag bei Christian Steinacker angerufen", ergänzte die Inspektorin Wittmüller.

„Schon wieder dieser Melcher", rief Frank Ehlers. „Der Fall nimmt eine gänzlich neue Wendung. Hören Sie, Herr Gödel, ist Herr Melcher vielleicht auch Ihre geheimnisvolle Quelle?"

Wilhelm Gödel war von der Entwicklung der Untersuchung völlig überrascht. Konnte es sein, dass ihn der Reporter bewusst in die Irre geführt hatte? War Jörg Melcher der gesuchte Täter? Doch er schwieg.

„Jedenfalls will ich, dass der Mann sofort festgenommen wird", sagte Ehlers bestimmt. „Claus, schreib den Burschen zur Fahndung aus. Ich besorge beim Staatsanwalt einen Haftbefehl."

Das Telefon klingelte lang und anhaltend. Celine Deymrau nahm den Hörer und meldete sich. Am anderen Ende war Henry Bottenbeg.

„Christian ist tot“, stieß er hervor. „Seine Sekretärin hat ihn heute Morgen mit einem Messer in der Brust aufgefunden. Ich habe es eben erst erfahren!“

„Mein Gott, schon wieder ein Mord“, rief die Diva. „Wer ist als Nächstes aus unserer Runde dran? Ich habe Angst, Henry, richtig Angst. Glaubst du, es war Wolfhard?“

„Das ist unmöglich, Celine. Der Mord ereignete sich gestern Abend und da hattet ihr beide Probe, du und Wolfhard!“

„Ich bin ganz durcheinander; es stimmt, Wolfhard war die ganze Zeit mit mir auf der Bühne.“

Einen Augenblick lang herrschte Schweigen. Dann fragte Celine Deymrau.

„Und, Henry, hast du auch ein Alibi?“

„Ich war allein zu Haus. Zeugen gibt es dafür nicht.“

Oberinspektor Thelmann wollte gerade zum Kaffeetrinken gehen, da spuckte das Faxgerät eine Meldung aus, die ihm ein breites Grinsen abrang. Jörg Melcher, sein alter Intimfeind, war wegen Mordverdachts zur Fahndung ausgeschrieben. Thelmann wusste, was er zu tun hatte, denn er kannte Melcher und seine Gewohnheiten genau. Um diese Uhrzeit, es war kurz nach drei, würde Melcher in einem der Lokale in der Nähe des *Hans-im-Glück Brunnens* hocken und mit anderen Mitgliedern der Journaille quatschen. Diesmal, Freundchen, bist du fällig, dachte Thelmann. Er würde sich für die Geschichte vom letzten Frühsommer revanchieren; auch für all die anderen Situationen, in denen Melcher ihn und die Kollegen vorgeführt hatte. Thelmann rieb sich genüsslich die Hände. Dann brach er auf.

Jörg Melcher saß mit seiner Begleiterin im *Café Weiß* und unterhielt sich mit ihr über Andrej Bolkonskis Geschäfte. Sei es, dass Lydia Kanze-Lösch wirklich nichts wusste oder dass sie nichts sagen wollte, das Gespräch brachte Melcher kaum neue Informationen. Er wechselte das Thema und war gerade beim aktuellen politischen Geschehen angelangt, da klingelte sein Handy. Es war Wilhelm Gödel. „Hören Sie, Melcher“, kam der Kriminalist gleich zur Sache. „Christian Steinacker ist tot und Sie gelten als mordverdächtig. Am besten Sie stellen sich sofort, erzählen, was Sie wissen und klären die Angelegenheit auf. Oder haben Sie Steinacker umgebracht?“

„Nein, natürlich nicht“, antwortete Melcher. Weiter kam er nicht, denn ein eiserner Griff fasste nach seiner Schulter.

„Jörg Melcher, ich verhafte Sie wegen des dringenden Verdachts, Christian Steinacker ermordet zu haben!“, sagte Inspektor Thelmann.

Am Montagabend kehrte Mimi aus Zürich zurück. Von Flughafen versuchte sie mehrmals vergeblich, Jörg zu erreichen. Wo der sich wohl wieder herumtrieb, dachte sie ärgerlich und stieg in ein Taxi. Zu Hause packte sie erst mal alles aus, nahm dann ein ausgiebiges Bad und wählte erneut Jörgs Nummer, ohne Erfolg, er ging weder ans Handy noch ans Festnetztelefon. Ob er wieder in Heidenheim war oder sonst wie auf Tour? Sie entschloss sich, in der Augustenstraße vorbeizuschauen. Sie fuhr rüber, stellte den Wagen beim *Move* ab und lief zum Haus, in dem Jörg wohnte. Mimi schloss auf und stieg hoch in den dritten Stock. Vor der Tür blieb Mimi überrascht stehen. Der Eingang war mit einem Polizeisiegel verklebt. Mein Gott, war Jörg etwas geschehen? Sie wählte kurz entschlossen die Nummer von Melchers Verlegerfreund S. Kahn.

„Das sieht nicht gut aus für Sie, Herr Melcher, gar nicht gut", sagte Hauptkommissar Ehlers. „Am 22. November letzten Jahres wird Diana Henners ermordet. Sie sind am gleichen Tag in Heidenheim, auch am Abend, wie wir wissen. Es gibt dafür Zeugen. Und Sie erzählen Inspektor Gödel eine Räuberpistole, Herr von Welsungen habe die Tote entdeckt und die Tatwaffe entfernt. Nur, Herr von Welsungen weiß davon nichts. Die nächste Geschichte ist noch fantastischer. Sie wollen allen Ernstes behaupten, Diana Henners' Leichnam sei durch Herrn Steinacker entfernt, in einem Plastiksack gesteckt und in der Brenz versenkt worden? Das ist doch Unfug. Ich will Ihnen sagen, wie es wirklich war. Sie haben, aus welchen Gründen auch immer, Diana Henners ermordet und die Tote in die Brenz geworfen. Zeit und Gelegenheit hatten Sie zur Genüge. Als im Mai Frau Henners' Leichnam entdeckt wird, sind Sie sofort an Ort und Stelle. Wahrscheinlich aus Sorge, etwas übersehen zu haben. Sie nehmen am gleichen Tag Kontakt zu Michél Rotgießer-Burger auf, zu der Frau, die nach Zeugenaussagen den Mörder gesehen haben könnte. Wenige Tage später ist Frau Rotgießer-Burger tot, Sie sind natürlich vor Ort. Zufällig sind Sie auch am Abend der Ermordung von Frau Dr. Veronika Tauberger im *Lokschuppen* anwesend. Auch diese haben Sie, wie wir wissen, vorher besucht. Sie lassen belastende Fotos verschwinden und Sie sind zwei Tage später der letzte Gast bei Christian Steinacker. Ihre Fingerabdrücke finden sich im Büro, Ihre DNA stimmt mit der, die auf einem Glas gefunden wurde, hundertprozentig überein. Zeugen sahen Ihren Wagen. Gestehen Sie, Herr Melcher, es ist aus!"

„Das ist der größte Blödsinn, den ich je gehört habe, Herr Ehlers", antwortete Melcher ruhig. „Und ich dachte, Sie hätten was drauf."

„Faseln Sie nicht, Mann!", schaltete sich Kommissar Lederer ein. „Haben Sie immer noch nicht kapiert, dass wir Sie endlich haben?"

„Fange ich bei dem Einfachen an", sagte Melcher, ohne Lederer zu beachten. „Als Frau Rotgießer-Burger ermordet wurde, war ich mit Ihnen, Herr Ehlers zusammen. Das dürfte Ihnen wohl bekannt sein. Zum Zeitpunkt der Ermordung von Veronika Tauberger saß ich mit mehreren Gästen, u.a. mit Frau Dr. Köppen im Zuschauerbereich. Und als ich gestern vom Haus Steinacker aufbrach, lebte mein Gastgeber noch. Ich fuhr nach Stuttgart, wo ich gegen half elf ankam. Was später geschehen ist, weiß ich nicht, da fragen Sie besser Herrn Travelone, der kam dazu und blieb noch, als ich ging. Und mit Frau Henners' Tod habe ich genauso viel zu tun, wie nahezu alle anderen, die am 22. November in Heidenheim waren, nämlich nichts."

„So, so", sagte Hauptkommissar Ehlers. „Fangen wir mit dem gestrigen Mord an. Was wollten Sie von Christian Steinacker?"

Dienstag, 24. Mai

Der Verleger S. Kahn ließ seine Beziehungen spielen und bald wurde klar, dass Jörg Melcher verhaftet und nach Heidenheim überführt worden war. Voller Zorn fuhr Frau Dr. Köppen in Begleitung eines Anwalts ebenfalls dorthin. Dr. Schellenecker, Teilhaber einer größeren Anwaltskanzlei in Stuttgart-Degerloch und ein alter Schulfreund Miriams, gelang es innerhalb einer Stunde, Melcher frei zu bekommen. Frau Dr. Köppens Aussage, sie habe mit Melcher am Sonntagabend um halb elf telefoniert, wurde von der betreffenden Telefongesellschaft bestätigt. Als sie dann, unabhängig von Jörg, ebenfalls von Welsungens Geschichte berichtete, musste Ehlers zugeben, dass er sich geirrt haben könnte. Er ließ Wolfhard von Welsungen aus der Probe holen und verhörte ihn nochmals intensiv. Schließlich gab der Sänger zu, dass Melchers und Frau Dr. Köppens Aussagen stimmten. Ja, er habe in besagter Nacht Diana Henners tot aufgefunden und die Tatwaffe entfernt. Am nächsten Tag aber sei die Tote offenbar verschwunden gewesen. Eigentlich habe er schon am letzten Samstag zur Polizei gehen wollen, um sein Tun zu offenbaren. Doch dann sei Christian ermordet worden und er habe vermutet, Melcher wolle seine Aussagen benutzen, um von sich als Täter abzulenken. Deshalb habe er die Wahrheit geleugnet. Der Komponist Peter Travelone, der pünktlich zu seiner Ladung erschienen war, gab allerdings an, er habe am Sonntagabend Christian Steinacker nicht besucht, das sei an einem anderen Abend gewesen, Herr Melcher müsse sich irren. Er halte übrigens Herrn von Welsungen für den Mörder der Frauen. Warum Christian Steinacker ermordet worden sei und wer als Täter in Frage käme, wisse er nicht. Allerdings habe der Tote vor kurzem angedeutet, ihm sei etwas aufgefallen. Travelones Aussage stand im Widerspruch zu den Angaben des Reporters, doch der Mann wirkte in seiner Ruhe und Gelassenheit durchaus glaubwürdig. Zudem hatte am Sonntag niemand Travelone gesehen und Spuren seiner angeblichen Anwesenheit gab es auch nicht. Hauptkommissar Ehlers musste ihn gehen lassen. Auch Melcher wurde entlassen.

Der Fall ging einfach nicht weiter.

Am Mittwoch, den 25. Mai waren Jörg Melcher und Mimi in Wilhelm Gödels neuer Wohnung eingeladen. Sie saßen bei Kaffee und einem vom Gastgeber selbst gebackenen Kuchen. Ihr Gespräch drehte sich, wie zu erwarten, um den „Opernmord".

„Wissen Sie, Herr Melcher", sagte Wilhelm Gödel, „es geht mit dem Fall einfach nicht weiter. Angenommen, Sie haben recht und Peter Travelone ist wirklich der Täter, dann haben wir einige Probleme. Es gibt keine Beweise und auch kein plausibles Motiv. Besonders, da Wolfhard von Welsungen die Tatwaffe hat verschwinden lassen und, wenn Ihre Geschichte stimmt, durch Steinackers Aktion der Täter jede Menge Zeit gewinnen konnte. Aber ich habe eine Idee. Sie sind doch so interessiert an dem Fall …“

„Sie meinen, ich soll der Polizei aus der Patsche helfen – und das, nachdem Ehlers so ‚freundlich‘ aufgetreten ist?“, fiel ihm Melcher ins Wort. „Soll ich für euch den Hilfssheriff spielen?“

„Verstehen Sie mich nicht falsch, Herr Melcher“, erwiderte Gödel. „Sie sollen nicht an den Ermittlungen beteiligt werden. Nein, es geht vielmehr darum, Sie zu bitten, uns bei einem bestimmten Aspekt der Ermittlung zu unterstützen und somit uns zu helfen.“

„Welchen Aspekt meinen Sie?“, fragte Melcher. „Unter einer solchen Bezeichnung kann ich mir alles und jedes vorstellen.“

„Konkret geht es darum, unsere letzten beiden Verdächtigen in eine Falle zu locken“, erklärte der Oberinspektor geduldig. „Wenn Travelone Steinacker getötet hat, dann weil dieser etwas wusste. Das Gleiche gilt im Zweifelsfall auch für Henry Bottenbeg. Ihre Aussage belastet Travelone. Wie wäre es, wenn Sie den Mann aufsuchten und zur Rede stellten? Vielleicht gibt er in einer Streitsituation mehr von sich preis oder Ihnen fällt etwas auf. Jedenfalls würden wir Sie verkabeln und …“

„Ich glaube nicht, dass Peter Travelone sich verplappert“, wandte Miriam Köppen ein. „Und ich halte Jörg auch nicht für den Richtigen, um eine Person wie Travelone aus der Reserve zu locken. Nein“, sagte sie nachdenklich, „das wäre eher die Aufgabe einer Frau. Einer Frau, die sich um Travelone kümmert …“

„Aber das machst nicht du, Mimi“, wandte Melcher ein. „Du weißt aus Erfahrung, wie gefährlich Lockvogelspiele sein können.“

„Warum nicht? Ich könnte mir das Ganze so vorstellen. Du, Jörg, provozierst Travelone und dann erscheine ich auf der Bühne und nehme mich seiner an.“

„Wie soll das gehen, Mimi? Was meinst du mit ‚annehmen‘“?

„Das kann man nicht planen, lass es uns einfach versuchen.“

Sie diskutierten eine Weile hin und her, dann stimmte Melcher schließlich zu. Wenn Mimi sich etwas in den Kopf gesetzt hatte, ließ sie sich kaum von ihren Ideen abbringen.

„Aber Herr Gödel“, sagte Jörg. „Ich habe noch ein anderes Anliegen und das betrifft Nicolas Stetter und seine Geschäftskontakte.“

Dann erzählte er von seinen neuesten Beobachtungen und vom Auftreten des Herrn Andrej Bolkonski.

„Von Stetters Steuerproblemen habe ich auch gehört, sagte Gödel nachdenklich und versprach, dem Ganzen unverzüglich nachzugehen. Sein Unfall neulich, erzählte Gödel noch, sei von einem angetrunkenen Fahrer verursacht worden. Eine Streife habe den Mann in Aalen gestoppt.

„Also kein Attentatsversuch des Mörders, um die Ermittlungen aufzuhalten“, meinte Gödel. „Eigentlich schade, sonst hätten wir den Mann bereits in Gewahrsam.“

Zur ersten „Provokation“ kam es am Sonntag, den 29. Mai. Jörg und Miriam besuchten gemeinsam die Eröffnung der Heidenheimer Opernfestspiele im Foyer des Congress Centrums. Den Anfang machte Oberbürgermeister Bernhard Gil, der die Gelegenheit nutzte, nicht nur die Operngemeinde zu begrüßen, sondern auch interessante Interna preiszugeben. Der künstlerische Leiter Martin Busch bleibe den Opernfestspielen treu, denn sein Vertrag sei über das Jahr 2014 hinaus verlängert worden. Und vor wenigen Tagen sei der Dirigent zum dritten Mal Vater geworden. Abschließend meinte OB Gil, man solle keine Furcht vor den Zeitgenossen, dem Festival für Neue Musik im Rahmen der Opernfestspiele haben, schließlich sei Beethoven selbst einmal „Neue Musik" gewesen. Dann gab das *Trio Wanderer* mit den Lettres Mêlées für Violine, Violoncello und Klavier von Thierry Escaich den Auftakt für die Fidelio-Saison. Eine gewaltige und spannende Komposition, die der Fantasie einen Spaziergang durch ein imaginäres Spukhaus bot, wobei der Geist im Konzertflügel von den beiden Streichern in den oberen Lagen, sozusagen auf dem Dachboden, aufgestöbert wurde. Danach erfolgt dessen panische Flucht ... Im Gedächtnis blieb auch die Interpretation von Beethovens Trio G-Dur op. Nr. 2. Ein Stück, das den Hörer umschmeichelte und gefangen nahm. Das Publikum ließ sich gerne fesseln, vom Stück wie vom beeindruckenden Zusammenspiel der *Wanderer*. Deren Perfektion war auch im dritten Stück zu spüren. Johannes Brahms' Trio Nr. 1 H-Dur op. 8 – herber, aufwühlender als Beethoven, gerade richtig nach dem Escaich. Entsprechend begeistert war der Applaus, zwei Zugaben folgten und die Opernfestspiele waren eröffnet.

Vor dem eigentlichen Beginn gelang es Jörg, Peter Travelone zu begegnen. Der Komponist stand am Eingang, offenbar im Anblick der eintreffenden Gäste vertieft. Melchers Erscheinen machte Travelone trotz seiner Falschaussage kein bisschen verlegen. Er begrüßte ihn geradezu überschwänglich und begann, als Jörg bei ihm stehen blieb, ein Gespräch über das Programm der Musikspiele. Er lobte allgemein den Aufbau und die Stückauswahl, kritisierte aber, dass die Gegenwartskompositionen zu wenig berücksichtigt würden.

„Beethoven und Brahms. Gut, Thierry Escaich mit den *Lettres Mêlées* lass ich gelten, aber sonst ist kaum ein Stück jünger als dreißig Jahre."

Über sein Gesicht huschte kurz ein Schatten. Melcher hatte auf einmal das Gefühl, als zeige Travelone eine unbekannte Seite; es mochte sich lohnen, das Thema zu vertiefen.

„Kommt das Publikum auch in den Genuss Ihrer Kompositionen?", fragte Melcher harmlos. Die Gesichtszüge Travelones verdüsterten sich.

„Im Festkomitee sitzen fast durchweg Banausen. Es geht primär um den Kommerz und nicht um die Kultur."

„Aber Sie sind doch bekannt!", rief Melcher. „Wer hätte nicht schon Teile aus *Faustens Weheklage* gehört?"

Ohne Melcher zu antworten, drehte sich der Komponist abrupt um und eilte hinaus. Dabei stieß er mit Miriam Köppen zusammen, blieb jedoch nicht stehen, sondern eilte ohne ein Wort der Entschuldigung weiter.

Mimi starrte Travelone verblüfft nach.

„Das ging wohl schief", sagte sie zu Melcher, als er zu ihr kam.

„Das denke ich nicht, ich glaube vielmehr, Peter Travelones wunden Punkt gefunden zu haben."

Nach dem Konzert trafen sie sich zum Essen mit Wilhelm Gödel, der von Frau Kerstdorf, der Dame vom *Lions Club* begleitet wurde; diesmal aßen sie in der *Linde* in der St.-Pöltener-Straße.

„Mit Ihrem Hinweis auf Stetters russische Geschäfte haben Sie einiges losgetreten, Herr Melcher", sagte Gödel beiläufig, während er die Speisekarte studierte. „Ich nehme die geschmorte Lammkeule und was nimmst du, Sara?“, fragte er seine Begleiterin. „Den Rehbraten mit Wildrahmsauce und Pilzen.“

„Was habe ich losgetreten?“, fragte Melcher und bestellte für Miriam und für sich den ‚Schwabenstreich‘.

„Nun“, erklärte Wilhelm Gödel. „Nicolas Stetter und Andrej Bolkonski hatten eine größere Sache am Laufen. Es ging dabei offenbar um Stahlausfuhren und EU-Subventionen. Stetter und dieser Russe, er trat unter dem Namen Andreas von Balkosk auf, haben mithilfe manipulierter Produktionszahlen, so die Angaben der Kollegen der Abteilung Wirtschaftskriminalität des LKAs, ohne Wissen der Firmenleitung größere Summen an EU-Geldern auf unterschiedliche Konten transferiert. Es wird noch Wochen und Monate dauern, bis alles geklärt ist; wenn eine solche Klärung überhaupt je gelingt. Nicolas Stetter und seine Anwältin wurden gestern verhaftet und Ihr Spezialfreund Bolkonski ist mal wieder abgetaucht. Mit den Morden hat Stetter allerdings nichts zu tun. Seine Alibis für den 22. November und für den Sonntag sind felsenfest.“

„Spielt der 22. November noch immer eine Rolle?“, fragte Sara Kerstdorf. „Nach wie vor“, antwortete Wilhelm Gödel. „Wieso? Sag bloß, Nicolas Stetter war an dem Abend doch nicht im Club.“

„Nein, das nicht. Mir ist nur aufgefallen, dass auf dem Bild, das am Ende des Konzertes von Peter Travelone aufgenommen wurde, eine Uhr zu sehen ist. Auf der Uhr ist es erst dreiviertel neun und nicht einundzwanzig Uhr.“

„Travelone konnte also locker nach Heidenheim fahren und Diana Henners ermorden. Aber ein Beweis ist das nicht.“

„Warum sollte er die Frau denn überhaupt töten?“, fragte Sara Kerstdorf.

„Vielleicht, weil sie seine Kompositionen nicht singen wollte?“, mutmaßte Mimi.

„Das wäre eine Möglichkeit“, sagte Jörg Melcher. „Künstler haben mitunter die abwegigsten Ideen.“

Wilhelm Gödel lachte. „Ich dachte immer, die Kunst sei etwas Höheres, das den Menschen adeln würde.“

„Es gibt auch Künstler, die zum Mörder wurden“, bemerkte Mimi. „Denkt an Caravaggio!“

„Auch der Komponist und Fürst Carlo Gesualdo brachte 1590 seine Frau aus Eifersucht um“, warf Sara Kerstdorf ein. „Ich glaube, keiner ist vor Mord aus Leidenschaft geschützt.“

7. Vor ihm lag ein dämmriger Flur

Joseph stieg langsam weiter die Treppe empor, bis er die oberste Etage erreichte. Eine Tür auf der linken Seite war halb geöffnet. Er drückte sie langsam weiter auf und trat in die dahinter liegende Wohnung. Vor ihm lag ein dämmriger Flur. An seinem Ende schien ein schmales Lichtband. Joseph lief auf den Schein zu. Das Licht fiel aus einem Türspalt. Vorsichtig berührte er die Tür. Sie schwang ins Innere des Raumes. In der Mitte des Zimmers zwei Sessel und ein Tisch. Darauf ein Tablett mit Sektkelchen und einer Flasche Pommery. Am Fenster stand die junge Frau, ganz in Schwarz. Sie schien wirklich auf Joseph gewartet zu haben. Sie wies auf die Sessel. „Setzen wir uns! Ein Glas Champagner?“ „Gern.“ Sie schenkte ein, hob ihr Glas. „Santé!“

In der nächsten Woche versuchten Mimi und Jörg mehr über Peter Travelones Musik und Leben in Erfahrung zu bringen. Sie fuhren am ersten Juniwochenende nach München, wo Travelone und zwei der ermordeten Frauen einige Zeit gelebt hatten. Es war lange her, dass Melcher vor seiner Berliner Zeit selbst ein Jahr in München gewohnt hatte. Mit seiner damaligen Freundin war er nächtelang durch Schwabings Discotheken gezogen und hatte sein Leben ohne große Pflichten primär den städtischen Freuden gewidmet. Der Viktualienmarkt, der Englische Garten, die Kaufinger Straße, der Marienplatz und die Gegend um den Rosenheimer Platz waren seine Lebenszentren gewesen. Mit – jetzt hatte er sogar ihren Namen vergessen, vielleicht hieß sie Anna oder Hilde oder Thea, sagen wir Sophie –, mit Sophie also wohnte er in einer kleinen Zweizimmerwohnung mit Blick auf das Gräberfeld des Ostfriedhofs. Aber das störte sie nicht weiter; jung waren sie, Anfang zwanzig und fast jeden Abend und jede Nacht unterwegs. Auf Spaziergängen durch die dunklen Straßen der Stadt, auf Partys, in Discos, auf den Pfaden der Liebe, der Trips und der Träume; die 80er Jahre, eine wilde, eine verrückte Zeit. Sophie hatte herrlich lange, schwarze Haare, grüne Katzenaugen und ein wahres Madonnengesicht. Dazu eine Figur, die selbst Heilige hätte die Seite wechseln lassen. Das Besondere an Sophie war allerdings ihre frische Art gewesen, an das Leben heranzugehen. Voller Optimismus und Freude, ziemlich konträr zu Melchers heutigem Lebenszynismus. Das alles aber war lang her, verdammt lang her, dachte Melcher und seufzte.

„Na, Jörg, fallen dir mal wieder die Sünden deiner schlimmen Jugend ein?“, fragte Mimi von der Seite. Sie schlenderten durch den Englischen Garten hin zum Chinesischen Turm. Fahrradfahrer kreuzten den Weg, auf den Wiesen lagen halbnackte Sonnenanbeter, Jugendliche spielten Ball oder warfen Scheiben durch die Luft.

„Was sonst, Mimi?“, antwortete Jörg. „Ein alter Sünder denkt ab und zu gern an sein wildes Treiben zurück.“

Sie waren mit Christoph Trost am Chinesischen Turm verabredet; Christoph Trost war auch so ein Sünder aus alten Zeiten. Er hatte in den 80ern als Regisseur von neudeutschen Filmen einige Lorbeeren gepflückt und galt lange Zeit als Hoffnungsträger der neuen Filmkunst, bis er überraschend in die Werbebranche wechselte und nur noch Spots drehte. Finanziell hatte sich dieser „Sündenfall“ gelohnt; in der Künstlerszene sah man ihn als Verräter an und verachtete seine Kapitalstärke. Die Partys, die er regelmäßig gab, wurden trotzdem gern besucht.

Der neue Erfolg hatte Trost breit und füllig werden lassen und ihn sämtliche Haare gekostet. Er saß schon auf einer Bank, vor ihm stand die erste Maß. Trost begrüßte Melcher und warf einen anerkennenden Blick auf Mimi.

„Lang nicht gesehen, Jörg. Aber ich denke, du suchst mich nicht aus alter Sehnsucht auf, sondern du willst Informationen."

„Genau, was weißt du über Peter Travelone?"

Musik, das war es, wofür er lebte. Die Materie, in der er schwamm, die er trank und aus der er schöpfte. Geniales schuf wie *Faustens Weheklage,* wie *die Dreiklangfuge*, wie *Gedenken an Bruno M.* und des *Feuerofens Nachtgesang*. Dennoch hatte sie die Rolle der Gretha nicht singen wollen und nur, weil zur Rolle erforderlich war, ohne Hüllen, nackt und pur aus blauen Fluten emporzutauchen. Ein Symbol der Romantik, die Botschaft der Ewigkeit und Diana hatte ihn ausgelacht. Ihn, das größte Musikgenie der Gegenwart, den wahren *Magister Ludi et Musicae*. Ihn, ihren Meister und Geliebten. Mehr noch, sie musste dafür gesorgt haben, dass sein Werk von der Festivalliste entfernt wurde. Dann hatte er sie an jenem Novemberabend zufällig in der Stadt gesehen. Sein Konzert war früher zu Ende und er war mit Veronika verabredet gewesen, die im Hinblick auf das Festival vielleicht noch etwas machen konnte. Diana schien auf jemanden zu warten, er ließ die Verabredung sausen und wartete im Schatten mit. Schließlich nahm sie den Weg zur Burg und er war ihr gefolgt. Hatte nur wissen wollen, was sie dort wollte und dann …

„Peter Travelone und seine spezielle Fangruppe hatten Ende der 90er Jahre ihre große Zeit. Er selbst lief im Styling der 70er als lebende Pop-Art Ikone umher. Seine Anhänger, zumeist Frauen, trugen Kleider in Silber und Schwarz und er führte eine Art von Stefan-George-Kreis. Travelone fiel auf und hatte

Erfolg; zwei Frauen aus seinem Jüngerkreis wurden ebenfalls bekannt. Die eine, Diana Henners, mit der er einige Zeit eng liiert war, ging zur Oper und die andere, ich weiß nicht mehr, wie sie hieß, wurde Musikerin und hatte mit einer Jazzband ziemlich Erfolg. Vor acht, neun Jahren verschwand Peter Travelone aus München. Angeblich kommt er aus einem kleinen Dorf zwischen Heidenheim und Aalen und soll dorthin zurückgekehrt sein. Mehr weiß ich nicht von Travelone, ich hoffe, du kannst etwas damit anfangen", beendete Trost seine Auskunft.

Travelone und Diana Henners waren also alte Bekannte. Und die andere Frau mit „der Jazzband" musste Veronika Tauberger gewesen sein. Komisch, dass sie davon nichts erzählt hatte, überlegte Melcher, fand aber keine Antwort. Am frühen Abend zogen Jörg und Mimi noch durch die einschlägigen Lokale Schwabings, doch viel mehr als das was Trost erzählt hatte, erfuhren sie nicht.

Auf dem Rückweg machten sie kurz in Ulm Halt, um Henry Bottenbeg von ihren Rechercheergebnissen zu berichten.

„Der Fall muss rückwärts betrachtet werden", erklärte Jörg. „Ich bin sicher, dass Travelone Christian Steinacker ermordet hat. Er blieb in der Wohnung, als ich ging, sein Leugnen des Besuches ist eine klare Bestätigung. Steinacker muss am Freitag, als Veronika Tauberger auf offener Bühne ermordet wurde, etwas gesehen haben, was Travelone belastet hätte. Deswegen musste Steinacker sterben. Auch von Veronika befürchtete Travelone, dass sie Näheres über seine Morde an Michél und Diana wusste. Wobei er sich möglicherweise irrte. Als ich mit Frau Tauberger sprach, schien sie nichts zu wissen. Sie erzählte nur, dass Sie sie am Montag zuvor besucht hätten, Henry."

„Das stimmt, ich habe gefragt, ob sie wisse, wen Diana habe treffen wollen."

„Vielleicht ist ihr später etwas eingefallen und sie hat Peter Travelone angesprochen. Sie muss ihn jedenfalls aus ihren Münchner Zeiten gekannt haben. Beim Fall Michél Rotgießer-Burger wissen wir am wenigsten. Ihr Mann war nicht der Täter, das ist sicher und sie hat am Abend des 22. Novembers definitiv etwas gesehen, auch das ist bekannt. Grund genug für Peter Travelone, Frau Rotgießer-Burger auszuschalten", sagte Melcher. „Und ich erinnere mich, am Tatort kurz ein bekanntes Gesicht gesehen zu haben. Aber, ob das Travelone war, vermag ich nicht zu sagen."

„Bis dahin scheint mir alles klar, trotz der einen oder anderen Spekulation", meinte Henry Bottenbeg. „Aber warum hat Peter Diana umgebracht? Das verstehe ich nicht!"

„Vielleicht, weil sie sich weigerte, eine Rolle in einem Werk von ihm zu übernehmen? In München gehörte sie, wie wir heute erfuhren, zu seinem Jüngerkreis."

„Das ist doch Ewigkeiten her", wehrte Bottenbeg ab. „Mord aus verschmähter Liebe ist ein gängiges Motiv, aber Mord aus verschmähter Kunst?"

„Es könnte auch eine Mischung aus beidem gewesen sein", sagt Mimi.

Gegen Mitternacht fuhren sie nach Stuttgart zurück

Vetter Thomas aus Bartholomä, mit dem Melcher ein paar Tage später telefonierte, bestätigte, dass Peter Travelone im Ort geboren sei; sonst wusste er nichts über den Mann zu berichten. Es blieb dabei; auch wenn alles auf Peter Travelone als Mehrfachmörder zu deuten schien, es gab keine konkreten Beweise und der Komponist blieb ein Buch mit sieben

Siegeln – und auf freiem Fuß. Sonnenheiße Sommertage folgten.

Am Samstag vor Pfingsten besuchten Wilhelm Göbel und Sara Kerstdorf bis spät in die Nacht das Heidenheimer Straßenfest. Der folgende Sonntag war herrlich sonnig und sie entschlossen sich am Mittag zu einem Ausflug zum Mittelaltermarkt auf Burg Katzenstein. Bunte Zelte lockten, Dudelsackpfeifer lärmten und Landknechte marschierten mit Helmen und Hellebarden umher und im Mauselabyrinth versteckte sich die Zaubermaus. Göbel und Sara standen vor der Ausstellung der Folterinstrumente, alles sehr spitze, sehr übel aussehende Konstruktionen. Sara schauderte, der Oberinspektor hingegen betrachtete eher nachdenklich die Instrumente. Wie wohl der Sachstand beim *Opernmord* wäre, wenn aktuell mittelalterliche Verhörmethoden zur Anwendung kämen? Das war böses und unkorrektes Denken, schalt er sich selbst; sie wandten sich ab und stellten sich oben bei *Olis Striezeley* für den Rundkuchen an. Der Abend endet mit einer großen Feuershow.

Mimi und Jörg verbrachten ein paar Tage in Florenz auf den Spuren der Kunst. Sie wohnten in einem Hotel in der Innenstadt, einem Palazzo, der angeblich den Medici gehört haben sollte. Dann wurde es Juli, die Schulferien begannen in den nördlichen Bundesländern und auf den Autobahnen bildeten sich die ersten Großstaus. Im Mordfall Diana Henners war alles beim Alten geblieben, Hauptkommissar Ehlers war kurz davor, seine Tätigkeit zu beenden und den Fall, genauer die Fälle zu den Akten zu legen. Aber vier Tote ließen sich nicht so einfach in Ordner hüllen und verstecken, dafür sorgte schon die Presse. Doch zum Glück füllten sich die Spalten mit Berichten über die Opernfestspiele.

Die Fidelio-Premiere rückte näher und Jörg Melcher überraschte Mimi mit zwei Karten für die Aufführung am 8. Juli hoch oben im Schloss, wofür sie ihm um den Hals fiel.

Am Nachmittag des 8. Juli fuhren sie von Stuttgart nach Heidenheim und nahmen wieder Quartier im Schlosshotel auf dem Schlossberg, hoch oben über der Stadt. Sie kleideten sich für den Abend um. Jörg Melcher schlüpfte in einen hellen Sommeranzug, den er in Florenz erworben hatte. Mimi zog ein leichtes, fast schwebendes Seidenkleid in heller Fliederfarbe an. Um halb acht liefen sie langsam den kurzen Weg zum Schloss hinüber.

Die Schlossspiele hatten eine lange Tradition. Bereits im Mittelalter fanden im Hof des Schlosses Hellenstein Minnesängerwettbewerbe statt. Mitte der 1960er Jahre erinnerte sich der damalige Musikdirektor dieser Tradition und organisierte die ersten Schloss-Serenaden. Fünf Jahre später wurde das Repertoire durch kleinere Spielopern erweitert. 1977 stand mit der *Entführung aus dem Serail* erstmals eine größere Inszenierung auf dem Programm.

Heute Abend erwartete Mimi und Jörg *Fidelio*. Die Oper spielt Ende des 18. Jahrhunderts in einem Staatsgefängnis in Sevilla und erzählt die Geschichte der heroischen Leonore, der es gelingt, ihren Geliebten Florestan aus dem Gefängnis zu befreien und vor dem Tod zu retten. Die Handlung war simpel.

„Florestan wird von Don Pizarro in Kerkerhaft gehalten", las Jörg aus dem Programmheft vor. „Florestans Frau Leonore schleust sich unter dem Namen Fidelio verkleidet beim Kerkermeister Rocco ein. Dessen Tochter Marzelline verliebt sich in Fidelio. Fidelio nutzt Roccos Vertrauen, um mit ihm den Kerker zu besuchen. Doch er darf nicht zu einem besonderen

Gefangenen gehen. Leonore ahnt, dass dieser ihr Ehemann Florestan ist – und so weiter, du weißt, wie das Ganze endet."

„In neuerer Zeit gab es einige Inszenierungen, die alles auf den Kopf stellten. In einer tötet Pizarro Florestan, woraufhin Leonore Pizarro erschießt", erwiderte Mimi. „Lassen wir uns überraschen, ob heute auch geschossen wird."

Sie nahmen ihre Plätze in Reihe D 22 am Rand des Zuschauerraums ein und sahen sich neugierig im Schlosshof um. Vorn, vor der grandiosen Kulisse der alten Burgmauer, war die Bühne aufgebaut. Davor der Orchestergraben. Das Publikum trug meist leichte Sommergala, denn der Himmel und das Wetter spielten mit, es war ein warmer, angenehm lauer Sommerabend. Drüben sah Melcher Kollegen von der Presse, die einen lokalen Politiker interviewten. Auf der anderen Seite eine nette Überraschung: Wilhelm Gödel mit seiner Sara – er ebenfalls im leichten Anzug und sie in einem schlichten, aber sehr eleganten dunklen Kleid -, die ihnen zuwinkten. Und dann, als Melcher sich umdrehte, ein Gesicht, das er nicht erwartet hatte. Der Mann einige Meter hinter ihm ähnelte stark Andrej Bolkonski! Jetzt wandte er sich ab, drehte sich wieder um, eine Gruppe schob sich ins Bild. Dann sah Melcher ihn wieder; nein, der Mann war es doch nicht. Was sollte auch Bolkonski hier? Bolkonski, keine fünf Meter von ihm entfernt? Er musste sich irren, hatte sich geirrt. Aber den Anzugträger dort links, im auffälligen Gelb und Rot, den Mann erkannte er mit Gewissheit. Das war Peter Travelone. Wieder einer dieser merkwürdigen Zufälle. Bolkonski und Travelone, das gefiel Melcher nicht. Schon wollte er aufstehen, um den scheinbaren Bolkonski nochmals aus der Nähe zu betrachten – da erlosch das Licht und alles, auch die Bühne, lag im Halbdunkel. Ein dunkles Gefühl stieg in Melcher auf und er fühlte eine eigenartige Unruhe; dann erklangen die ersten Töne der Ouvertüre und füllten das Rund. Er beruhigte sich, Bolkonski konnte hier nicht sein und gegen Travelone hatte er nichts in der Hand. Ein erster Scheinwerfer enthüllte einen Teil der Bühne, ungewisse Schemen zeigten sich am Rand. Das Stück begann mit dem 1. Akt im Gefängnishof:

Jaquino beschwört Marcelline, ihn endlich zu heiraten, doch das Mädchen hat größeren Gefallen an dem neuen Gehilfen Roccos gefunden, es folgt die Arie: *O, wär' ich schon mit dir vereint.* Unverdrossen wirbt Jaquino weiter im Duett: *Jetzt Schätzchen, jetzt sind wir allein.* Boten erscheinen, die ihm Briefschaften für den Gefängnisgouverneur überbringen, und Marcellines Vater. Im Garten zeigt sich Fidelio, der Besorgungen in der Stadt für Rocco gemacht hat und Lob dafür erntet. Rocco ist überhaupt geneigt, Fidelio, der sich in allen Hinsichten als treu und brav und fleißig erweist, zum Schwiegersohne zu nehmen. Immer mehr und mehr verdichtete sich jetzt die Handlung, es folgten das Quartett: *Mir ist so wunderbar* und das Terzett: *Gut, Söhnchen, gut.* Don Pizarro erscheint, um die für ihn eingetroffenen Briefe in Empfang zu nehmen, darunter die Nachricht, der Minister wolle in Bälde eine Besichtigung des Gefängnisses vornehmen. Darauf plant Pizarro, Florestan zu ermorden und singt die Arie: *Ha, welch ein Augenblick.* Leonore erfährt alles: *Abscheulicher! Wo eilst du hin? Was hast du vor in wildem Grimme? Des Mitleids Ruf, der Menschheit Stimme – rührt nichts mehr deinen Tigersinn?* Sie bewirkt bei Rocco, dass dieser die Gefangenen nach draußen lässt, was der Chor gehörig besingt, doch Florestan ist nicht unter ihnen, wie sie enttäuscht bemerkt.

Es folgte die Pause, in der Jörg Melcher und Mimi mit Wilhelm Gödel und seiner Dame ein Glas Sekt tranken und ein wenig umherflanierten. Das Publikum schien von dem bisher Gehörten und Gesehenen begeistert, besonders Celine Deymraus Auftritt wurde mit großem Beifall bedacht. Mimi war fröhlich wie schon lange nicht mehr und plauderte angeregt mit Sara Kerstdorf, über die Kostüme der Schauspieler und die Kleider der Festivalbesucherinnen.

„Dieses Rot ist sehr feurig, bei einem derartigen Teint hätte ich eine dezentere Farbe gewählt“, meinte gerade Sara Kerstdorf und wies mit den Augen auf eine sehr blasse Dame um die vierzig, die neben dem auffallenden Kleid ungewöhnlich viel Schmuck trug.

„Behängt wie ein Christbaum“, lästerte Miriam Köppen. „Die Blaue dort drüben sprengt dagegen körperlich jegliches Maß.“

Wirklich schien sich die angesprochene Dame in der Konfektionsgröße vertan zu haben.

„Das Kleid der Dame links am Buffet ist raffiniert geschnitten“, wandte sie sich dann freundlicheren Betrachtungen zu. „Eine wirklich pfiffige Schulterlösung.“

Sie blieben beim Thema Mode und in der Tat gab es allerhand zu sehen, zu bewundern, mitunter auch zu belächeln. Jörg Melcher unterhielt sich währenddessen mit Wilhelm Gödel über Peter Travelone.

„Da ist nichts zu machen“, sagte Gödel. „Wir können dem Mann nichts nachweisen. Seine Alibis für die jeweiligen Tatzeiten sind dürftig, aber das reicht nicht. Und Ihre Aussage, er sei am Mordabend der Letzte im Hause des Managers gewesen, bestreitet Travelone. Er behauptet, Sie hätten die Abende verwechselt. Aussage steht gegen Aussage und es gibt keine verwertbaren Spuren, mit denen wir den Mann festnageln könnten. Und, sagen Sie, Herr Melcher: Welches Motiv sollte der Komponist gehabt haben, Diana Henners zu ermorden?"

„Eifersucht, Rache, was weiß ich", entgegnete Melcher. Er war nicht ganz bei der Sache, sondern durchforschte mit seinen Blicken die Menge, ob er Andrej Bolkonski oder Travelone entdeckten würde. Doch von beiden Männern war nichts zu sehen. Bei Bolkonski mochte er sich getäuscht haben, in Hinblick auf Peter Travelone war Melcher allerdings sicher, dass dieser ebenfalls die Aufführung besuchte. Die Pause endete, sie suchten die Plätze auf. Kurz bevor das Spiel weiterging, beugte sich Mimi zu Jörg und gab ihm einen Kuss.

„Die Musik ist einfach wunderbar", sagte sie und lächelte. „Danke für den schönen Abend, Jörg!"

Dann begann der 2. Akt. Er spielte im Kerkerverlies. Wolfhard von Welsungen als Florestan beklagt in Ketten sein Schicksal und fällt in Ohnmacht. Leonore soll die Zisterne ausräumen, die für Florestans Leiche bestimmt ist, doch Florestan erwacht. An der Stimme erkennt Leonore ihren Mann und singt die Arie: *In des Lebens Frühlingstagen.* Rocco erlaubt ihr sogar, Florestan Brot und Wein zu reichen. Da erscheint Don Pizarro und befiehlt Fidelio zu gehen; der Gesang des Quartetts deutet an, was geschehen soll: *Er sterbe*!

Jörg beugte sich vor, um besser sehen zu können. Auf der Bühne spitzte sich das Geschehen immer mehr zu: Leonore versteckt sich hinter einem Pfeiler und sieht, wie Pizarro auf Florestan mit dem Dolche eindringt: *Noch einmal ruf' ich dir, was du getan zurück, nur noch ein Augenblick, und dieser Dolch ...* Sie wirft sich dazwischen: *Durchbohren, durchbohren musst du erst diese Brust, der Tod sei dir geschworen für deine Mörderlust!*

Während sie Pizarro mit einer Pistole niederzuschießen droht – *Noch einen Laut, und du bist tot!* – ertönt ein Trompetensignal. *O, o was ist das, gerechter Gott!*

Da stieß Mimi einen leisen Schrei aus, griff an ihre Brust und sackte neben Melcher zusammen.

„Mimi, Mimi, was ist?“, rief Jörg halblaut und beugte sich über sie. Er ergriff ihre Hand, berührte ihr Gesicht, klopfte die Wangen. Doch Mimi regte sich nicht, sie schien ohnmächtig zu sein und atmete nur schwach. Mimi, was hatte sie? Was war passiert? Kälte fuhr in sein Herz und blanke Angst stieg in ihm auf, eine entsetzliche, fürchterliche Angst; Mimi! Seine Gedanken überschlugen sich, er wusste nur, sie braucht Hilfe, er musste sie hinausbringen, draußen war sicher ein Sanitäter oder Arzt. Jörg Melcher hob die zarte Gestalt hoch und trug sie auf seinen Armen hinaus in den Vorhof. Zwei, drei Köpfe drehten sich zu ihnen, doch schien sonst weiter keiner auf sie zu achten oder den Vorfall bemerkt zu haben. Vorn auf der Bühne sang Celine Deymrau als Leonore:

O Dank dir, Gott, für diese Lust! Mein Mann, mein Mann an meiner Brust! Ich bin's! Du bist's! O himmlisches Entzücken! Florestan! Florestan! Florestan!

Jörg erreicht mit Mimi den Außenbereich. Ein Sanitäter eilte zu ihm und half, die Bewusstlose auf eine Krankenliege abzulegen.

„Was ist passiert?“, fragte er.

„Ich weiß nicht“, antwortete Melcher. „Sie ist plötzlich ohnmächtig geworden.“

„Die Frau ist verwundet, sie blutet“, sagte ein zweiter Sanitäter, der hinzugekommen war und deutete auf Mimis Brust. Dort zeigte sich im Seidenstoff ein immer breiter werdender rötlicher Fleck.

„Miriam!“, schrie Jörg und sein Herz begann jetzt wie rasend zu hämmern. „Miriam!“

Ein nächtlicher Alptraum. Die Fahrt im Notarztwagen zum Krankenhaus. Verrinnende Minuten, endlos und lang. Jörg hielt Miriams Hand, kalt war sie, eiskalt und schrecklich leblos. Das Zittern, das sie überlief, ihr Gesicht unter der Sauerstoffmaske. Bilder und Bilder. Melchers Warten auf dem leeren Neongang. Frank Ehlers, der plötzlich auftauchte und unverständliche Fragen stellte, bis er kopfschüttelnd wieder verschwand. Vorbeieilende Krankenschwestern, aufgeregte Rufe. Vertickende Zeit und endlich ein blasser junger Arzt, der bedauernd den Kopf schüttelte. Schließlich die Worte, die verdammten Worte: „Sie ist tot.“

Der Alptraum nahm kein Ende. Endlose Verhöre und Fragen. Was wann wie passiert sei? Wen er gesehen habe? Warum er mit Mimi hinausgelaufen sei? Und, und.

Miriam war erschossen. Der Täter musste einen Browning mit Schalldämpfer benutzt haben. Niemand hatte etwas gesehen, niemand wollte etwas bemerkt haben.

Sein Hinweis auf Travelone.

Peter Travelone wurde verhaftet und seine Wohnung durchsucht. Es fanden sich Briefe an Diana Henners und an Michél, voll mit Bitten und Drohungen, aber keine Waffe. Dennoch, er kam in Untersuchungshaft. Dort wurde er wieder und wieder befragt. Nach dem Wo, dem Wie und Warum. Nach Andrej Bolkonski und Christian Steinacker. Nach dem Opernabend. Travelone wusste nichts, sagte nichts, gab vor, alles vergessen zu haben und behauptete, Andrej Bolkonski nicht zu kennen. Alles sei Zufall und er wolle jetzt seinen Anwalt sprechen. Der Anwalt kam, eine Bossitype. Der

Schmauchspurentest war negativ. Andrej Bolkonski war nicht aufzuspüren.

Miriam war tot.

Jörg Melcher fuhr zurück nach Stuttgart. Drei Wochen der Apathie, des Trinkens und Trauerns und der Selbstvorwürfe folgten. Jörg Melcher ließ sich nirgends mehr blicken und tauchte völlig aus seinem bisherigen Leben ab. Dann, wenig überraschend, wurde Peter Travelone wieder auf freien Fuß gesetzt, wieder verhaftet und erneut freigesetzt. Dann verschwand der *Opernmord* allmählich aus den Zeitungsspalten und machte der Meldung über den Selbstmord von Thomas B. Platz.

S. Kahn versuchte mehrmals, Melcher zu erreichen. Er sprach ihm Nachrichten aufs Band und die Mailbox, Jörg reagierte nicht, und ans Telefon oder Handy ging er schon gar nicht. S. Kahn reichte es; er erschien eines Mittags unangesagt in Melchers Wohnung in der Augustenstraße. Ein unrasierter, völlig verquollener und deutlich alkoholisierter Melcher öffnete nach minutenlangem Klingeln.

„Ah, Kahn, komm rein!"

S. Kahn sah sich im Wohnzimmer um. Überall lagen Papiere, Zigarettenschachteln, Pizzapackungen und leere Flaschen herum. Die Wohnung war völlig verwahrlost, ein deutliches Abbild ihres Bewohners – und sie stank nach kaltem Rauch, Alkohol, Schweiß und ungewaschenen Kleidern.

„Willst du was zu trinken? Nen Bier?", fragte Melcher. „Ich nehm' ein Bier."

Er zog eine Schachtel Luckys hervor und zündete sich mit zitternden Händen eine Zigarette an.

„Nein danke, nicht um diese Tageszeit", entgegnete der Verleger.

„Um diese Tageszeit? Wie spät ist es denn?", fragte Melcher.

„Kurz vor eins."

„So? Schon halb eins, ist auch scheiß egal – was willste von mir?"

„Das kann so nicht weitergehen, Jörg. Bei aller verständlichen Trauer. Sie müssen sich zusammenreißen, müssen wieder unter die Leute gehen. Und vor allem mit dem Trinken aufhören und aufräumen. Die Wohnung sieht aus wie ein Schweinestall und Sie selbst: unrasiert, schmutzig, stinkend …"

„Warum?"

„Warum was?"

„Warum sollte ich das tun?"

„Das sind Sie Miriam schuldig. Sie müssen mit dem Saufen aufhören und wieder auf die Beine kommen."

„Wozu das alles?", entgegnete Melcher müde. Er drückte die Kippe aus, griff nach einer Bierflasche, öffnete sie und nahm einen tiefen Schluck.

„Sie wollen doch wissen, wer Miriam getötet hat und Sie wollen den Kerl schnappen. Die Polizei ist ratlos. Alles spricht dafür, dass Peter Travelone der Mörder von Diana Henners, Michél Rotgießer-Burger, Veronika Tauberger, Christian Steinacker und höchstwahrscheinlich von Miriam ist. Aber die Staatsanwaltschaft kann Travelone nichts beweisen; keine Schmauchspuren an Händen und Kleidung, auch die Waffe wurde nicht gefunden. Die Indizien reichen einfach nicht aus, dazu kommt, dass es keine Zeugen gibt und so musste ihn die Polizei gegen Auflagen freilassen."

„Was?", rief Melcher. „Travelone ist frei? Die haben Miriams Mörder laufen lassen?"

„Das haben sie mangels Beweisen tun müssen. Grund genug, aus dieser stinkenden Höhle zu kommen und sich selbst um den Fall zu kümmern."

„Scheiße“, brüllte Melcher und warf die Flasche an die Wand, wo sie klirrend zersprang.

Das war vor drei Tagen gewesen und Jörg Melcher hatte sich wirklich zusammengerissen. Dann aber hatte ihn wieder die Mutlosigkeit gepackt und mit ihr kam erneut der Griff zu Flasche.

Aber S. Kahn ließ nicht locker. Bald würde in Bartholomä der zweijährliche Rosstag stattfinden, das Ereignis der Gegend, das Riesenevent und eine gute Gelegenheit, vor Ort erneut auf Spurensuche zu gehen, zumal Peter Travelone, wie die RAF-Frau Gudrun Ensslin, in Bartholomä geboren war und jetzt dort wieder wohnen sollte. Verleger S. Kahn und seine Lena bearbeiteten Melcher so lange, bis Jörg schließlich zusagte, mit ihnen zum diesjährigen Rosstag nach Bartholomä zu kommen.

Das letzte Urlaubswochenende nutzte Frank Ehlers dazu, mit Bianca Hoffer zum *Rosstag* nach Bartholomä zu fahren. Ein heißer Tag Ende August. Das kleine Dorf war nicht wiederzuerkennen. Über zwanzigtausend Besucher hatten sich eingefunden, um den Umzug der Wagen, das bunte Markttreiben und das Pferdespektakel zu erleben. Der Ort war weiträumig abgesperrt und Ehlers musste ziemlich am Rand parken. Sie kamen gerade richtig zum Umzug. Prächtige, mit Blumen und vielfarbigen Wimpeln geschmückte Wagen fuhren durch die Straßen und an der jubelnden Menge vorüber. Besonders ein Wagen fiel Ehlers auf. Auf ihm befand sich ein großer, befeuerter Kessel, aus dem eine schlanke Dame mit einer Zange heiße Würste holte und sie gratis an das herandrängende Publikum verteilte. Auf einem Schild stand der Name *Metzgerei Grötzinger*. „Ein großzügiger Reklamegag“, meinte Bianca Hoffer. Ehlers hatte für sie eine Wurst ergattert. „Und die Würste sind gut“, fügte Bianca nach einem herzhaften Biss hinzu. Das schien auch das Publikum so zu sehen.

„Wir brauchen mehr Würste, Rainer!“, rief die „Wurstfee“ vom Wagen einem Mann mit Metzgerschürze zu. „Ich bringe welche, Ruth!“, rief er zurück.

Ein heißer Tag Ende August. Sie fuhren mit S. Kahns Lancia und kamen gegen neun im Dorf an. Alles war weiträumig abgesperrt und sie parkten am Dorfrand. Melchers Vetter Thomas ließ es sich nicht nehmen, sie persönlich zu begrüßen und sie zu den für besondere Gäste reservierten Plätzen zu führen, damit sie beim Umzug eine gute Sicht haben würden. Darauf entschuldigte er sich, er habe noch mit der Vorbereitung seiner Rede zu tun. Das Fest begann mit Alphornbläsern aus Eschach, dann folgte ein ökumenischer Gottesdienst auf der Marktwiese, begleitet von einem Posaunenchor. Wiederum ertönten Bläser, diesmal die Jagdhörner der Kreisjägervereinigung. Jörg Melcher saß in sauberer Kleidung und rasiert neben Lena und S. Kahn und ließ apathisch das Geschehen über sich ergehen. Warum hatte er sich nur breitschlagen lassen, an dem Fest teilzunehmen? Er wusste es nicht. Vielleicht, weil er vor Ewigkeiten überlegt hatte, mit Mimi hierher zu fahren.

Dass Travelone hier sein sollte, hielt er für völlig utopisch. Und wenn, wie sollte Melcher den Mann zu einem Geständnis bewegen können? So interessierte sich Melcher für nichts. Nicht für die Jäger, die Bläser oder die zahlreichen Pferde und Wagen. Es war heiß, er hatte Durst, die Sonne blendete und die Sonnenbrille lag im Auto. Er ließ sich von Lena die Wagenschlüssel geben und lief zum Parkplatz.

Vetter Thomas eröffnete den 14. Bartholomäer Rosstag. Pferde waren das Hauptthema, Pferde und Kutschen. Reden, Grußworte, Musikalisches, eine spanische Quadrille. Außerhalb des Ortes die sich drehenden Flügel der fünf Windräder. Endlich das Aufschirren und Aufstellen und der Umzug mit den über hundert Teilnehmern begann. Süddeutsche Kaltblüter, Friesen, kleine Jütländer und Schleswiger, Muraközer aus Ungarn, norikische Füchse aus Österreich, Pecheron, die ihre iberischen Ahnen nicht verbergen konnten, englische Shire-Horses, schottische Glydestyles und burgundische Comtois und viele andere Pferderassen trugen Festtagsgeschirre und waren für den Rosstag prächtig herausgeputzt worden. Die Fuhrleute und ihre aufwändig geschmückten und gestalteten Wagen bekamen auf der Rundfahrt von den Zuschauern großen Beifall. Auch Gäste aus der Partnerstadt Casola Valsenio nahmen am Umzug mit einem italienischen Marktwagen teil. Nach der Rundfahrt durch das Dorf wurden die einzelnen Fuhrleute mit ihren Pferden und Gespannen auf der Marktwiese dem Publikum nochmals vorgestellt. Den Abschluss des offiziellen Programms sollte ein römisches Quadrigarennen bilden.

Jörg kam von Parkplatz und war mit Mühe zum Festplatz gelangt, doch zum Ehrenplatz war kein Durchkommen mehr gewesen. Überall waren Pferde und Kutschen, jede Menge Menschen füllten den Ort. Er lief an den Buden vorbei, die Pferdeartikel, Zaumzeuge, Mittel für Hufpflege sowie Reiterausrüstung aller Arten anboten. Dazwischen festlich gekleidete Männer und Frauen, fröhliche Kinder mit Eis und klebrigem Naschkram, eine schiere Fülle an Gesichtern, Bildern und Blicken. Ab und zu hob Melcher aus alter Gewohnheit seine Kamera und schoss ein Bild vom Geschehen – plötzlich hielt er mitten in der Bewegung inne. Er traute seinen Augen nicht. Da vorne am Rand einer

Marktbude stand, lässig an einen Pfahl gelehnt, Peter Travelone in einem grellweißen Anzug und begutachtete in aller Seelenruhe die Pferde und Kutschen. Travelone! Jetzt würde er ihn stellen und befragen, was in der Oper wirklich passiert war. Und wenn er nicht gestand, dann …

Melcher drängte sich durch die Menge in Richtung des Mannes, ohne auf verärgerte Rufe des Publikums zu reagieren. Er war vielleicht noch zehn Meter von dem Mann entfernt, da schaute Travelone in Melchers Richtung und ihre Blicke kreuzten sich. Travelone sah Melchers Zorn, seine Wut und seinen Hass. Er reagierte sofort, drehte sich abrupt um und lief durch die Boxengassen davon. Melcher stand einen Augenblick da, dann folgte er eilig Peter Travelone. Rücksichtslos bahnten sich beide den Weg durch die Menge. Jetzt waren sie ein Stück nach unten in Richtung Dorfrand gekommen und passierten eine Lücke, durch die, an einem Haus vorbei und über eine kreuzende Straße hinweg, ein Weg aus dem Ort und einen weiten Wiesenhang hinauf führte. Am Rande parkten zwei Pferdetransporter, in denen merkwürdigerweise zwei gesattelte Rennpferde standen, die gerade herausgeführt wurden. Melcher nahm dies aus den Augenwinkeln wahr, überlegte aber nicht weiter, warum die Pferde zum Rosstag gebracht worden waren. Es gelang ihm, näher an den Flüchtenden heranzukommen und er hatte ihn fast erreicht, wollte ihn schon packen – da tauchte dieser unter seinem Arm ab, wandte sich zurück und griff sich die Zügel eines der Rennpferde, die eines schlanken Fuchses, schwang sich in den Sattel, gab dem Tier die Sporen und galoppierte rücksichtslos durch die Menge hoch zu den Hangwiesen in Richtung Wald davon. Jörg Melcher überlegte nicht lange, warf die Kamera über den Rücken und riss dem zweiten Stallburschen, der gerade eine schlanke, helle Stute aus dem anderen Anhänger führte, gleichfalls die Zügel aus der Hand. Er schob den rechten Fuß in den Steigbügel, bekam den Hals der Stute zu fassen und schwang sich, wenn auch weniger elegant, in den Sattel. Er klopfte der Stute besänftigend auf den Hals und bemühte sich, sie in Travelones Richtung zu lenken und zum Laufen zu bringen. Es gelang ihm, durch die Menge zu kommen, ohne jemanden zu verletzen, dann erreichte er ebenfalls den unteren Wiesenrand. Melchers Pferd mochte spüren, dass etwas Ungewöhnliches im Gange war, vielleicht wurde es auch durch das Verhalten des Fuchses angespornt. Jedenfalls fiel die Stute auf einmal in einen raschen Trab, der kurz darauf in einen Galopp überging und folgte dem anderen Pferd. Melcher, der halb am Hals des Tieres hing, wurde hin- und hergeschleudert, doch schaffte er es wie durch ein Wunder, im Sattel zu bleiben und Travelone weiter nachzujagen. Der von ihm Verfolgte gewann dennoch zusehends an Vorsprung. Er hatte fast den oberen Waldrand erreicht, als der Fuchs plötzlich scheute und nach rechts abdrehte. Obwohl Travelone sich krampfhaft bemühte, das Tier in den Wald zu lenken, ließ es sich nicht beruhigen und machte sogar Anstalten, senkrecht in die Höhe zu steigen, sodass sein Reiter ihm schließlich nachgab. Er galoppierte jetzt am Waldrand entlang und Melcher hielt im schrägen Winkel auf ihn zu. Derart mussten beide Reiter in Kürze aufeinandertreffen. Was dann geschehen würde, wusste Melcher nicht, er fand auch keine Gelegenheit, darüber nachzudenken, denn der Verfolgte wandte sich um – ein scharfer Knall, dann ein zweiter, kein Zweifel, Travelone schoss auf ihn! Das Schwein! Durch den Blick nach hinten wurde Travelones Aufmerksamkeit für einen kurzen Augenblick abgelenkt und so sah er nicht den Traktor, welcher mit einem Holzanhänger um eine Waldbiegung kam und den Weg seines Pferdes direkt kreuzte. Gerade drehte er sich wieder um, erblickte jetzt das unerwartete Fahrzeug und versuchte in letzter Sekunde, den Fuchs herumzureißen, vergeblich. Reiter und Ross stießen nahezu frontal mit dem Traktor zusammen und bildeten für einen Augenblick ein wirbelndes Knäuel. Jetzt erreichte Melcher die Unglückstelle. Es gelang ihm, seine Stute zu zügeln und irgendwie heil abzusteigen. Ihm bot sich ein schreckliches Bild. Der Anhänger war umgestürzt und die Ladung hatte sich gelöst. Travelones weißer Anzug war blutüberströmt; er lag mit verrenkten Gliedern inmitten von Stämmen und Holzsplittern. Langsam näherte sich Melcher dem chaotischen Wirrwarr. Dem Fahrer des Traktors war zum Glück nichts passiert, er war rechtzeitig vom Sitz gesprungen und hatte sich aus der Gefahrenzone rollen können. Eben lief er zu Travelone und schaute nach ihm, dann schüttelte der Mann den Kopf.

„Sieht schlecht aus, da wird nichts mehr zu machen sein."

Er packte die Zügel des Fuchses, der zwar gestürzt war, aber wunderbarerweise unverletzt schien und führte das unruhige Pferd vorsichtig zur Seite. Melcher stand jetzt vor Travelone, sie waren jetzt völlig allein. Das war also der Mann, der seit Wochen verdächtigt und verhört worden war und durch seine Flucht allen Verdacht bestätigt zu haben schien: Peter Travelone, der Mörder Dianas Henners' und ihres Managers, der Mörder von Michél, von Veronika und der Mörder Frau Dr. Miriam Köppens, seiner Mimi. Er schien selbst tödlich verletzt zu sein und Jörg Melcher hoffte, dass Travelone wirklich sterben und sein Tod schmerzhaft sein würde. In der rechten Hand hielt der Mann noch immer die Pistole umklammert, mit der er auf Melcher geschossen hatte: Es war ein Browning! Melcher bückte sich, zog ihm die Waffe aus der verkrampften Hand und beugte sich über ihn.

„Siehst du mich, Travelone? Das ist das Ende und es ist ein böses Ende. Ich hoffe, du bekommst auch anderen Ortes deine verdiente Strafe."

Von den Lippen des Sterbenden drangen gequälte Laute.

„Melcher! Hören Sie! Bitte!"

Widerwillig beugte sich Melcher weiter vor und näherte sein Ohr den Lippen des Mannes.

„Ich habe Diana, Michél und Veronika getötet", stieß Travelone hervor. „Das ist wahr. Auch Christian, denn er hatte mich gesehen. Aber das mit Ihrer Freundin … das war ich nicht …"

„Mit dieser Waffe wurde Mimi erschossen", sagte Melcher hart und hob den Browning. „Wer, wenn nicht du, ist sonst der Täter?"

„Nicht ich, das war …"

Ein breiter Blutstrom quoll über Peter Travelones Lippen, dann fiel sein Kopf zur Seite, der Mann war tot.

Langsam erhob sich Melcher und trat zurück. Sirenen tönten, vom Dorf kam ein Krankenwagen. Menschen riefen durcheinander, Melcher achtete nicht darauf. Er drehte sich um und ging mit schweren, langsamen Schritten, die Waffe noch immer in der Hand, am Wald entlang von Bartolomä fort.

Frank Ehlers und Bianca Hoffer blieben vor der Auslage eines Reiterkleidungsanbieters stehen. „Ich bin als junges Mädchen viel geritten", erzählte Bianca. „Zeitweise habe ich sogar im Stall übernachtet, so vernarrt war ich in Pferde. Frank Ehlers nickte zustimmend, er selbst war allerdings nie geritten. Dann blieb er stehen und lauschte. Das waren keine Begeisterungsschreie, oder? Deutlich hörte er Schüsse. Er wandte sich in die Richtung, aus der sie kamen. Oben am Wiesenhang außerhalb des Dorfes sah er zwei Reiter. Sie schienen ein Rennen zu veranstalten. Der eine ritt am Waldrand entlang – und stieß mit einem plötzlich aus dem Wald fahrenden Traktor zusammen. „Da ist etwas passiert“, rief er Bianca Hoffer zu und rannte los.

Travelones Worte pochten in seinem Kopf. *„Nicht ich, das war …“* Der Mann war am Sterben gewesen, da lügt man nicht, oder? Melcher achtete nicht auf den Sanitäter, der ihn anhalten wollte, und schob ihn einfach zur Seite, worauf dieser ihm verblüfft nachstarrte.

„Das mit Ihrer Freundin, das war ich nicht …“

Warum war Travelone dann geflüchtet? Hatte er den falschen Mann verfolgt? Ein Mörder war er allemal, aber vielleicht nicht der Mimis. Viermal hatte er seine Opfer erstochen und beim letzten Mal sollte er geschossen haben? Das passte nicht. Wenn aber Travelone nicht der Mörder Mimis war, wer war es dann gewesen? Und wieso hatte er den Browning gehabt? Melcher erreichte den Parkplatz. Er griff in die Tasche. Er hatte noch immer den Schlüssel von S. Kahns Lancia. Dort stand der Wagen. Sollte er einfach davonfahren? Und S. Kahn und Lena?

Ein Motorengeräusch ließ Melcher zusammenfahren. Ein dunkelgrauer Mercedes kam aus einer Parkplatzlücke und fuhr langsam an ihm vorbei. An seinem Steuer saß Andrej Bolkonskij und winkte spöttisch. Dann gab er Gas und verschwand mit quietschenden Reifen in Richtung Wental. Andrej Bolkonskij war hier gewesen! Und Bolkonskij, erinnerte sich Melcher, Bolkonskij war der Mann, den er an dem verhängnisvollen Abend bei der Aufführung des *Fidelios* gesehen zu haben glaubte. Andrej Bolkonskij hatte ihm offen gedroht. Hatte Bolkonskij seine Drohung wahr gemacht und den tödlichen Schuss auf Mimi abgegeben? Oder wusste der Russe, wer der Täter war? Hatte er Travelone die Waffe gegeben?

Melcher öffnete die Tür des Lancias, sprang hinein, warf den Browning auf den Beifahrersitz, startete und lenkte in die Richtung, in die der graue Mercedes verschwunden war. Dann gab er Gas. Er musste wissen, was passiert war, er musste es wissen. Melcher brauste durch den Ort, bog nach links, raste die Straße entlang. Drüben drehten sich matt die Windräder, vor ihm das graue Asphaltband der Straße – und der Mercedes, keine dreihundert Meter entfernt. Links die Campingplatzanlage, kurz darauf erreichten sie das *Wental*. Plötzlich, in Höhe des Gasthauses, schleuderte der Mercedes quer über den Asphalt und rutschte seitlich links in die Böschung, wo er schräg liegenblieb.

Bolkonskij sprang heraus und rannte in Richtung der Felsen davon. Melcher bremste abrupt, riss das Steuer ebenfalls nach links und fuhr dem Flüchtenden hinterher. Den Kerl würde er kriegen! Er fuhr vielleicht zehn Meter – ein kräftiger Stoß, ein Knirschen, ein harter Ruck. Der Lancia musste irgendwo aufgesetzt haben. Mit einem schrillen Ton drehten die Räder durch, Melcher zog den Schlüssel aus der Zündung und der Motor verstummte.

Einen kurzen Augenblick saß er wie benommen da. Dann griff er den Browning, öffnete die Fahrertür und stieg vorsichtig aus. Ein Schuss ließ die Scheibe zersplittern, Melcher warf sich zu Boden und rollte sich hinter einen Felsen. Der nächste Schuss jaulte als Querschläger vorbei. Stille. Er wartete einen Moment, hob vorsichtig den Kopf. Nichts passierte, doch weit hinten rannte Bolkonskij. Melcher sprang auf die Beine und folgte ihm. Das *Wental* war ein kleineres Felsenmeer, links und rechts schoben sich Kalkfelsen in die Höhe, am hinteren Rand zeigte sich Nadelwald. Gebückt, um nicht gleich gesehen zu werden, bewegte sich Melcher hastig durch die Felsen. Der sonst so belebte Platz war menschenleer. Zum Glück waren heute alle beim Rosstag, nicht ausdenken, was wäre, wenn hier wie üblich Familien grillten und Kinder umhertobten. Wieder bog er um einen Felsen, der Russe schien sich in Luft aufgelöst zu haben. Er hielt inne und lauschte. Alles war still, viel zu still. Er hatte das sichere Gefühl, dass Bolkonskij in der Nähe sein musste. Aber wo? Ein Geräusch wie das Knacken eines Spannhahns. Melcher drehte sich abrupt um, es knallte und der Schuss traf ihn direkt in die Brust. Melcher hielt in der Bewegung inne, drehte sich halb und fiel dann in einer gleitenden Bewegung nach vorn. Der Aufprall war hart und schmerzte, die Brust brannte wie Feuer und ein dunkles Gefühl stieg in ihm auf. Dann hörte Jörg ein Lachen, direkt über sich. Langsam hob er den Kopf. Oben auf dem Fels stand der Russe und lachte.

„Das war es, Melcher, das Spiel ist aus. Ein tödliches Spiel. Sie werden sich fragen, wie Travelone an die Waffe kam? Er ist ein Spieler, wussten Sie das nicht? Wie Nicolas Stetter. Ich habe ihn den Browning gewinnen lassen. Eine gute Idee, oder? Ansonsten bedauere ich den Tod Ihrer Freundin. Um schöne Frauen ist es immer schade. Sie war leider zur falschen Zeit am falschen Ort. Schade auch um Sie, Melcher, aber Sie haben keine Vernunft annehmen wollen. Quälen Sie sich nicht, ich komme hinunter und erlöse Sie. Das nennt man in der Jägersprache Fangschuss!"

Noch immer lachend drehte sich Bolkonskij zur Seite, um hinunterzusteigen.

Miriam, dachte Jörg. Miriam!

Mit unendlicher Mühe gelang es ihm, den Browning zu heben und zu entsichern. Wenn Bolkonskij den gleichen Weg nahm, den er hinaufgestiegen war, musste er dort zwischen den Felsen erscheinen. Das war Melchers Chance.

Die Zeit verlief wie Sirup, langsam und zäh.

Warum haben wir nur diese Oper besucht, dachte er. Warum habe ich mich, als die Fanfare ertönte, vorgebeugt? Miriam, warum musstest du sterben? Warum, warum?

Andrej Bolkonskij erschien wie im Nebel zwischen den Felsen. Melcher zielte auf die schattenhafte Gestalt und sein Finger drückte den Abzug durch. Der Browning bellte auf, Bolkonskij strauchelte und griff sich, völlig überrascht, an die Brust. Er versuchte, seinen Arm mit der Waffe zu heben; vergeblich.

Melcher krümmte erneut den Finger, schoss und schoss und schoss, bis das Magazin leer war. Längst lag Bolkonskij auf dem steinernen Fels, die leeren Augen starrten in die unendliche Bläue eines fernen Himmels.

Tränen liefen Jörgs Wangen hinab, heiße, bittere Tränen der Trauer, der Wut und der Angst. Der Browning entglitt seiner Hand und rutschte zu Boden. Dann sackte Jörg Melcher zusammen und schloss die Augen. Was für ein verdammter Dreck, dachte er noch. Miriam war tot und es war vorbei, für immer vorbei. Ein Schmerz durchdrang ihn, ein heißes, bitteres Brennen.

Sirenen und blaue Lichter näherten sich von allen Seiten.

Epilog

Der Mann und die Frau saßen und tranken. Sie strich sich eine Locke aus der Stirn und schaute ihn forschend an.

„Warum sind Sie mir gefolgt?"

„Ich habe nur eine Frage: Warum haben Sie mich nicht getötet?"

Die Frau lachte auf. Ihr Lachen klang wie das Schnurren einer Katze.

„Sie wollen wissen, warum ich Sie nicht getötet habe?", fragte sie. „Deswegen sind Sie mir gefolgt?"

Joseph nickte erneut.

„Die Antwort ist einfach, bei unserer ersten Begegnung trugen Sie keine Krawatte."

„Sie töten nur, wenn Ihr Opfer eine Krawatte trägt?"

„Richtig, mein Lieber. Am liebsten benutze ich Krawatten. Banal, nicht?"

Sie wies mit dem Glas auf ihn.

„Heute Abend sind Sie allerdings korrekt gekleidet. Mit einem Anzug und Krawatte, nicht elegant, aber solide."

„Was meinen Sie damit?", wollte Joseph fragen, doch seine Zunge war wie gelähmt und er konnte nur ein Gurgeln hervorstoßen.

„Es gibt noch andere Methoden", hörte er sie sagen, „sich eines lästigen Menschen zu entledigen." Dann stieß er sein Glas um und kippte nach vorn; es wurde dunkel.